LE COTTAGE AUX OISEAUX

ŒUVRES D'EVA MEIJER
AUX PRESSES DE LA CITÉ

Les Animaux et leurs langages, 2019

Eva Meijer

LE COTTAGE AUX OISEAUX

Traduit du néerlandais
par Emmanuelle Tardif

PRESSES DE LA CITÉ

Titre original : *Het Vogelhuis*
L'édition originale de cet ouvrage a paru en 2016 chez Uitgeverij Cossee, Amsterdam, Pays-Bas.

Cet ouvrage a été traduit avec le concours de la Fondation néerlandaise pour la littérature (Nederlands letterenfonds).

Nederlands letterenfonds
dutch foundation for literature

ISBN 978-2-258-15060-7
Dépôt légal : janvier 2020

Presses de la Cité | un département **place des éditeurs**

place des éditeurs

Prologue
1965

Jacob fait irruption dans le séjour, m'appelle et ressort aussitôt. Cet affolement ne lui ressemble pas et il n'est pas non plus du genre à s'éloigner autant du nid lorsque les petits viennent de naître. D'habitude, il se contente de venir à la mangeoire une ou deux fois le matin pour passer le reste de la journée près du nichoir fixé au bouleau – c'est un oiseau placide, plutôt grand pour une mésange, un bon père de famille.

Je le suis à la hâte dans le jardin et entends les machines avant même d'arriver près de la haie. En courant, je manque de perdre mes fichus sabots : ce n'est quand même pas possible, pas cette haie-là, pas en pleine couvaison ! Un homme trapu est occupé à tailler dans les branchages avec l'un de ces nouveaux appareils à moteur. À cause du bruit, il ne me remarque pas. Je me glisse entre l'engin et la haie. Le vacarme domine tout, déferle sur moi, me transperce.

En me voyant surgir devant lui, l'homme sursaute, arrête sa machine, retire ses protège-oreilles.

— Qu'est-ce qu'il y a, ma petite dame ?

— Vous ne pouvez pas couper la haie en ce moment ! Elle est pleine de nids d'oiseaux et les petits sont presque tous déjà sortis de l'œuf…

Ma voix est plus haut perchée que d'habitude, comme si quelqu'un me pinçait la gorge.

— Faudra vous adresser à la mairie, dans ce cas.

Il remet son appareil en marche.

Non ! Les branches me piquent le dos. Je me déplace en même temps que lui, vers la gauche, vers la droite.

— Mais poussez-vous donc de là !

— Je ne vous laisserai pas tailler un rameau de plus dans cette haie.

Il soupire.

— Bon, alors je vais recommencer de l'autre côté.

Il brandit l'appareil, à la façon d'un bouclier plutôt que d'une arme.

De l'autre côté, il y a les grives, avec leur gorge brune marquée de petites taches rondes. Je secoue la tête en signe de refus.

— Pas question.

— Mais je ne fais que mon travail…

— Comment peut-on joindre votre chef ?

Il me donne un nom et le numéro de téléphone de la mairie. J'attends qu'il atteigne le bout du sentier. Il s'apprête sans doute à attaquer la haie de quelqu'un d'autre.

Concert de pépiements – les oisillons se font entendre, mais plus aucune trace des parents. Ils reviendront, c'est certain, j'espère seulement qu'ils ne seront pas trop choqués. Je rentre à toutes jambes, des gouttes de sueur me coulent dans le dos, je ne prends même pas le temps d'enlever mon gilet.

— Puis-je parler à M. Everitt, s'il vous plaît ? C'est urgent.

Tandis que je patiente, Terra vient se poser près de moi. Elle sait toujours quand quelque chose ne va pas. Les oiseaux ont beaucoup plus de sensibilité que nous. Je suis encore un peu essoufflée.

— Monsieur Everitt, merci d'avoir bien voulu prendre mon appel. Ici Len Howard, de Ditchling. Ce matin, j'ai eu la stupeur de découvrir l'un de vos hommes taillant la haie qui est devant chez moi. En pleine saison des couvées !

J'étudie les oiseaux dans ce jardin. Mes recherches se trouvent gravement compromises.

M. Everitt m'invite à réclamer par écrit, à l'attention du conseil municipal, la cessation des travaux de taille. Lui-même n'est pas habilité à prendre cette décision. Je lui demande de me garantir que ses employés n'interviendront pas entre-temps.

— Je ferai de mon mieux, répond-il. La plupart du temps, ils m'obéissent.

Il tousse comme un fumeur.

J'ai beau savoir que les mésanges m'avertiront immédiatement du retour des taille-haies, je ne parviens pas à me calmer. Parfois, le vent fait penser aux lames d'une machine, parfois c'est une voiture qui passe au loin. Jacob aussi demeure inquiet. Il se peut que son âge – au moins six ans – y soit pour quelque chose.

Je rédige ma lettre. Il faut qu'ils m'écoutent.

*

Le lendemain matin, je descends de bonne heure au village. C'est la première journée vraiment chaude de l'année, l'air m'écrase, m'enfonce dans le sol, mon corps est bien trop lourd, de plus en plus lourd. Autrefois, je mettais dix minutes à faire la route, sans m'arrêter ; maintenant, il m'en faut presque le double. Arrivée à l'épicerie, je frappe au carreau. Il n'est pas encore neuf heures.

— Theo ?

Je frappe encore un coup, vois une tignasse blanche bouger derrière le comptoir. Theo se redresse, lève un bras pour me saluer ou me demander un instant.

Fracas d'objets métalliques qui s'entrechoquent.

— Gwendolen ! Quel bon vent t'amène de si bon matin ?

Le sommeil se lit encore sur son visage, traçant des lignes aussi fines que des fils d'araignée.

J'explique les intentions de la mairie et lui montre ma lettre.

— Tu veux bien signer, toi aussi ?

Il chausse ses lunettes, lit le texte avec attention, ouvre trois tiroirs avant de trouver un stylo.

— C'est Esther qui a tenu la boutique hier. Plus rien n'est à sa place. Impossible de mettre la main sur la clé de l'entrée.

— Comment va Esther ?

— Elle économise pour une mobylette. Ses parents sont contre, mais toutes les gamines de son âge conduisent un de ces engins.

Il hausse les épaules en me regardant par-dessus ses lunettes.

— Elle a déjà seize ans ?

Je la revois toute petite, la fille de sa fille. Un sacré caractère, des yeux ouverts sur un autre monde. Il est toujours là, ce regard, souligné par une abondance de khôl.

— Le mois prochain. Laisse-moi donc ta lettre. Je la ferai signer par les clients.

— Bonne idée.

Je promets de repasser dans la journée, attrape mon cabas et sors faire mes emplettes. Le boulanger me donne du pain de la veille. Le boucher a gardé de la couenne de lard pour moi. Et je repars de chez le marchand des quatre-saisons avec un sac de pommes ridées. J'avais aussi prévu de rendre visite au pépiniériste de Brighton, mais la chaleur me convainc d'éviter ces rues en pente raide. Sur le chemin du retour, Jacob vient à ma rencontre et j'aperçois le couple de rouges-gorges qui nichait dans mon jardin l'an dernier. Peut-être ont-ils déménagé chez la voisine, ce qui n'est pas très prudent : son matou est le plus redoutable chasseur d'oiseaux que je connaisse. Pire encore que la petite chatte noire qui le précédait. La voisine non plus n'a pas les yeux dans sa poche et se permet d'inspecter les nichoirs, révélant de ce fait leur emplacement aux chats. Je lui ai déjà dit trois fois qu'elle porterait la responsabilité des drames, si drames il y avait.

Dans le jardin de devant, les mésanges prennent un bain de soleil, les ailes déployées. Jacob et Monocle II, ramollis par la chaleur, se tiennent fraternellement côte à côte, oubliant enfin leurs éternelles chamailleries. Terra se trouve au milieu du sentier, à l'endroit précis où je dois passer pour rentrer chez moi. Le fils aîné de Jacob est juché sur une branche basse du pommier. Il est plus lent que ses semblables et profite bien de la mangeoire. Une fois à l'intérieur, je m'avachis dans le fauteuil vert à franges. Dire que je vais devoir refaire tout ce trajet dans quelques heures... Cachou se pose sur ma tête, repart aussitôt, suivi de Collerette. C'est un jeu que les jeunes oiseaux réinventent chaque année, voletant de l'armoire à ma tête, de ma tête à la table et de la table à l'armoire. Trois petits tours et ils s'en vont par la fenêtre, si prestes, si habités par l'instant présent, rien que l'instant présent.

*

Jacob vient donner l'alerte sur le pas de la porte. Je n'ai pas besoin de les entendre pour savoir qu'ils ont recommencé. Après avoir reçu la réponse de la mairie – *au regret de, impossible, intérêts particuliers, planning* – et déposé un recours, je ne me suis pas éloignée de chez moi pendant près de deux semaines. Hier, j'ai appris que le maire allait tout de même reconsidérer ma demande et j'ai pensé que le danger était écarté. J'avance aussi vite que je peux, claudiquant comme une vieille mule ;

aujourd'hui, ils sont trois. Jacob fend l'air dans tous les sens, à s'en rompre les ailes, imité par les autres mésanges, les rouges-gorges et le couple de moineaux.

— Non ! C'est plein de nids là-dedans !

Mon cœur bat la chamade, le mal est fait, sauf peut-être pour les merleaux s'ils ont déjà pris leur envol… Les rouges-gorges, c'est sûr, étaient encore trop petits.

Un jeune homme aux cheveux mi-longs et au visage poupin criblé de taches de rousseur se défait de ses protège-oreilles.

— Qu'est-ce que vous dites ?

— Vous avez assassiné tous les oisillons.

Je crache mes mots en même temps que de la salive.

Il regarde la haie, plissant les yeux dans le soleil et, après un temps d'hésitation, répond dans un souffle :

— Je suis désolé.

— Regardez-moi ça !

Jacob pousse des cris plaintifs, les moineaux piaillent à tout va, appellent leurs congénères. Les merles font entendre des gémissements que je ne leur connais pas.

Le jeune rouquin suit du regard les grives, les mésanges et les rouges-gorges qui enchaînent les allers-retours entre la haie et le pré, par-dessus la tête de ses collègues, puis se tourne vers moi. Un nuage passe dans ses yeux bleus. Il fait signe à ses deux compagnons de s'arrêter, leur montre les moineaux un peu plus loin. Les machines se taisent – je n'en perçois que davantage les piaulements des oiseaux. Ils criaillent et criaillent, comme des pies qui attaquent, mais à l'infini.

Je ne bouge pas d'un pouce avant que les hommes aient disparu. Les oiseaux se sont tous éloignés de la haie, à l'exception de Jacob. Je l'appelle, lui offre une noisette. Il ne vient pas.

Je longe la rangée de buissons, à la recherche de nids, d'oisillons survivants. Je ne trouve que des plumes dispersées parmi les feuilles et les branches coupées. Tout au bout, je tombe sur un moineau, un nouveau-né à peine recouvert de duvet – en ramassant avec précaution ce petit corps brun, je sais qu'il est déjà trop tard. Il frissonne, se fige, dans une immobilité bien plus immobile que celle qui abrite encore la vie. De l'autre main, je creuse un petit trou au pied de la haie, y dépose doucement l'oiseau, rebouche le tout d'un peu de terre.

Le silence m'enveloppe et m'escorte jusqu'à la maison, sous le ballet nerveux des mésanges. Je garnis leur mangeoire, plus tôt que d'habitude, pour tenter de les distraire : noisettes, croûtons, quelques morceaux de poire, mais pas de gras puisque nous sommes au temps des couvées.

La végétation, en cette fin de printemps, est encore éblouissante, pétulante – une profusion de verdure. Devant la maison, je m'assieds sur l'une des vieilles chaises de jardin, ma hanche semble vouloir se détacher du corps. Maudits soient ces vieux os…

Terra se perche sur mon épaule. Ses petites pattes griffues s'enfoncent dans l'étoffe de mon chemisier. Elle est affectueuse, sans aller pourtant jusqu'à dormir à l'intérieur de la maison. Elle a choisi le grand pommier pour y bâtir son nid, Dieu soit loué, pas dans la haie. Ces travaux d'élagage ne l'impressionnent guère – elle sait d'expérience que ça ne vaut pas la peine de s'inquiéter. Elle me donne des coups de bec sur l'épaule, très légèrement, comme pour me rappeler quelque chose.

Star 1

Le béhaviorisme, ce courant de pensée qui domine de nos jours la recherche comportementale, part du principe que la collecte de données scientifiques ne peut s'effectuer qu'à l'abri de tout stimulus extérieur, dans le cadre d'expériences reproductibles permettant de mesurer les réactions des sujets observés. Les béhavioristes considèrent le cerveau animal, y compris celui des humains, comme un coffre-fort au contenu impénétrable. De leur point de vue, la description des comportements ne nous apprend pas grand-chose sur le plan scientifique, car il est impossible de les mesurer objectivement. Le travail de Darwin sur les capacités cognitives des animaux ne relèverait pas de la science puisqu'il repose en grande partie sur des anecdotes. Toutefois, le béhaviorisme oublie qu'en captivité les animaux ne se conduisent pas de la même façon qu'en liberté. Les oiseaux, par exemple, sont des êtres généralement farouches, qui craignent la présence de l'homme. Les étudier en laboratoire ne peut qu'influencer leur comportement, et donc le résultat des observations. Ajoutons à cela qu'une démarche s'appuyant sur l'idée que les émotions et les pensées des animaux sont indéchiffrables produira forcément des résultats corroborant cette même théorie. Quand vous prenez un être pour une machine, ce point de vue se reflète inévitablement dans votre problématique et limite le champ des réponses que peut apporter l'objet de votre étude (j'emploie ici le mot « objet » à dessein). Cette prétendue méthode d'observation objective des animaux n'est donc pas moins pétrie de préjugés que les autres.

Voilà plus de dix ans que j'ai emménagé ici, au fin fond du Sussex, dans cette petite maison que j'ai baptisée par la suite le Cottage aux oiseaux. Il se situe à l'orée d'un bois et près d'une réserve naturelle peuplée d'une multitude d'animaux : coucous et palombes, renards et blaireaux, taupes et campagnols, buses et hulottes, pouillots véloces et canards plongeurs... Les arbres et les buissons du jardin abritent un grand nombre de petits oiseaux tels que merles, mésanges, rouges-gorges et moineaux. Sur la terrasse à l'avant de la maison, j'ai très vite placé une table en guise de mangeoire, que je garnissais deux fois par jour – à sept heures le matin et à cinq heures l'après-midi – de toutes sortes de friandises. Je leur ai aussi installé un petit bassin pour boire et se laver, ainsi que plusieurs nichoirs, que j'ai fixés aux murs extérieurs, au vieux chêne et au pommier. Il n'a pas fallu longtemps pour que les premières mésanges viennent satisfaire leur curiosité. C'était compter sans les moineaux, qui ne laissent jamais passer une occasion de chasser leurs concurrents d'un nouveau territoire. Mais comme je leur inspirais plus de crainte qu'aux mésanges et que je passais beaucoup de temps dans le jardin à observer tout ce petit monde, chacun pouvait venir picorer à son aise et suivre avec attention l'aménagement de la maison.

Je suis arrivée en février 1938. Les oiseaux étaient déjà en quête d'un endroit où nicher et, dans certains cas, d'un partenaire. Ils s'intéressaient plus à leurs congénères qu'à moi. En mars, un changement s'est amorcé. L'une des mésanges, Billy, un mâle à la voix forte et au port altier, se montrait moins sauvage que les autres – le matin, il était le premier à se poser sur la mangeoire et, l'après-midi, il venait procéder à une toilette minutieuse dans le bassin. Par une chaude journée d'avril, profitant d'une fenêtre ouverte, il s'est engouffré dans le salon et en a fait le tour à tire-d'aile avant de ressortir aussitôt. Le lendemain, il était de retour. Les mésanges charbonnières apprennent beaucoup grâce à l'observation de leurs semblables, et je n'ai pas tardé à voir deux oiseaux entrer par la fenêtre : Billy et sa compagne, Reinette, ainsi nommée en référence aux reflets verts de son plumage. Dès lors, j'ai toujours laissé le vantail supérieur ouvert pour qu'ils puissent passer. Cela a été le début d'une cohabitation très particulière et riche d'enseignements, qui perdure aujourd'hui.

1900

— Viens voir, Lennie.

Papa tient quelque chose entre ses mains. Je me précipite.

— C'est une mésange ?

— Oui, une jeune charbonnière. Tombée du nid. Je l'ai trouvée sous le hêtre à côté de l'école des filles. Ou plutôt, c'est Peter qui l'a trouvée.

Peter remue la queue en entendant son nom.

— Prends-la un instant, que j'aille chercher une boîte.

Oh ! ces plumes… Je n'ai jamais rien senti d'aussi doux. Je mets les mains en coupelle, comme un nid, et les porte à mes lèvres pour embrasser l'oisillon. Quelle douceur ! Et cette petite tête, si bleue ! La bestiole s'agite, prise d'une brève secousse, je sursaute mais garde les doigts bien serrés.

— Tu peux la mettre ici. Tout doucement.

Papa me tend une boîte en carton qu'il a prise dans son bureau et tapissée d'une vieille écharpe.

Je baisse lentement les mains jusqu'à sentir le fond, puis les écarte.

— Très bien. Allons maintenant lui trouver de quoi manger.

Papa me prend par la main. Olive, Kings et Duds sont à l'école, moi toujours pas, maman veut que je reste à la maison. Pour une fois, j'ai de la chance.

— Flo ?

Par l'embrasure de la porte, il passe la tête dans la chambre de ma mère.

— J'emmène Lennie chercher de la viande hachée pour la mésange.

— Tu pourrais l'appeler Gwendolen, comme tout le monde. Et ton travail, tu l'abandonnes ?

Maman parle d'une voix plus légère que ces derniers jours. Son mal de tête est sans doute parti.

Papa balaie ces réflexions d'un revers de la main.

— Approche-toi, Gwendolen, me dit maman.

J'avance à contrecœur dans la pénombre. L'endroit sent le sommeil et aussi autre chose. Quelque chose de vieux. Maman réajuste ma robe et me serre contre sa poitrine. C'est elle qui sent comme ça. Elle me relâche et je cours aussitôt retrouver mon père au-dehors.

Je gambade à côté de lui dans la rue principale, en me retenant un peu pour ne pas le devancer.

— On va où ?

— D'abord à la boucherie, puis au magasin de M. Volt.

Je saute de plus en plus haut, c'est une chose que je fais très bien. Mes pieds touchent le sol en même temps que ceux de papa. Taga-da, taga-da. Les sabots d'un double poney.

Peter n'a pas le droit d'entrer chez le boucher. Il le sait bien et va s'asseoir devant la vitrine. Je caresse son poitrail blanc, puis rejoins mon père à l'intérieur.

— De la viande hachée très fin, s'il vous plaît. C'est pour une mésange, il n'en faut pas beaucoup.

Le gros James ne sert pas souvent la clientèle, sauf en l'absence de M. Johnson. Il est plutôt lent et ne nous donne jamais de jambon à goûter.

— Merci. Puis-je également avoir une petite tranche d'York ?

Le gros James hausse les épaules, se retourne pour couper le jambon. Mon père me fait un clin d'œil. Une fois dehors, il partage le butin entre Peter et moi.

M. Volt vend de tout dans sa boutique. Il a un œil plus bas que l'autre, et qui ressort un peu. Duds raconte que c'est parce qu'il a reçu un coup tellement fort sur le crâne que l'œil est parti tout seul et qu'on n'a pas pu le remettre en place, et Olive dit que M. Volt ne voit plus de cet œil. Pourtant, c'est toujours avec celui-ci qu'il me regarde, comme s'il pouvait bien voir, et même plus de choses que les autres gens – des choses invisibles.

— Bonjour, monsieur Howard, bonjour, ma petite. Que désirez-vous ?

— Un peu de graines à oiseaux, s'il vous plaît, c'est pour une mésange charbonnière.

— Du chènevis, alors. Combien vous en faut-il ?

Il attrape une boîte en fer sur le rayon du haut, puis un sac en papier.

— De quoi la nourrir jusqu'à ce qu'elle reprenne son envol.

Dans un coin du magasin tapissé de boîtes cylindriques se tient un squelette. Je me risque tout près pour toucher ses os, ils bougent, je recule d'un pas.

— Ah oui, prends garde, prévient M. Volt. Il lui arrive parfois de retrouver ses esprits.

— Combien vous dois-je ? demande papa.

— Oh, ne nous tracassons pas pour si peu... Et pour vous, mademoiselle ?

Je m'approche du comptoir.

— Coquillage ou scarabée ?

— Scarabée.

Il plonge la main dans un bocal posé sous le comptoir et en sort un bonbon à rayures vertes et rouges, qui fait penser à un hanneton.

— Grand merci.

Je fais une révérence, comme Olive me l'a appris.

— Quelle enfant bien élevée !

Peter gambade devant nous sur le chemin du retour. Le bonbon, très sucré, fond sous la langue. Je le recrache pour voir s'il ressemble encore à quelque chose. La forme est partie, il ne reste plus qu'un petit tas. Titah le Hanneton.

Tessa ouvre la porte au moment précis où nous arrivons. Je manque de la bousculer en traversant le grand hall au pas de course, jusqu'au salon où la mésange nous attend dans sa boîte, sur la table.

— Elle respire encore.

— Tant mieux. Nous pouvons donc nous mettre à l'ouvrage. Quelle heure est-il ?

Je consulte la pendule posée sur l'appui de fenêtre.

— Trois heures.

— Trois heures précises ?

— Presque précises. Trois heures et une, non, deux minutes.

— Tu as raison, c'est presque précis. Écoute-moi bien : nous devons la nourrir toutes les heures.

Il confectionne une minuscule boulette de viande et, s'aidant de son auriculaire, l'enfouit dans le gosier de l'oiseau. Qui déglutit. Je pousse un petit cri de joie.

— Je vais mélanger les graines à la viande hachée, avec un peu d'eau. Il ne restera plus qu'à donner la becquée à heures fixes. Si cet oisillon est encore parmi nous demain, tu pourras t'en charger.

Il fait avaler une deuxième boulette à la mésange, puis encore une, jusqu'à ce que la bestiole n'en veuille plus. Les doigts de mon père sont fins et agiles. Je regarde attentivement comment il procède afin de reproduire ses gestes demain.

— Demande à Cookie si elle n'aurait pas une chaufferette. J'ai l'impression que notre petit est frigorifié.

— Et si je le tenais contre moi ?

Mon père fait non de la tête. Je cours à la cuisine.

— Cookie, Cookie, nous avons une mésange ! Pourrais-tu nous donner une chaufferette ? La pauvre bête a froid.

Je me balance d'un pied sur l'autre.

— Du calme, petite.

Cookie se relève de sa chaise en geignant.

— Il faut parler moins fort, ta mère ne se sent pas très bien. Allez, suis-moi.

Je m'engage derrière elle avec précaution sur les marches étroites de l'escalier raide qui mène à la cave, en posant la main sur la paroi humide.

— J'aurai le droit de lui donner à manger demain si elle est encore en vie !

Cookie se racle la gorge, saisit une chaufferette sur l'étagère du fond. Je la lui prends des mains.

— Fais bien attention où tu mets les pieds en remontant, compris ?

Je suis déjà presque en haut.

Star 2

Au Cottage aux oiseaux, le jardin était fréquenté par un grand nombre de mésanges charbonnières, de merles, de moineaux et de rouges-gorges. Il accueillait aussi des choucas, des corneilles, des geais, des mésanges bleues, des étourneaux, des pics et des pinsons. Je vis revenir certains migrateurs chaque année, au printemps, à l'exemple des hirondelles, tandis que d'autres se limitèrent à un ou deux séjours. Des oiseaux nicheurs restèrent une seule saison, d'autres revinrent quelques années de suite, d'autres encore firent du jardin leur lieu de nidification pour la vie. Pour chacune de ces espèces, ou presque, un individu au moins s'aventura dans la maison, même si j'essayai toujours autant que possible d'éviter la visite des corvidés, qui perturbent les oiseaux plus petits qu'eux et pillent leur nid. C'est avec les mésanges charbonnières que je nouai les liens les plus étroits. Il s'agit probablement des oiseaux les plus intelligents qui soient. En outre, les charbonnières sont très curieuses de nature : on ne peut rêver meilleurs partenaires de recherche.

Si Billy et Reinette se montrèrent quelque peu mal à l'aise lors de leurs premières incursions, ils prirent très vite leurs habitudes à l'intérieur, surtout quand l'automne fit place à un hiver très enneigé. Les autres charbonnières suivirent leur exemple et, en décembre, certaines cherchaient déjà dans la maison un endroit pour dormir. Leur choix ne fut pas toujours heureux – elles bâtirent des nids entre la tringle à rideaux et le plafond, ou dans l'encadrement de la porte coulissante, qui, par conséquent, ne fermait plus. Je plaçai donc des nichoirs ici et là : vieux emballages en carton, petites caisses de bois... Les mésanges, qui comprennent toujours très vite, ne tardèrent pas à investir leurs nouveaux logis. Dans la maison, elles se disputèrent moins au sujet des nids qu'au-dehors, sans doute parce qu'elles se sentaient sur mon territoire. Pendant la période de couvaison, en revanche, elles élurent toujours domicile à l'extérieur, si bien que, jusqu'à présent, aucune n'a encore pondu chez moi. Il leur faut peut-être plus d'intimité.

Peu à peu, les mésanges charbonnières s'habituèrent à moi, et même si ma présence influait parfois sur leur comportement (elles prenaient peur lorsque je me levais d'un bond, par exemple, et je ne poussais jamais la porte d'entrée avant d'avoir crié « Noisette ! » pour les avertir), elles vaquaient le plus souvent à leurs petites affaires. C'est ainsi que je fus non seulement à même d'observer leur façon d'agir, mais aussi d'étudier de près leurs échanges. J'en ai connu au moins une quarantaine, chacune avec ses propres goûts, ses propres désirs. Ces oiseaux m'ont appris que l'intelligence individuelle joue un rôle beaucoup plus important dans leurs choix et leur comportement que les aptitudes naturelles ou ce que la science nomme « l'instinct ». Pour mener mes recherches de cette manière, il importait de tenir les autres humains à distance, car le moindre mouvement inattendu, la moindre inflexion de voix, pouvait entraîner une réaction. Même quand mes visiteurs s'efforçaient de ne pas faire de bruit, leur simple présence produisait souvent le même effet qu'un épouvantail. Or un oiseau apeuré met longtemps à revenir – en général au moins une demi-journée.

La compagnie des mésanges me donnait l'impression d'être moi-même lente et malhabile. Elles entendent en effet mieux que nous et leur vue est meilleure. Leurs yeux étant situés sur les côtés du crâne, elles ont un champ de vision très étendu, à la fois monoculaire et binoculaire. Par ailleurs, leur perception dépasse en acuité celle des humains. Elles ne sont pas seulement sensibles à l'altération de leur cadre de vie, mais aussi aux changements du temps, à la couleur des fruits – en particulier des baies – et aux mouvements des autres animaux. Bien sûr, les points communs ne manquent pas. Tout comme les hommes, les mésanges charbonnières ont leurs petites habitudes et leurs rituels, notamment pour ce qui est de la nourriture et du sommeil. Chaque nuit, les nichoirs du Cottage aux oiseaux hébergent six ou sept mésanges. Certaines ne dorment à l'intérieur que lorsqu'il fait très froid dehors, d'autres passent la plupart de leurs nuits dans une boîte fixée tout en haut du mur de la chambre.

Comme nous, les oiseaux communiquent entre eux d'une infinité de manières – en poussant des cris, en chantant, en prenant des poses, par le bruit de leurs battements d'ailes, par le regard, le toucher, le mouvement, la danse... Très vite, mes relations avec les mésanges charbonnières atteignirent ce même degré de richesse et de diversité. Je leur parlais régulièrement. Au début, elles devinaient au ton de ma voix ce que je voulais dire, puis, au fil du temps, elles parvinrent à assimiler le sens de mes paroles. Elles comprenaient mes gestes, nous échangions des regards. Certaines n'hésitèrent plus à m'approcher ou même à se poser sur moi. Les oiseaux sont toujours les premiers à établir le contact visuel : lorsque je me tourne vers eux, ils sont déjà en train de me regarder. Ce n'est pas seulement grâce à la position de leurs yeux, mais parce qu'ils sont beaucoup plus rapides que moi. Si les mésanges semblèrent d'abord mieux me comprendre que je ne les comprenais, j'appris ensuite à les déchiffrer tout aussi bien. Naturellement, certains de ces oiseaux me furent plus « lisibles » que d'autres, tout comme cela se produit d'ailleurs chez les êtres humains. Parmi les charbonnières que je fréquentai, il y en eut d'exceptionnelles. Tête-Chauve, un mâle devenu si docile vers la fin de sa vie qu'il passa le plus clair de ses vieux jours sur mes genoux ; Twist, une femelle courageuse et très intelligente, mon initiatrice au langage des mésanges ; et bien sûr Star, la créature la plus ingénieuse que j'aie eu l'honneur de connaître et avec laquelle je nouai la relation la plus forte.

1911

J'ai la sensation qu'une trappe s'est ouverte dans mon cœur, par où l'air chaud s'engouffre. Une trappe ou une fenêtre. Je cours rejoindre Olive au fond du jardin, mes pieds foulent l'herbe d'été, l'herbe douce. Tout est si vert, ici.

— Papa est arrivé ? me demande Olive.

Je fais signe que non.

— Tu as senti ces roses ? Les pétales sont déjà grands ouverts. Tiens.

J'attrape une fleur derrière elle et incline la tige vers son visage.

Elle acquiesce, tente d'étirer son dos.

— Tu voudrais bien m'apporter un verre ? Je ne me suis pas assise de toute la journée.

Olive a dû aller avec maman chez la couturière pour faire des essayages.

Je repars vers la maison, à pas lents cette fois. Dans la véranda, Florence m'interpelle :

— Gwen, tu es prête ? Ton père sera de retour dans une demi-heure au plus tard. Il va nous lire quelques-uns de ses derniers poèmes, Paul prendra le relais avec des vers de sa composition et, ensuite, tu pourras nous jouer ta suite de Bach.

Je hausse les épaules.

— Gwendolen !

Elle me regarde d'un œil sévère.

— Oui, maman.

Je poursuis ma route jusqu'à la cuisine et demande un verre de champagne à Tessa.

— C'est pour ma sœur.

— Comment vont les petits oiseaux ?

— La jeune mésange ne s'en est pas tirée. Hier, j'ai relâché la pie, on dirait que ça se passe bien.

— Tu es adorable. Je le disais encore à Cookie tout à l'heure.

Je lui fais signe de la main et emporte la coupe de champagne. En arrivant à la porte du jardin, j'aperçois Paul, adossé au chambranle, les boucles de ses cheveux éparses contre le mur, le visage dirigé vers le soleil couchant. Je passe à côté de lui, il pivote d'un quart de tour et me regarde. Je tressaille, rougis, fais mine de ne pas l'avoir vu.

— Gwendolen ?

Je me retourne.

— Est-ce bien prudent, juste avant ton récital ?

— C'est pour Olive.

Ma main se crispe sur le verre – je ne dois pas serrer trop fort, ça le briserait, mais il ne faut pas non plus que je le lâche.

— Je sais. C'était une blague.

Mes joues s'enflamment encore plus.

— À tout de suite, alors.

Je le salue, m'éloigne à la hâte, le champagne m'éclabousse les doigts. J'aurais dû lui parler de ses poèmes, que mon père nous a fait lire, lui dire qu'ils volent, qu'ils vivent, qu'ils m'émeuvent.

— Ah, merci !

Olive a ouvert le parasol bien qu'elle soit déjà à l'ombre.

— Quand allez-vous commencer ?

— Papa sera là dans une demi-heure.

Du coin de l'œil, je vois Paul diminuer, petit bonhomme en costume noir, personnage de pièce montée. Ma cousine Margie compare le mariage à un emprisonnement.

— Tu joues la suite de Bach pour violoncelle ?

Je fais signe que oui, me repasse mentalement la partition.

— Est-ce que Stockdale est là, lui aussi ?

— Il devrait venir.

J'espère qu'il viendra – Harold Stockdale est chef d'orchestre à Londres, voilà longtemps qu'il ne m'a pas entendue jouer. Depuis, je me suis améliorée, j'ai vraiment beaucoup travaillé ces derniers mois. Charles, la corneille qui a grandi chez nous, vient se poser au milieu du lierre. Il saute sur ma main tendue, puis repart se percher ailleurs. Cette agitation ne lui plaît pas du tout. Il s'envole et souille en passant le verre de M. Wayne, professeur de musique à Tywyn, qui ne s'en rend compte qu'après avoir pris une gorgée.

— Quel horrible personnage…

Olive grimace de dégoût.

Lors de sa dernière visite, Stockdale s'était ostensiblement attaché à séduire Margie. Ma cousine a vingt-deux ans, étudie aux Beaux-Arts et passe l'été chez nous parce que ses parents sont partis en voyage. Margie a beau flirter avec tout le monde, personne ne s'en offusque tant elle paraît innocente. Stockdale pensait avoir une touche, jusqu'à ce que Margie, en fin de soirée, se mette à bâiller terriblement, s'excuse et monte dans sa chambre – sans oublier de faire un dernier salut de la main dans l'escalier.

Olive prend la coupelle de fruits secs posée sur la table de jardin, choisit les noix les plus appétissantes et les croque une à une.

Tessa vient nous chercher. Dans la maison pleine de monde, il fait chaud, l'espace est rare entre les corps, mais les paroles n'arrivent pas jusqu'au voisin, ou à peine. Des paroles de convenance, qui ne veulent pas dire grand-chose. On vient de loin pour assister à nos salons, mon père est le seul à organiser ce genre d'événements dans l'ouest du pays de Galles. Stockdale me serre la main, avec insistance. L'œillet rouge à sa boutonnière frémit à chacune de ses expirations laborieuses. Peut-être a-t-il mangé quelque chose d'avarié.

Ma mère se tient près du piano à queue.

— Bienvenue à tous.

Lors de ces soirées, elle parle avec plus d'affectation que d'ordinaire.

J'ai repéré en face de moi la grosse bouille blonde de mon frère Dudley et traverse la pièce le plus discrètement possible pour le rejoindre.

— Ne te gêne donc pas pour moi...

Ma mère a levé les sourcils. Les gens rient. Dudley se décale d'un siège pour me céder la place.

Paul est assis derrière moi, un peu sur le côté. Je prends conscience de mon dos dans cette robe vieux rose, trop féminine et trop serrée, choisie par ma mère. Celle-ci prononce le nom de Paul, puis le mien, comme si nous formions un ensemble, une suite logique.

Newman commence par le deuxième poème de son recueil *Les Pas de Proserpine*, qui évoque l'amour et les merles. Il a écrit une grande partie de cet ouvrage pour ma mère. Je réprime un bâillement, pianote en l'air pour échauffer un peu mes doigts. Badabadadam. Mon père lit encore deux poèmes de ce premier recueil, puis un long chant sur la ville – si différente d'autrefois – et pour finir un extrait de sa trilogie grecque, autour de la guerre de Troie. Ses textes sont interminables et abusent d'adjectifs. Avant d'être poète, il exerçait la profession d'expert-comptable.

Kingsley, mon frère aîné, arrive tout essoufflé et se laisse choir si bruyamment sur une chaise du dernier rang que chacun se retourne. Toujours dans sa tenue de sport, il dégage une odeur perceptible depuis l'endroit où je me trouve. Il répond à mon regard par une grimace.

La voix de mon père s'envole dans les aigus, il ménage une dernière pause avant de conclure d'un ton triomphal. Pendant que les gens applaudissent, Paul quitte sa place pour rejoindre la scène, je regarde ses pieds, puis lève les yeux vers son visage où s'accroche le soleil, nos regards se croisent, très brièvement, il a déjà pris la parole. J'écoute à peine les mots qu'il prononce, je les connais. C'est bientôt terminé.

Ma mère m'annonce, j'accorde l'instrument. Mes doigts me picotent. J'attaque : une question, une réponse, une question.

*

Une fois les invités partis, je redescends. Je m'arrête à l'endroit où il se tenait, à deux mètres de moi, peut-être deux et demi. Je me revois, assise, tournant les yeux, la tête. Mes joues s'enflamment de nouveau. À travers les carreaux, j'aperçois mon père qui remplit un verre de champagne. Il le tend à ma mère. La maison, à l'évidence, reprend son souffle grâce aux fenêtres ouvertes en vis-à-vis, alors que s'effacent les dernières lueurs du jour.

Après le spectacle, Paul est venu me voir. Il m'a demandé si j'avais l'intention de persévérer dans la musique. J'ai haussé les épaules.

— Peut-être.

— Dans ce cas, il faudra que tu ailles à Londres.

— Je sais.

— Je connais des gens là-bas, je peux t'aider à trouver un logement.

J'ai hoché la tête et l'ai remercié.

— Tu m'excuseras, je dois aller voir ma mère.

Ma mère ! J'ai presque dix-huit ans !

— Oui, bien sûr.

Il m'a saluée, puis il est reparti, je me suis mise à respirer lentement, profondément. Dehors, l'air était riche de senteurs : herbe, feu de bois, fragrances diverses… Peut-être allait-il me suivre dans le jardin. Sinon, je lui reparlerais sans doute un peu plus tard. Les attentes s'agglutinent, formant des attentes encore plus grandes ; l'espoir s'alourdit d'une insignifiance, puis d'une autre, si bien que très vite il est difficile d'envisager l'avenir au-delà, difficile de ne pas se sentir encerclée, de différencier ce qui est de ce qui pourrait être. Du moins jusqu'à son départ. Peut-être ne le reverrai-je pas avant des semaines. J'aurais dû lui dire quelque chose de drôle, de spirituel. Les rayons du soleil désertent ma poitrine en y laissant un point d'interrogation, une empreinte de désir. J'aurais tout simplement pu bavarder avec lui. Quand il m'a parlé de ces amis à Londres, de ce logement, ce n'était pas par hasard, et puis il a lu son poème sur cette femme qui n'arrête pas de chercher…

Mon père me fait signe, je sors le rejoindre.

— Belle interprétation, ma chérie.

Il se penche, me prend dans ses bras, me serre contre son cœur. Le vent apporte l'odeur de la mer, mais pas le sel.

Maman vide son verre d'un seul coup.

Je me dégage.

— J'aimerais aller au conservatoire.

— Mais tu es encore bien trop jeune pour cela, mon trésor.

Papa esquisse un sourire gêné.

— Et puis nous serions obligés de te laisser partir à Londres, ajoute maman. Ma petite fille ! Je ne sais pas si tu t'en sortirais.

Elle me touche la joue, la pince légèrement.

— Bien sûr que je m'en sortirai !

Elle se tait. Mon père plonge le regard dans l'obscurité du jardin.

— Puisque je vous dis que je m'en sortirai ! Je ne suis plus une enfant !

Papa pose sa main sur mon épaule, je la repousse. Dans la maison, mes chaussures laissent des traces de terre et des brins d'herbe.

Je trouve ma sœur en haut de l'escalier, une assiette à la main – elle s'est servi un sandwich.

— Quels beaux poèmes il écrit, ce Paul, tu ne trouves pas ?

— Je crois que je l'aime, Olive.

— Tu es amoureuse de lui : ce n'est pas du tout pareil.

Elle me regarde avec sévérité.

— Tu ne dois pas te laisser embrouiller par tes sentiments.

D'après elle, il vaut mieux également ne pas leur obéir.

Je pousse un long soupir.

— Ne fais donc pas ta grande romantique !

Elle me suit dans ma chambre, s'assied sur mon lit et mord dans son sandwich. À dîner, elle se contente toujours de quelques bouchées pour se plaindre ensuite d'avoir faim.

— Mais je dois dire que tu as très bien joué.

— Je veux être violoniste. Jouer tous les soirs. Vivre ma vie, à Londres ou autre part. Gagner de l'argent.

Il faut que je me renseigne sur l'examen d'entrée au conservatoire, à quelle date il a lieu et quelles sont les aptitudes requises.

— Pourquoi veux-tu gagner de l'argent ? Nous en avons bien assez.

— Je veux décider de la vie que je mène.

— Tu peux le faire ici aussi.

Je secoue la tête.

Elle pose son assiette sur ma table de chevet, laissant la moitié du sandwich, et me souhaite une bonne nuit.

Je vais à la fenêtre. Mes parents sont assis sur le banc, ils ont approché une petite table de jardin – deux verres, un cendrier, le recueil de poèmes de mon père. On n'entend plus le merle. Je tire les rideaux. En me déshabillant, je sens mon odeur dans l'étoffe de la robe. Mon odeur et celle de la soirée. Les coutures à la taille m'ont marqué la peau. Je prends mon journal.

Charles est venu deux fois dans le jardin aujourd'hui, ce matin et en début de soirée. Je ne l'ai pas revu après le départ des invités – il doit passer la nuit dans sa retraite à la lisière du bois. Le merle que j'ai entendu plus tôt devait être Mike, il s'est installé ici la semaine dernière. Depuis quelques années, je recense les oiseaux qui fréquentent le jardin et j'écris parfois des histoires à leur sujet – il n'y a que mon père pour les trouver excellentes. J'en ai envoyé quelques-unes à une revue l'an dernier, mais je n'ai jamais reçu de réponse. Je ferais mieux de me concentrer sur la musique. Mais les oiseaux sont aussi très importants pour les compositeurs. Paul m'a dit récemment que Mozart s'était inspiré du chant d'étourneaux apprivoisés. Paul. J'écris son nom, puis le rature.

Désir :

Comprendre que l'on est insondable.

Comprendre que l'on est mouvement.

Comprendre que l'on est eau et que l'eau vous glisse entre les doigts.

*

La lumière qui tombe dans l'ancienne salle de classe paraît tangible. Les grains de poussière donnent corps au soleil. Mes narines me démangent.

— Juste un instant !

Margie lève la main d'un air impatient.

— Ne bouge pas, j'y suis presque…

Je me gratte le nez.

— Allons, Gwen, reste un peu tranquille !

Mon regard se pose sur le mur derrière elle, là où manque un morceau de papier peint. L'école est fermée depuis plusieurs années, les locaux laissés à l'abandon. Il y a trois semaines, Margaret a découvert que la porte de service, à moitié cachée par du lierre, était ouverte.

« Cela veut dire que nous avons le droit d'entrer, a-t-elle affirmé hier soir. Autrement, ils auraient verrouillé cette porte. »

Tout à l'heure, elle m'a affublée d'un drap et allongée sur une table. Charles nous avait accompagnées, mais il est reparti au bout d'une dizaine de minutes. Pas assez de mouvement. Et rien à manger.

— Ah, nous y voilà ! Pardon, Gwen, je sais qu'il fait chaud… En tout cas, je suis très heureuse que tu aies accepté de poser pour moi.

Elle recule d'un pas, les yeux plissés.

Le papier peint arraché évoque un homme, un chat, une tache.

— Mesdames.

Sa voix.

— Paul ! s'étonne Margaret. Qu'est-ce qui t'amène ?

— Ton oncle m'a demandé de venir vous chercher. Bonjour, Gwen. Quelle posture, euh, particulière…

— On m'a défendu de remuer. Donc aussi d'ouvrir la bouche pour te parler.

Paul nous annonce que les autres vont faire un tour en bateau et nous propose de nous joindre à eux.

— Priorité à l'art, répond Margaret. J'en ai encore pour un petit moment. Vous partez à quelle heure ?

Est-il venu pour moi ? Immobile, je les écoute bavarder. Il ne me voit plus, à moins que… Il étudie le tableau, puis tourne son regard vers moi, intrigué.

— Embarquement dans un petit quart d'heure, répond-il.

— Tu ferais bien de déguerpir, dans ce cas, dit Margaret.

Elle réarrange sa jupe à carreaux.

Paul me lance un dernier regard avant de quitter la pièce, comme s'il y avait en moi quelque chose à découvrir. Je sens mes paumes, la plante de mes pieds, parcelles de peau d'ordinaire immobiles.

Margaret donne encore quelques coups de pinceau, cette visite l'a manifestement troublée.

— Il va falloir y aller, qu'en penses-tu ?

— Je n'ai pas une folle envie de faire du bateau.

— Moi, je crois que j'ai terminé.

Du bout de l'auriculaire, elle essuie un excès de peinture. Je me relève, les pieds ankylosés. J'enfile ma robe.

— Qu'en dis-tu ?

Elle oriente le chevalet vers moi. Je vois une déesse, ou une femme d'un autre temps, qui a mon visage, en plus beau, et un corps plus élancé, plus gracieux. Dans un coin du tableau, une corneille est juchée sur une colonne.

— Cette poitrine sort tout droit de ton imagination. Je comprends maintenant le regard de Paul.

Elle sourit.

— Ça rend bien, non ?

— Que vas-tu en faire ?

— L'exposer. Peut-être ici, à la fin de l'été. C'est le lieu idéal.

Elle me précède vers la sortie, abandonnant le tableau. De loin, je vois qu'elle a peint une fenêtre qui donne sur la mer.

*

Mon père, à l'avant du canot, nous fait de grands signes.

— Lennie ! Margie !

Je saisis sa main tendue et monte à bord. Je me dirige vers l'arrière de l'embarcation – du bois sur l'eau – en tirant sur ma robe avant de la laisser retomber sur ma peau. Une fois, deux fois : fraîcheur. Dudley, étendu de tout son long sur le banc de poupe, fume une cigarette. Il lève les yeux au ciel en me voyant approcher.

— Kingsley n'a pas voulu venir, il est parti jouer au tennis.

Cet été, mon grand frère passe le plus clair de son temps sur les courts, il ne nous a pas encore accompagnés une seule fois pour observer les oiseaux.

Margaret écarte Dudley et s'assied près de lui.

— Quel délice de canoter par ce temps !

Elle étend ses longues jambes et ferme les yeux sous la caresse du soleil.

— Merci d'être des nôtres, mesdemoiselles. Nous n'attendons plus que Paul et Dimitri.

Ma mère a mis ses grandes lunettes à verres fumés ainsi que la robe qui, aux dires de chacun, la rajeunit tant. Elle semble ainsi ne pas être la mère de ses filles, mais leur sœur.

— Cookie nous a préparé des sandwichs.

Je m'accoude au bastingage, les yeux tournés vers les collines dans le lointain.

— Ohé du navire !

Paul, sur le quai, capte la lumière. Dimitri apparaît derrière lui. C'est un ami de Paul, un poète lui aussi. Il porte des moustaches relevées en pointe et huilées de brillantine. Son père est M. McWest, un millionnaire dont la résidence d'été se trouve juste à la sortie d'Aberdovey. Dimitri s'intéresse depuis un certain temps à Olive, qui pour sa part le traite de fainéant.

— Nous avons apporté des pommes et une guitare !

Ils descendent sur le quai par l'escalier de pierre et sautent dans le bateau. Mon père dégage l'embarcation d'un geste un peu trop désinvolte. Évitant les bancs de vase, nous remontons l'estuaire en direction des collines. Nous passons tout près du fortin bâti sur le rocher aux résineux. Le drapeau de la tour de garde pendille misérablement. Je vais m'asseoir à côté de mon père. La semaine dernière, nous avons aperçu des vanneaux à cet endroit.

— Quand retournerons-nous à Ynis-hir ?

Jusqu'à l'an dernier, il m'emmenait chaque été en excursion sur ces terres marécageuses, non loin d'ici, pour y observer les oiseaux.

— Je crois que tu as passé l'âge, ma chérie. Il est temps que tu te comportes en dame.

Ma mère réajuste ma robe.

— Ce n'est pas à vous que je posais la question.

Je repousse sa main, me recule un peu sur le banc.

— Bonjour, Gwen.

Dimitri s'assied près de moi en me tendant une main moite.

— Jolis coups d'archet, la semaine passée.

Il pousse un petit rire aigu, de ceux qui ponctuent habituellement ses fins de phrase. La peau laiteuse de ses jambes sera bientôt rouge comme une carapace de homard.

— Merci.

Les rochers vont du gris au blanc, se coiffent de lichen jaune.

— Paul m'a dit que tu posais. Pour Margaret. Toi aussi, tu dessines ?

Ses yeux clignent à cause du soleil, sa fébrilité me porte sur les nerfs.

— Il vaut mieux que je me mette à l'ombre, autrement, je vais brûler.

Je me lève.

— Et non, je ne pratique pas le dessin. Pas le temps.

— D'accord. Bon à savoir.

Il recommence à glousser.

Mon père bavarde avec Paul, lui tape dans le dos. Dudley se penche par-dessus bord, trempe le bout de ses doigts. Olive lit. Ma mère fourrage dans le panier à pique-nique, elle cherche un verre. Mon regard croise celui de Margaret. L'eau bruisse.

— Qui veut un sandwich ?

Ma mère distribue les tranches de pain empaquetées.

Dimitri va s'asseoir à côté de Margaret. Elle se met à esquisser son portrait. Il se munit d'un stylo et d'un carnet en disant qu'il va lui écrire des vers, qu'elle-même est poésie.

Le pain a pris un coup de chaud et s'est ramolli, détrempé par les rondelles de concombre qui maintenant glissent dans les plis de la serviette. Je les repêche, mange avec appétit, je sens que Paul me regarde.

— Savoureux, ce pain, dit mon père. C'est exactement ce qu'il me fallait.

Il se frotte la panse, qui a pris beaucoup d'envergure depuis qu'il ne travaille plus.

Ma mère lui jette un coup d'œil méprisant.

Paul vient s'asseoir près de moi.

— Comment vont les oiseaux ?

Il me parle d'un compositeur qui intègre le chant des merles à sa musique.

— Olive, prends donc un sandwich.

— Non merci, maman, je surveille ma taille.

Ma mère ne mange rien non plus.

— Ne trouvez pas qu'il est l'heure de porter un toast ?

Newman approuve, Margaret et Dimitri posent leurs affaires et vont se placer à côté de Dudley.

Mon père déclame un poème sur la guerre de Troie.

— Santé !

— Santé, reprennent les autres, avant que Dudley pousse Margaret par-dessus bord et plonge à son tour.

Paul et Dimitri se déshabillent, puis les rejoignent dans l'eau.

— Peut-être vaut-il mieux ne pas se baigner ici, dit mon père en immobilisant le bateau. Les courants sont imprévisibles.

Ma mère acquiesce, mais simplement parce qu'il vient de dire quelque chose ; je pense qu'elle serait incapable de répéter ses paroles.

*

Les herbes hautes me grattent les jambes. Je m'éloigne jusqu'à ce que les voix des autres s'évanouissent et m'accroupis derrière un rhododendron, culotte baissée. Soulagement. Mais le jet, trop fort, éclabousse mes mollets. Soudain, du bruit : je me reculotte en vitesse. C'était peut-être un lapin de garenne, ou un écureuil. Ou tout simplement le vent dans les branches. J'essuie mes mollets contre mes tibias et au bout de trois mètres les dernières gouttes se sont évaporées.

Olive, Dimitri et Dudley se baignent, mes parents sont assis sur le petit plaid.

J'entre dans l'eau. J'aimerais bien nager moi aussi, mais je n'ai pas mon costume de bain.

— Où est passée Margaret ?

Mon père se tourne vers moi.

— Aucune idée, répond-il avec indolence.

Ses jambes blanches se détachent sur le sable.

— Vous êtes ivre, papa.

— Nous profitons de l'été, ma chérie.

Il ne se rend pas compte de mon agacement et attaque un air à la guitare. Personne ne le suit.

Je grimpe le coteau à la recherche de Margaret. L'air semble de plus en plus chaud, mon corps de plus en plus lourd. Un sac de sable sur du sable.

J'emprunte un sentier qui monte vers les bois ; l'ombre m'attire. Un peu plus haut, sur ma gauche, j'aperçois une prairie survolée par des hirondelles qui tournoient, piquent en rase-mottes, se rejoignent et s'esquivent d'une pirouette, vers le ciel, vers le sol. Je continue en suivant les fleurs bleues, un lièvre détale devant moi.

C'est alors que je les entends, avant même de les voir.

— Aïe, aïe ! On me pique !

— Eh oui, ma belle ! Tu voulais aller au bord de la mare, n'est-ce pas ? Mais près de l'eau, il y a des moustiques…

J'avance encore d'un pas, tout en restant derrière le talus, ils sont là tous les deux, enlacés, ne faisant qu'un seul corps. Un bras s'agite, puis une jambe : il la chatouille, elle fait semblant de vouloir s'échapper.

Je fais demi-tour, trébuche, déjà hors de vue, ils ont dû m'entendre – et alors ? Je cherchais simplement Margaret, ils n'avaient qu'à être plus discrets, je refuse de marcher sans bruit. Au creux de ma poitrine, une fêlure se forme et s'élargit en plongeant vers les entrailles, d'abord crevasse, puis brèche. Le chemin devant moi s'embrume, j'essuie mes larmes d'un geste rageur. Pourquoi l'ignorais-je ? Les autres le savaient-ils ? Pourquoi n'ai-je rien vu ? Pourquoi m'a-t-il regardée ? Et Margaret – elle connaît mes sentiments. Ils se seront bien moqués de moi…

Je me hâte vers le rivage pour que mes parents ne me voient pas pleurer au passage. J'enlève ma robe, entre dans l'eau en chemise de jour et rejoins les autres à grandes brasses coulées. Dimitri siffle, Olive éclate de rire, Dudley m'éclabousse. Je contourne le bateau à la nage, imagine que l'eau s'engouffre dans la déchirure de ma poitrine. Si tout à l'heure je faisais le trajet de retour dans leur sillage, je deviendrais liquide avant d'avoir atteint l'estuaire. Ma mère lance un regard désapprobateur à ma robe, mon père a les yeux remplis de sommeil. Des gouttes d'eau coulent sur mes jambes et courent en petits ruisseaux jusqu'à la rivière.

— Nous devons rentrer tout de suite, dit mon père. On annonce de l'orage pour la fin de la journée.

— Margie ! s'époumone Dudley. Paul !

— Ils sont partis ensemble ?

Olive fronce les sourcils.

— Gwen, sais-tu où ils sont ?

Ma mère retire ses lunettes fumées, passe un châle autour de ses épaules.

Je secoue la tête. Un poing se serre dans mon estomac.

Margaret apparaît, gambadant comme un poulain à travers la lande, son carnet de croquis à la main.

— Nous partons ? Déjà ? Je suis allée crayonner près d'une mare, il y avait des papillons magnifiques !

Elle montre ses dessins à ma mère, souligne du doigt la courbe d'une aile.

— Il ne nous manque plus que Paul.

Au même moment, il surgit de l'autre côté, la chemise froissée, les cheveux pleins de sable.

— Pardonnez-moi, suis-je en retard ? J'étais parti vers le bois pour écrire, mais je me suis endormi en chemin.

Il me jette un clin d'œil en passant devant moi. Je fais comme si je n'avais rien vu et vais rejoindre Olive sur le banc de proue. Elle me parle d'un livre qu'elle a lu, où toute l'action se déroule dans une même journée. Margaret s'assied près de ma mère au centre du canot.

— Y a-t-il encore des sandwichs ? Je meurs de faim tout à coup.

Ma mère ouvre lentement le panier à pique-nique, elle fait durer ce moment, c'est le sien.

— J'en prendrais bien un moi aussi, dit mon père en tendant la main.

— Tu as déjà mangé plus que nécessaire.

Ma mère referme le panier en souriant.

Mon père s'en empare, le tire vers lui tandis que ma mère s'agrippe à la poignée, il s'arc-boute, elle serre les dents et tire encore plus fort sur la poignée, qui se détache. Ma mère part à la renverse. Les sandwichs retombent l'un après l'autre, en enfilade.

— À manger pour les poissons.

Margaret aide ma mère à se relever, lance les tranches de pain dans la rivière. Des rondelles de concombre jonchent le fond du canot. Mon père finit par s'asseoir, il fixe l'horizon d'un air concentré, Paul et Dudley poussent l'embarcation à l'eau.

Des nuages s'amoncellent au loin, forteresse d'ardoise, la seule chose que je désire à présent est qu'il pleuve.

*

Soleil rose, ciel rose, ciel bleu, soleil jaune. Couchée dans mon lit, j'écoute Olive frapper à la porte, ma mère prend le relais, puis Olive à nouveau.

— Gwen ? demande ma sœur en passant la tête dans l'embrasure. Tu vas bien ?

Je me redresse, les paupières lourdes.

— Je suis un peu mal en point.

— Cookie peut te préparer de la bouillie. Veux-tu que je lui demande de t'en monter ?

Je secoue la tête.

— Ça devrait passer. Peut-être faut-il que j'aille faire un tour, prendre l'air.

— Tu es certaine que ça va ? Il est déjà onze heures…

— Oui, oui.

Je me lève, vais m'asperger la figure devant le petit meuble de toilette qui fait le coin. Sur le palier, je me regarde dans la glace. Cheveux noirs raides comme des piquets, nez tranchant, joues allongées, petits yeux interrogateurs – je le vois bien : mon visage n'a rien d'attrayant.

Dudley est étendu sur le sofa comme un phoque à marée basse. Il lit *Jane Eyre* – un livre à moi.

— Bonjour.

Il tourne une page de ses gros doigts aux ongles endeuillés. Il ne fait rien de ses journées. Kingsley, lui au moins, travaille dans l'usine du père de Dimitri.

— Encore une fois : bonjour.

Une porte claque à l'étage.

— Au fait, c'est mon livre que tu es en train de lire.

— Bon sang, Gwen, tu cherches la bagarre ?

Il a fini par lever les yeux.

Je lui arrache le livre des mains, comme si j'avais huit ans au lieu de dix-huit et lui dix au lieu de vingt.

— Qu'est-ce que vous pouvez être ennuyeux, tous !

Il remet peu à peu son corps en mouvement.

— Maman ? crie-t-il en direction de l'étage. Je vais me baigner.

Cookie vient me servir de la bouillie. Je mange avec lenteur, par petites bouchées, puis rapporte à la cuisine mon assiette vidée de moitié.

— Excuse-moi, Cookie. Je ne me sens pas très bien.

Une fois dehors, je me calme sous l'effet de la chaleur.

— Charles, un peu de patience…

Il m'attendait dans le jardin de devant, prêt à m'accompagner en promenade. Perché sur la branche la plus basse du chêne, il s'envole au moment où j'arrive tout près de lui, revient, repart, bien trop enjoué pour une telle canicule. Les murs de calcaire qui bordent la route sont plus chauds que d'habitude, ils laissent de la craie sur mes mains. Mon cœur bat trop vite, je ralentis. La chaleur fait vibrer le sol. À l'orée du bois, Charles disparaît de ma vue – il a pris un chemin de traverse et vole trop bas pour que je puisse le suivre du regard. Je continue ma route de ce côté, au petit bonheur la chance. Quelque chose bouge derrière les sapins – il n'y a pas de vent, alors c'est sans doute un animal, peut-être un lapin. Le sentier débouche sur une clairière, nous sommes déjà venus ici, en hiver, le bois était si obscur, si glacial, les branches noires et dures, les bêtes affamées. Au bord d'une mare, j'aperçois Charles. Il avance d'un pas solennel dans l'eau peu profonde, patte droite, patte gauche, les plumes un peu ébouriffées à cause de la chaleur. En se trempant, il fait naître de petits cercles concentriques qui s'éloignent doucement de lui. Je me déchausse.

— Bonne idée, mon garçon.

Charles n'avait que quelques semaines lorsque mon père l'a recueilli. Nous pensions qu'il n'allait pas survivre. Le lendemain, j'ai eu le droit de le faire dormir à côté de mon lit, d'abord dans une boîte à chaussures, puis dans une cage pour canaris. Il ne parle pas, mais comprend beaucoup, c'est presque un chien. Lui aussi a tendance à me suivre partout et, quand il était tout jeune, il aimait jouer avec des balles et des bouts de bois. Dès qu'il a été capable de voler, je laissais ma fenêtre ouverte pour lui, même par temps de gel, surtout par temps de gel. Au début, il revenait tous les soirs, mais plus tard, ses nuits à l'intérieur se sont espacées. Je le vois parfois voler avec d'autres corneilles. Il ne me semble pas avoir de partenaire. Peut-être en trouvera-t-il une l'an prochain, en mars, lorsque la saison des couvées reprendra.

Au bord, l'eau est tiède, mais elle devient plus fraîche à mesure que j'avance. Charles s'ébroue, nettoie ses plumes, toujours sans s'écarter de la rive – des gouttelettes pleuvent sur la mare, nettement audibles, il n'y a que nous ici. Mes jambes sont obliques et minces sous la surface de l'eau et mes doigts, lorsque je les y plonge, plus flexibles que jamais.

— Il faut que j'étudie davantage pour jouer vraiment bien. Je dois en être capable, coûte que coûte. C'est seulement comme ça que je pourrai aller à Londres.

Charles penche la tête, me dévisage.

— Toi, par contre, tu vas me manquer.

Ces derniers temps, lors de nos soirées mondaines, Olive passe les hommes en revue. Elle ne l'avouera jamais, mais elle cherche un parti. Se marier, avoir des enfants, se glisser doucement dans l'habit de nos parents… Les garçons ne se donnent pas cette peine. Ils font ce qui leur plaît. Je me mouille les bras, ressors de l'eau.

Des oiselets gazouillent dans le lointain – on dirait des merles, je n'entends pas assez bien. Charles écoute, lui aussi.

— Tu n'as pas le droit de manger les petits oiseaux, lui dis-je quand il se met à sautiller autour de moi.

Il me jette un bref coup d'œil.

— D'un autre côté, je comprends… Margie est très belle. Je croyais simplement que…

Charles volette un peu plus loin, picore un insecte. Je m'assieds, essuie mes pieds avant de remettre mes chaussures.

— Qu'il me comprenait.

Star 3

Au début du printemps 1946, un couple de mésanges charbonnières en provenance de la propriété voisine élut domicile dans mon jardin. La femelle décida d'investir le nichoir suspendu au chêne qui borde l'allée. Elle se déplaçait avec une grâce toute particulière et comme elle avait sur le front une tache blanche en forme d'étoile, je lui donnai le nom de Star. Les oiseaux du jardin tenaient ces deux étrangers à distance, si bien que je ne les voyais que passagèrement.

Star perdit son compagnon au cours de l'été 1949 et jeta son dévolu sur l'un de mes protégés, Tête-Chauve, un rude gaillard avec lequel j'entretenais une relation de confiance. Il ne se montra pas immédiatement sensible à ses charmes, ayant déjà une partenaire – que j'appelais Monocle en raison du cercle blanc qui entourait son œil gauche – et considérant Star comme une fauteuse de troubles. Celle-ci avait toutefois de la suite dans les idées : elle commença par faire fuir Monocle, puis harcela Tête-Chauve des mois durant jusqu'à parvenir, au milieu de l'hiver, à gagner son cœur.

Tous deux entreprirent alors de récupérer l'ancien logis de Tête-Chauve, un nichoir aménagé sur le côté droit du cottage et occupé par son vieil ennemi, Bruno. C'est à Bruno que Tête-Chauve devait sa calotte déplumée ainsi que son boitillement – quand les mésanges se battent en duel, il arrive qu'elles s'agrippent mutuellement par les pattes et roulent ainsi sur le sol jusqu'à ce que l'une ait immobilisé l'autre. La rivalité entre ces deux mâles remontait à l'époque où, jeunes oiseaux, ils étaient venus s'établir dans le jardin. Elle ressurgissait chaque année au printemps. Les plumes que Tête-Chauve avait laissées dans une énième bagarre avec Bruno l'année précédente avaient fini par repousser, mais l'hostilité n'en était pas moins vive. Si Tête-Chauve avait dû le plus souvent s'incliner devant Bruno tant il était accaparé par les tâches que lui abandonnait Monocle, sa compagne d'alors, la présence de Star changeait les choses. Pendant que celle-ci bataillait contre Lise, la partenaire de Bruno (qui était physiquement du même calibre, mais n'avait pas sa ténacité), Tête-Chauve s'occupait de son ennemi en l'attaquant par la voie des airs – son handicap ne lui permettant pas le corps à corps – dès qu'il le voyait s'approcher un peu trop du nid convoité. Ces vols en piqué s'accompagnaient de hauts cris destinés à effrayer l'adversaire. C'est ainsi que Star et Tête-Chauve, à force de caractère et de détermination, reprirent possession du nichoir.

Monocle réapparut aux premiers jours du printemps suivant. Star la chassa du jardin avec une telle violence qu'elle ne s'y montra plus que rarement, préférant s'installer un peu plus loin en compagnie d'un jeune mâle, Pierrot. Celui-ci se lia d'amitié avec Tête-Chauve et il fut bientôt convenu que chacun pourrait chercher de la nourriture sur le territoire de l'autre. En revanche, les femelles s'évitaient autant que possible – parfois, en voyant Star s'approcher, Monocle venait se cacher dans mon cou, sous mes cheveux. Je lui étais familière, elle venait souvent me voir dans la maison du temps de son mariage avec Tête-Chauve. Il existe des charbonnières au naturel confiant et d'autres qui demeureront toujours sur la défensive. Ces dernières affichent souvent la même réserve envers leurs semblables. Il se peut également qu'elles acquièrent confiance au contact des autres. Du temps où elle occupait encore le nichoir du bord de l'allée, Star avait peur de moi. Mais comme Tête-Chauve m'était très attaché, il n'a pas fallu longtemps pour qu'elle aussi m'accorde sa confiance.

1911

— Gwendolen ? Vas-tu nous jouer cette composition de Mozart, tout à l'heure ?

Je fais non de la tête.

— Mais pourquoi ?

Ma mère me dévisage, étonnée, les yeux délibérément écarquillés, avec ce regard d'innocence qu'elle réserve aux hommes : instruisez-moi, éduquez-moi...

— J'en ai assez d'être la musicienne de service.

Je gagne le fond du jardin plongé dans la chaleur de cette soirée d'août.

— En voilà des manières, jeune effrontée ! Nous comptions sur toi...

Elle essaie de me suivre, les talons de ses souliers blancs s'enfoncent dans la terre molle.

— Gwen, attends !

Elle m'attrape le visage.

— Que t'arrive-t-il ces derniers temps ?

— Rien, dis-je en me dégageant de ses mains humides.

— Allons donc, je te connais...

Son haleine sent le sherry (c'est curieux comme certaines substances étrangères au corps se dépêchent d'en ressortir une fois ingérées), je recule d'un pas. Après tout, moi aussi je deviendrais folle d'ennui à sa place... Elle laisse un instant ses mains suspendues en l'air, comme pour marquer les contours de mon visage.

— Tu nous inquiètes.

— Je veux aller au conservatoire. À Londres.

— Je comprends, ma chérie. Reparlons-en la semaine prochaine, quand ton père sera de retour.

Newman est parti pour la capitale afin de rencontrer son éditeur.

— Non qu'il faille attendre à ce sujet un avis éclairé de sa part…

Elle tente de s'écarter, titube, un talon pris dans la glaise.

— Aide-moi, s'il te plaît.

— Madame Howard, permettez-moi de vous raccompagner à l'intérieur.

Dimitri présente son bras à ma mère en m'adressant un clin d'œil. Il l'escorte vers le chemin de coquillages. Le bruit sourd de leurs pas devient crissement.

Dans la véranda, le visage de Paul s'éclaire au milieu des autres. Je fais mine de ne pas le voir.

— Gwen ! Allons-nous t'entendre jouer ? Dimitri a prévu de nous lire quelque chose et moi aussi – des textes inédits.

Il pose la main sur mon épaule.

— Non, je n'ai pas assez travaillé cette semaine.

Il ôte sa main, son empreinte reste perceptible.

— Voici ma sœur, Patricia.

La jeune fille qui se tient à ses côtés lui ressemble, elle a exactement la même intensité dans le regard. Ses cheveux sont coupés court, au carré, comme le veut la mode.

— Enchantée. On m'a beaucoup parlé de toi.

Elle est arrivée aujourd'hui et loge chez son frère.

Dimitri nous rejoint. Il vide son verre d'un coup.

— Le trac ?

Ma question le fait s'empourprer.

— Un peu.

— Ne t'inquiète pas : les gens ont bu, tout est beau à leurs oreilles. Il faut dire que l'on meurt d'ennui par ici. Aberdovey, Tywyn, tous ces petits villages perdus : le manque de distraction nous rend léthargiques…

Il pousse un gloussement aigu et reprend ses feuillets d'une main tremblante.

— Il faut que je me relise une dernière fois.

Autour de nous, les invités bavardent tout en quêtant par-dessus l'épaule de leur interlocuteur plus notable compagnie. Il est question de voisins, de liaisons clandestines, de ce qui transgresse les conventions, jamais de ce qui les remet en question.

— Mesdames et messieurs, il est bientôt huit heures et demie. Veuillez prendre place.

Une fois tout le monde assis, Paul se met à réciter ses poèmes. Son regard fouille l'assistance – moi non plus, je n'ai pas encore vu Margie. Il me sourit d'un air presque complice, puis jette un coup d'œil bienveillant à sa sœur.

Dimitri lui succède. Il a une voix rocailleuse, plus grave que son corps ne le laisserait penser. J'ai un pied ankylosé, je remue la jambe pour le désengourdir. Dimitri me regarde faire, le papier tremble entre ses doigts. La porte s'ouvre, Margie s'introduit le plus discrètement possible dans le salon – Dimitri bafouille, il semble avoir perdu le fil. Margie s'approche de ma mère, lui murmure quelque chose à l'oreille, puis me fait signe de venir.

— Où est-il ? demande maman à Olive, qui attendait dans le couloir.

— À l'hôpital. Il est conscient. C'est sa jambe qui inquiète les médecins : en apparence, il n'y a rien de cassé, mais elle est insensible.

Ma sœur parle d'une voix aiguë, haletante.

— Dudley a eu un accident, précise Margie. Il a heurté un rocher en plongeant d'un promontoire, pas très loin de l'endroit où nous sommes allés l'autre jour en bateau.

Je pose la main contre la paroi fraîche du couloir.

— Il a une blessure au bas du dos.

Ma mère est livide.

— Nous devons y aller. Il faudra aussi prévenir Newman.

— Partez donc devant avec Olive, lui conseille Margie. Gwen et moi nous chargeons du reste.

— Moi aussi je veux voir Dudley, dis-je, au bord de l'étourdissement.

— Nous ne pouvons pas y aller à trois.

Olive entraîne ma mère par le bras. Des applaudissements retentissent dans le salon. J'ouvre la porte, Dimitri salue, ses poèmes lui tombent des mains. Margie le rejoint et s'adresse à l'auditoire :

— Chers amis, Florence vous remercie de tout cœur d'être venus ce soir. Malheureusement, un incident nous oblige à mettre fin aux réjouissances. Veuillez avoir l'amabilité de rentrer chez vous.

— Que s'est-il passé ? demande un homme à la voix caverneuse.

— Nous ne le savons pas exactement.

— Est-elle souffrante ?

— Florence se porte bien. S'il vous plaît… Les commérages peuvent se poursuivre à l'extérieur.

Je vais me poster à l'arrière de la maison, près du petit mur de la véranda, en attendant que tout le monde ait quitté les lieux. Le jardin paraît plus étendu, d'un vert plus profond. Il n'y aura pas de jours meilleurs. L'inquiétude me gagne, s'enroule autour de moi comme du lierre. La porte de la véranda s'ouvre pour laisser passer Dimitri. Il s'accoude au muret, sa peau en portera bientôt les stries.

— Les invités sont repartis ?

Il y a toujours de la lumière dans le salon, comme si la soirée allait reprendre.

Dimitri sursaute.

— Juste ciel, Gwen, d'où sors-tu ? Je ne t'ai pas vue arriver !

Il glousse, puis s'allume une cigarette.

— Sais-tu où est Kingsley ?

— Sans doute auprès de sa bonne amie.

Mon frère a beau ne pas s'intéresser à la musique ni à la poésie, il se débrouille généralement pour passer en cours de soirée. C'est un homme de plein air, pas un casanier. Autrefois, ma mère l'appelait « l'enfant trouvé », mais cela fait longtemps qu'elle ne lui donne plus aucun surnom.

— Ta lecture s'est bien terminée ?

J'agite la main pour évacuer l'angoisse.

— Non. Mais au moins j'en suis débarrassé.

Il me regarde.

— Ton frère s'en sortira. C'est un dur à cuire.

Il me tend sa cigarette.

J'aspire une bouffée, la fumée me pique, j'essaie de ne pas tousser.

Dimitri reprend sa cigarette.

Un merle vient se percher dans le sycomore tout proche et commence à siffler.

— Les oiseaux ne dorment-ils donc pas à cette heure-ci ? Il est bien trop tard pour faire de la musique…

— C'est leur manière de se parler.

— Comme toi avec ton violon.

Dimitri pose sa cigarette sur le muret, puis avance d'un pas. Je reste immobile, bien droite, et ferme les yeux jusqu'à sentir son souffle.

L'odeur de brillantine, de fumée, ses lèvres, sa moustache au-dessus, il se montre d'abord tendre, ensuite goulu, cela dure une minute, deux, je cesse de compter, le merle chante encore, j'ai la tête qui tourne, sa main sur mon bras, mon dos, mon corps vit, ma main dort, on dirait que toutes ces sensations se concentrent sur ma peau, ou dedans. Je fais un pas en arrière, vois Dimitri rouvrir les yeux, un regard qui m'est inconnu et familier à la fois, puis je retourne à l'intérieur.

Une fois dans ma chambre, je me déshabille lentement, par étapes, le corps parcouru de fourmillements étranges. J'enfile ma chemise de nuit, ouvre la fenêtre et appelle doucement :

— Charlie ! Charlie !

Juste au moment où je m'apprête à refermer la fenêtre, j'entends le battement de ses ailes. Il se pose sur le rebord.

— Viens, lui dis-je.

Il volette jusqu'à mon lit. Je lui caresse le dos, doucement, même si je sais qu'il n'aime pas cela. La fatigue me saisit, prenant le pas sur l'excitation. Charles se décale un peu, entreprend de nettoyer ses plumes.

— Excuse-moi. Dudley est à l'hôpital. Quelle soirée bizarre…

Je lui parle de Dimitri. Il sait peut-être déjà : de là-haut, rien ne lui échappe.

Il reste à mes côtés jusqu'à ce que je m'endorme. Le battement de ses ailes quand il part me tire un peu du sommeil, rayure noire en travers de mes rêves.

*

À mon retour de l'hôpital, je trouve Patricia assise sur le muret devant la maison.

— Salut ! dit-elle en sautant de son perchoir. Comment va ton frère ?

— On est en train de l'opérer. Mes parents sont à son chevet.

— Tu as eu très peur ?

— Ça va.

Elle pose sur moi un œil interrogateur.

— Il faut que je rentre, dis-je.

— Oui, je comprends. Je voulais simplement savoir comment tu allais.

Je continue jusqu'au seuil.

— Tu fais quelque chose, ce soir ?

Je me retourne.

— Désolée, je n'ai pas assez dormi et je suis vraiment très fatiguée.

— Demain, alors ?

Le vent se lève, écarte les pans de mon manteau, Patricia reste plantée là, donnant l'impression d'attendre son dû.

— D'accord.

— Je passerai te chercher.

Elle déguerpit comme une gamine en longeant le pré, où s'envole une perdrix. Patricia se déplace de la même façon que son frère, à grandes enjambées.

Dans le couloir, je lance un appel à la cantonade. Pas de réponse. Je vais dans le salon, m'assieds au piano et joue *Le Gai laboureur*, la *Lettre à Élise*, puis trois fois la première partie de la *Marche turque*, mais beaucoup trop lentement. J'aime bien jouer du piano, mais le reste de la famille se bouche les oreilles sous prétexte que je fais trop de fautes. Je me trompe surtout quand ils m'observent... Mon solo achevé, des applaudissements éclatent. Cookie se tient à la porte.

— Oh, petite, comme c'est beau ce que tu joues là !

Ses mots teintés d'accent s'enchaînent à la perfection. Je me lève et lui saute au cou. Elle dégage une odeur familière, un mélange de pain, de pot-au-feu et de sueur, ses bras me cajolent comme si j'étais encore une enfant.

*

Le lendemain matin, les feuilles du chêne emportées par le vent viennent se plaquer sur mes carreaux. Nous ne sommes pas en automne, pas même à la fin de l'été, mais les nuages qui moutonnent au-dessus du jardin ont l'air pressés, le jour porte déjà en lui les prochains mois : longs dimanches pluvieux, promenades réfrigérantes sur la plage, boîtes converties en refuges pour des pigeons trop faibles qui ne passeront pas l'hiver, ou peut-être que si.

Ma mère n'est pas descendue pour le petit-déjeuner. Je vais m'asseoir à côté d'Olive.

— Et tu ne pouvais pas nous prévenir ? Ton frère est à l'hôpital !

La voix de mon père emplit le couloir. Kingsley bredouille une réponse.

— Je sais bien qu'il n'est pas mort ! Mais tu vis encore sous mon toit, que je sache, et tant qu'il en sera ainsi, tu feras partie de cette famille.

Kingsley entre dans la salle à manger, le front bas, les yeux cernés, la chevelure en bataille. Papa est rouge de fureur contenue et sa main droite se crispe sur son stylo-plume. Tous deux affichent la même expression revêche.

Mon père tire une chaise vers lui, mais manque de s'asseoir à côté. Si je croise le regard d'Olive, je vais m'esclaffer, alors je fixe ma tartine grillée en retenant mon rire. La cuillerée de confiture déposée sur le toast ressemble à un petit chien aux oreilles pendantes. J'étale le bichon, avale mon pain en silence, à un hoquet près.

— Tu vas te mettre à l'étude, je suppose ? demande mon père en me voyant quitter la table.

J'opine du chef. Il me faut travailler deux partitions pour demain – celle de Haydn ne me pose pas de vrai problème, mais l'allegro de Mozart est plutôt difficile, en tout cas trop rapide, et je n'y ai pas consacré assez de temps.

Dans l'escalier, je rencontre ma mère. Elle me serre dans ses bras et appuie ma joue contre son épaule, juste un peu trop fort.

— Maman !

Je m'arrache à son étreinte et gravis les marches quatre à quatre. Ma tête est déjà pleine de musique.

Sur le bord du lit, j'accorde mon violon tout en pensant à Dimitri, le fiévreux. Je n'ai pas l'intention de l'épouser ni d'être sa bonne amie. Ai-je envie de le revoir ? Je joue une brève mélodie en guise d'échauffement. Peut-être. Il me veut.

Le morceau de Haydn commence en douceur, mes doigts se placent tout seuls sur la touche, puis arrive la modulation. Je cherche le bon doigté, ne pense plus que par émotions, rejoue ce qui ne va pas jusqu'à y être presque. Les pensées exprimées par ces notes appartiennent à un autre, mais elles deviennent miennes, par substitution, et mes pensées se transforment en musique.

Au bout d'une heure, je pose le violon à l'envers sur le lit et cherche la partition de Mozart entre les feuilles éparses – les phalanges de ma main gauche virevoltent sur des cordes imaginaires. Je regarde le vieux chêne devant la fenêtre, son écorce ridée dont je sens le relief au bout de mes doigts ; ses branches pointent vers ma chambre, se séparent de temps à autre d'une feuille verte au liseré brunâtre. Les arbres portent en eux des morceaux d'année, au fil des saisons. Les jours eux-mêmes sont morcelés en autant de rencontres, de phrases, de promesses, de pensées. Les rues aussi se fractionnent en passages, en maisons, en peupliers (domiciles de merles, de mésanges).

Mes yeux sont attirés par le petit mur de pierre sur lequel attend une frêle créature occupée à se ronger les ongles.

Je l'avais oubliée.

J'ouvre la fenêtre.

— Hé ! Ça fait longtemps que tu es là ?

Le vent refoule ma voix dans la chambre.

Patricia se lève, me salue de la main.

— Tu viens ?

La fenêtre se referme d'elle-même, je n'ai qu'à reculer d'un pas.

— Tu es ici en vacances, Patricia ?

— Plus ou moins. Mes parents m'ont assez vue et je peux occuper une chambre chez Paul. Ils veulent que je me marie après l'été, ils ont déjà trouvé quelqu'un.

Elle et son frère ont des traits différents, mais le même regard – les yeux légèrement fermés, les sourcils un peu froncés.

— Ah bon ? Avec qui ?

— Et si on allait à la plage ?

— Il y a beaucoup de vent.

— Raison de plus. Tu veux une cigarette ?

— Je ne fume pas.

— Il faut en profiter tant qu'on est jeune...

Elle sort une cigarette d'un boîtier en fer-blanc.

— À quoi ressemble la vie à Londres ?

Nous descendons le chemin de pierres jusqu'à la grève, le mur blanc derrière nous est recouvert d'un glacis verdâtre, haleine solidifiée de la mer.

— C'est aussi ennuyeux qu'ici. Je veux dire, les activités ne manquent pas, mais on est trop à l'étroit. Tout le monde se connaît, il vous suffit de faire un écart pour que la ville entière soit au parfum. Surtout quand vous êtes une femme.

Elle retire sa chaussure gauche.

— Aïe !

— À ta place, j'attendrais un peu avant de me déchausser. Il y a du sable un peu plus loin.

Elle me tend son soulier, le cuir est chaud et souple, peau vivante, et elle s'appuie d'une main sur mon épaule pour ôter de ses pieds les éclats de coquillages.

— Mes parents veulent me marier, donc. À un homme que j'ai fréquenté un temps. Mais tout ce qu'il veut, c'est une jolie femme qui fasse bel effet parmi ses meubles.

— Je ne me marierai jamais, dis-je, en sachant que c'est la vérité.

Elle rit.

— Que vas-tu faire, alors ?

— Le conservatoire. Je veux jouer dans un orchestre. Et toi ?

— Je serai romancière, déclare-t-elle d'un ton à la fois triomphant et grave.

— Avant, j'écrivais tout le temps des histoires sur les oiseaux du jardin. Mais je me demande qui pourrait bien vouloir lire ce genre de choses.

— Moi, je veux bien.

Elle me prend le bras, j'en ai la chair de poule.

Nous longeons les bateaux échoués sur la rive étroite et poursuivons jusqu'à la plage de sable. Au large, le bleu de la mer passe du clair au foncé, avant de se mélanger à un ciel d'ardoise. Je raconte à Patricia que j'ai parfois peur des mots, car ils disent des choses qui feraient mieux d'être tues – il m'est beaucoup plus facile de m'exprimer par le truchement d'un violon. Elle répond qu'on ne devrait pas craindre les mots en eux-mêmes puisqu'ils ne sont que des enveloppes, des supports d'autre chose.

Le soleil vient déchirer les nuages, formant une bouche rieuse aux paroles de lumière, qui s'étire à l'horizon.

*

Un jour, en rentrant du cours de violon, je trouve Dudley assis dans un fauteuil à la fenêtre du salon. Il regarde le jardin.

— Duds ! Comme c'est bien que tu sois rentré !

Ma politesse m'étonne.

— Moi aussi, je suis content d'être à la maison.

Il continue de scruter le jardin comme s'il s'y passait quelque chose. Je ne vois que l'herbe qui remue, et les buissons.

— Comment va ta jambe ?

— Je n'en sais rien.

Cookie sonne pour le thé. Je file déposer mon violon à l'étage. Mike babille dans le jardin : tchink-tchink, tchink.

À table, Dudley prend place en face de moi. Il persiste à fuir mon regard et ne parle à personne. Ma mère, elle, s'est lancée dans un discours à n'en plus finir sur le voisin, qu'elle soupçonne d'infidélité, sur un différend avec sa sœur, sur une partie de whist chez une amie qui était d'une humeur exécrable… Mon père se joint à nous, le temps de grommeler quelque chose à propos d'un poème commencé hier soir, et il retourne dans son bureau.

Au moment où Cookie vient servir les sandwichs, ma mère porte la main à son front.

— Oh non ! C'est reparti… Il faut que j'aille me coucher.

Cookie fait venir Tessa de la cuisine pour qu'elle aide ma mère à regagner son lit.

Dudley attrape un sandwich sur le plateau. Il mâche lentement, lèvres entrouvertes, sa bouche forme une sorte de caisse de résonance – avant de recourir à la parole, les humains communiquaient par mouvements masticatoires.

Cookie nous verse du thé. Je sens qu'Olive me regarde, je n'ose pas tourner les yeux vers elle, le fou rire n'est pas loin. Dudley semble ne rien remarquer. Il prend une tranche de cake, des miettes s'accrochent dans sa moustache, tombent sur la nappe à la bouchée suivante.

— Tu es dégoûtant, dit Olive en pinçant les lèvres.

Il se ressert une tranche et, cette fois, passe le doigt dans ses moustaches pour en déloger les petits morceaux de cake.

— Pouah ! dis-je.

— Pouah ! répète mon frère. Tu sais ce qui me dégoûte, moi ? Votre fausse compassion ! Ça t'est bien égal, hein, ce qui m'est arrivé, tu ne penses qu'à ta musique…

Il s'adresse à Olive :

— Et toi, tu n'en fais qu'à ta tête. Comme maman. Il ne faudrait surtout pas changer vos habitudes !

Je mords dans mon sandwich et repense à l'allegro de Mozart. Si je le joue dans ma tête, les gestes suivent. Dudley se lèche l'index et le pose sur la nappe pour ramasser les miettes avant de les avaler. Une fois, deux fois.

Olive recule sa chaise, les pieds tressautent sur le parquet. Elle laisse dans son assiette un sandwich diminué d'une demi-lune.

Avant de me lever, je lance un dernier regard à Dudley. Il a l'air serein, comme si son élan de colère n'avait jamais eu lieu. Puis il reprend du cake.

*

Patricia sort de l'ombre que lui procure le chêne et apparaît dans la lumière.

— Je voulais juste dire au revoir. Tu n'es pas obligée de m'accompagner.

— Mais ce n'est pas non plus interdit, réponds-je.

Elle empoigne la grande valise, moi la petite. Nous marchons sous le soleil pour retrouver la protection des arbres un peu plus loin – après le tournant, le chemin qui longe la voie ferrée passe sous les frondaisons. Patricia parle de ses projets à Londres, de son livre. J'évoque la pièce que j'étudie en ce moment, une valse de Chopin. Nos pieds dérangent des gravillons qui, sans nous, n'auraient peut-être jamais changé de place. Un train passe, puis le silence revient. On n'entend que des canards au loin et le bruissement des herbes sous la brise.

— Il faut que tu prennes ton destin en mains, sinon un jour il sera trop tard et tu deviendras ce qu'ils attendent de toi : une copie de ta mère.

Je secoue la tête.

— Allons, courage ! dit-elle en me donnant une tapette sur le menton. Téléphone à Stockdale !

La locomotive approche, freine, s'immobilise tout au bout du quai. Nous courons voir le contrôleur, Patricia lui achète un billet, je la prends dans mes bras.

— Quel dommage que tu partes déjà !

— Je reviendrai. Ou bien nous nous reverrons à Londres.

— Tu sais, je…

— Oui ?

Le contrôleur donne un coup de sifflet, fait signe à Patricia de se dépêcher. Elle monte à bord.

— Que disais-tu ?

— Non, rien, une autre fois.

Elle entre dans le wagon, va s'asseoir près d'une fenêtre, appuie sa main contre la vitre. Je pose la mienne de l'autre côté, ne la retire qu'au moment où le train se met en marche.

J'agite le bras jusqu'à ce que le dernier wagon ait disparu. Le soleil a tourné, il m'accable durant tout le chemin du retour et, comme je n'ai pas mis de chapeau, la raie qui sépare mes cheveux ne tarde pas à brûler.

Au bureau de poste, j'appelle Stockdale.

— Qui dites-vous ?

— Gwen. Howard.

— Oh, Gwen, pardon, je n'avais pas bien compris ! Quel plaisir de t'entendre. Tout va bien ?

— Oui, très bien. Je voulais vous poser une question : j'aimerais faire le conservatoire, mais mes parents ne sont pas de cet avis. Comme mon père vous tient en haute estime, je me suis dit qu'il vous écouterait. Alors vous serait-il possible…

— De plaider en ta faveur. Bien sûr. À une condition.

— Laquelle ?

— Que tu viennes jouer dans mon orchestre.

Mon sourire déborde le comptoir, rayonne sur le sol, sur les murs.

— Bien volontiers !

— Parfait. Je vais tout mettre en œuvre pour t'accueillir.

Je le remercie et quitte le bureau de poste, les joues en feu. Je ne rentre pas directement à la maison, mais bifurque avant notre rue pour rejoindre le chemin de coquillages qui mène au port, longeant les hôtels aux façades blanches, en direction de la mer. Je vole au passage une pomme dans un verger puis vais m'asseoir sur le sable, au creux d'un rocher. L'eau, l'infini, le goût de la pomme : j'en ai le cœur à chanter, mais je m'abstiens et reste immobile, laissant le bruit de la mer me submerger, vague après vague.

Star 4

En mars, l'heure arriva pour Star de commencer l'aménagement du nichoir. Elle s'affaira pendant des jours, allant et venant, le bec chargé de mousse, d'écorce, de brins de laine ou d'autres matériaux souples. Comme à son habitude, elle procédait avec beaucoup de zèle et d'application. Cela ne se voyait pas seulement à son incessante activité, à sa minutie, mais aussi à son attitude : Star était entièrement concentrée sur sa tâche, comme un musicien sur son jeu.

Tête-Chauve s'estimait tout autant propriétaire des lieux et lorsque sa compagne eut terminé le nid il s'y présenta pour passer la nuit. Star le refoula : la nichée lui donnait déjà bien assez de travail et un dormeur de plus impliquait un surcroît de ménage. C'était compter sans la persévérance de Tête-Chauve, qui, ce soir-là, revint à la charge une bonne trentaine de fois pour lui chanter la sérénade. Sur le seuil, Star l'écoutait en penchant la tête de côté, comme s'il s'agissait d'évaluer ses qualités musicales. Elle finit par céder. Les jours suivants, le nombre de tentatives nécessaires à Tête-Chauve pour obtenir l'accès au nichoir ne fit que diminuer. Lui et Star semblaient savoir qu'elle le laisserait entrer de toute façon. Après l'éclosion des œufs, il passa quelques nuits à l'intérieur, puis se chercha un autre endroit où dormir.

Lorsque les oisillons eurent cinq jours, Star vint auprès de moi, en quête de nourriture à leur donner. Jusqu'alors, elle ne faisait manger à ses petits que ce qu'elle trouvait dans la nature et se contentait pour elle-même de picorer quelques graines à ma table. Ce matin-là, elle se montra d'une vélocité inhabituelle, enchaînant les allers-retours entre le nichoir et la cuisine, où je me trouvais. Tête-Chauve arriva une heure après elle. Il se laissa choir sur mes genoux : ses pattes étaient trop faibles pour le porter. Dès qu'elle le vit, Star quitta le nid et se précipita vers nous. Elle essaya de l'entraîner avec elle en l'appelant et en battant des ailes avec conviction. Tête-Chauve poussa un petit cri, mais ne bougea pas. Star revint à deux ou trois reprises dans les heures qui suivirent – la dernière fois sans s'approcher, le temps de l'observer brièvement.

Dès lors, c'est principalement à elle qu'incomba la charge de nourrir les petits. Tête-Chauve leur apportait bien de temps à autre un morceau de pain trouvé à la mangeoire, mais il devait ensuite se reposer quelques heures, de préférence sur mes genoux. Il venait me voir apparemment pour mendier une friandise, posait sa tête contre mon ventre et s'endormait – parfois même sans avoir mangé sa noisette.

1914

— Viens donc avec nous, Olive.

Assise sur mon lit, elle me regarde faire mes valises.

— Si papa doit lui aussi partir au combat, il faudra que j'aide maman à s'occuper de la maison et de Dudley.

— Elle peut tout de même s'en charger seule !

Olive hausse les sourcils. Depuis l'accident, ma mère commence à boire dès le déjeuner alors que mon père a justement rompu avec cette habitude : désormais, il s'enferme dans son bureau toute la journée pour travailler à un recueil sur la guerre. Ses œuvres complètes ont paru l'an dernier, un événement qui l'a surtout laissé insatisfait. « Ce ne sont que des bêtises. Tout est à revoir. » Depuis, sa seule occupation consiste à écrire. Il n'accorde même plus un regard aux oiseaux.

— Tu n'es pas obligée de te sacrifier pour elle.

Olive détourne les yeux vers le jardin.

— Je ne vois pas ce que je pourrais faire. Je ne suis capable de rien.

Je vais m'asseoir à côté d'elle.

— Aucun homme ne voudra d'un laideron tel que moi. Je suis à faire peur. Et trop vieille. Et je n'ai aucun talent.

— Tu sais jouer du piano. Manier l'aiguille. Et puis tu es rapide.

Olive court très vite, elle va même jusqu'à devancer Kingsley.

— Qu'est-ce que tu racontes ? J'ai vingt-six ans ! rit-elle, sans toutefois réussir à chasser la tristesse de son regard.

— Tu veux que je reste ici ?

— Mais non…

Elle me prend la main, la serre un instant entre ses doigts et la repose, comme un outil après qu'il a servi.

Charles se tient sur l'appui de la fenêtre, il tape du bec contre la vitre. Je lui ouvre.

— Tu laisses entrer cette sale bête ?

Il se pose sur mon lit, puis, voyant approcher Olive, va patienter calmement sur le bureau. Elle ne reste jamais très longtemps dans ma chambre.

— Moi aussi je suis majeure, maintenant.

— Tu es encore jeune. Et à Londres, tout se passe autrement.

Elle se lève.

— Je vais voir si maman va bien, elle ne s'est pas encore manifestée aujourd'hui.

Charles vient près de moi. Depuis l'an dernier, il a une compagne, une femelle très intelligente, un peu plus menue que les autres, mais deux fois plus rapide. Je lui caresse la tête, puis retourne à mes bagages. Une moitié de la valise contient déjà mes vêtements, l'autre est réservée aux partitions. J'emporte de toute façon les grandes œuvres du répertoire, mais aussi deux ou trois pièces qui me tiennent à cœur. Je les place dans la valise, les en retire, les y remets. Charles saute sur une étagère à livres. Je pourrais emporter les livres d'ornithologie collectionnés au fil des ans, mais ce serait au détriment des partitions. Rien ne m'empêche de venir les chercher à Noël. Et puis Londres ne manque pas de bibliothèques.

Mes cahiers se trouvent sur l'étagère du haut. Je les feuillette : mes anecdotes à propos de Charles et de Bennie la pie, qui a vécu un an dans le bureau de mon père, mes piètres tentatives de retranscription du chant des oiseaux, la liste de ceux qui sont passés dans notre jardin l'été dernier. À la fin de la saison, une voisine invitée à prendre le thé avait demandé à ma mère ce que je faisais dehors toute la journée. « Elle recense les oiseaux du jardin », avait répondu ma mère avant d'être prise d'un fou rire contagieux.

Je pose les cahiers à côté de la valise, mieux vaudrait que je les brûle.

Kingsley frappe à la porte.

— Tu as bientôt fini ? Il faut que nous soyons partis à six heures et quart, demain matin. Papa et Olive nous aideront à porter les bagages à la gare.

Il s'est laissé pousser la barbe, ce qui le fait ressembler encore plus à mon père.

— Quelle aventure, tu ne trouves pas ? En fait, j'aurais dû quitter la maison dès l'an dernier, mais les parents me trouvaient trop jeune. À présent, j'ai vingt et un ans : ils ne peuvent plus rien dire.

Il rit de mon enthousiasme et perd un instant son expression bougonne.

— Moi, ce sont les copains qui vont me manquer.

Kingsley a beaucoup d'amis au village avec lesquels il fait du sport et va au pub.

— Pour un garçon, les choses sont peut-être différentes.

Il me fait un clin d'œil.

— J'ai promis aux parents de bien veiller sur toi.

Après lui avoir accordé un demi-sourire, je me penche de nouveau sur ma valise. Il ne restera probablement pas longtemps à Londres. Dans la plupart des cas, les soldats sont envoyés sur le continent, en France ou en Belgique.

Tout à coup, le soleil ouvre une brèche à travers les nuages, le bouleau du jardin projette son ombre sur mon lit, sur ma valise. Cookie signale que le thé est prêt, deux courtes sonneries stridentes. Je descends l'escalier en courant.

La table est dressée comme pour un banquet : beurriers, coupelles remplies de crème fouettée ou de confiture, plats débordant de gâteaux, de scones, de timbales, de crêpes, de sandwichs. Il y a du thé et du chocolat chaud.

— Quel faste ! dis-je en prenant place à côté de mon père.

— Deux de nos quatre enfants quittent le nid, cela vaut bien d'être célébré.

Je prends un scone.

— Olive, tu veux bien me passer la confiture de fraises ? Et la crème ?

Elle pousse les coupelles vers moi, l'air maussade.

— Tu es contrariée ?

— Pourquoi faudrait-il que je sois contrariée ? Un peu de bon sens !

— Tu pourras toujours venir me rendre visite, tu sais…

Dudley dévore des pancakes comme si sa vie en dépendait. Il les beurre généreusement avant d'y ajouter une épaisse couche de confiture, ou les garnit de jambon et de fromage, puis les roule et les découpe en tronçons qu'il engloutit l'un après l'autre. À la cinquième, maman le regarde avec insistance. À la sixième, elle l'interpelle. À la septième, elle fait signe à Cookie de remporter le plat.

— Hé ! proteste Kingsley. J'en prendrais bien encore une…

— Une seule, alors, dit ma mère.

Elle la pose sur l'assiette de Kingsley.

— En fait, maman, je meurs de faim : donnez-m'en deux, s'il vous plaît.

Elle lui en sert une autre. Ses lèvres sont pincées en une barre horizontale. Cookie demande si quelqu'un veut encore un pancake.

— Oui, moi ! répond Dudley.

— Est-ce bien raisonnable ? l'interroge ma mère.

Mon père lui touche la main, puis tape sa fourchette sur la table.

— Tu peux bien lui laisser ce petit plaisir…

— Il en a déjà mangé six !

Sept.

Mon père se repenche sur son assiette.

— C'est délicieux, dit-il à Cookie. Une fois de plus, tu t'es surpassée. Quelle belle journée ! Magnifique !

Dudley lâche un rot. Il attrape vite sa serviette pour se couvrir la bouche.

— Pardon.

— Pouah ! s'indigne Olive.

Cookie toussote. Elle tient toujours le plat de crêpes.

— Bon, très bien, concède ma mère.

Dudley tartine sa dernière crêpe, comme la précédente, d'une couche de beurre et de confiture encore plus épaisse.

Je sens qu'Olive m'observe tandis que j'attaque mon toast. Je ne lui rends pas son regard.

Le lendemain matin, juste avant de quitter la maison, je frappe à la porte de ma mère. Pas de réponse.

— Elle est peut-être souffrante, suggère Olive.

J'appuie sur la poignée.

— C'est fermé à clef.

— Len ! crie mon père au pied de l'escalier. Il faut partir maintenant !

Je frappe une dernière fois.

— Viens, dit Olive.

Je descends les marches derrière elle. Ma valise est lourde, mais je tiens à la porter moi-même.

*

La première chose que j'aperçois au réveil est mon violon, dans son étui posé sur deux chaises au pied du lit. La chambre est exiguë, sombre et parfaite. Une horloge sonne au loin, sept fois. Je me lève, ouvre la fenêtre, m'assieds dans l'embrasure avec mon violon et me mets à pincer les cordes, doucement. Tramways, éclats de voix, vent frais, un moteur... Du linge est étendu à la fenêtre d'en face. Je reconnais des sous-vêtements. La répétition ne débute qu'à deux heures cet après-midi, j'ai largement le temps d'explorer le quartier. On frappe à la porte. J'enfile mon peignoir en vitesse.

— Mademoiselle Howard ? Bonjour, je m'appelle Sylvia. Mme Sewell m'a demandé de venir vous réveiller. Le petit-déjeuner sera servi dans une demi-heure.

Sylvia mesure une tête de moins que moi, elle porte un bonnet blanc sur des cheveux couleur de chanvre. Je ne lui donne pas plus de seize ans.

Je m'habille, me coiffe – une simple tresse. La porte de la chambre voisine s'ouvre et se referme. Il n'est pas encore sept heures et demie, mais j'ai faim.

Au bas de l'escalier en bois sombre, Mme Sewell parle à une grande jeune femme aux boucles rousses.

— Non. Vendredi au plus tard. C'est votre dernière chance.

Son interlocutrice pivote brusquement, m'aperçoit, me lance un clin d'œil et s'en va. Ses lèvres sont fardées de rouge.

— Bonjour, mademoiselle Howard. Avez-vous bien dormi ? me demande Mme Sewell d'une voix mielleuse. La salle à manger se trouve là-bas, au bout du couloir.

Foulant l'épais tapis brun, je me dirige vers la pièce du fond, où la fille de tout à l'heure est attablée, seule.

— Puis-je m'asseoir ici avec vous ?

Elle rit.

— Volontiers. Je m'appelle Thea.

Elle me tend sa main gauche, la droite tient sa tasse de thé.

— Mon prénom, c'est Gwendolen, mais tout le monde m'appelle Gwen. Ou Len.

— Salut, Gwen, et bienvenue à la maison hantée. En fait, il n'y a qu'un seul fantôme dans cette pension, c'est Mme Sewell.

Elle sourit comme le chat du Cheshire dans *Alice au pays des merveilles*.

— Tu es musicienne, toi aussi ?

— Oui, violoniste. Et toi ?

— Ah ! On pourra jouer ensemble, alors. Moi, c'est le violoncelle.

Ses taches de rousseur se déploient en constellation depuis l'arête du nez jusqu'aux pommettes. À côté d'elle, je ne suis qu'une figure terne, en noir et blanc.

— Tu joues dans un orchestre ?

— J'ai trois auditions cette semaine. J'espère que ça débouchera sur quelque chose, sinon je vais avoir des ennuis. Financiers, entre autres...

Elle se ressert un peu de lait et termine d'une lampée son thé clair devenu tiède.

— Je réussis toujours à me faire engager. Du moins jusqu'à présent.

— Moi, j'ai une place à l'orchestre du Queen's Hall.

— Oh, mais c'est que tu sais jouer, dans ce cas ! Tant mieux. Tu as un petit ami ?

Je secoue la tête et prends une tartine grillée, que je recouvre de beurre et de confiture.

— Et toi ?

— En ce moment, deux : Andrew, un soldat, et Johnny, musicien dans le dernier orchestre où j'ai joué. C'est pour cette raison qu'ils m'ont mise dehors. Ils ne veulent pas d'amourettes au travail. Te voilà prévenue.

— Mon frère aussi est soldat.

— Il est beau ?

Ses yeux s'agrandissent, comme si elle cherchait le visage de Kingsley dans le mien.

— Aucune idée. Je vais faire un tour dans le quartier, tout à l'heure, tu m'accompagnes ?

Elle prend un air dégoûté.

— Dans le quartier ? Il n'y a rien à voir par ici. Viens plutôt en ville avec moi. Tu connais un peu Londres ?

— Non, pas vraiment.

— Parfait. Je te servirai de guide, alors. Tu as de la chance, parce que je suis la meilleure sur toute la place de Londres.

*

— Mets ton manteau, il va sûrement pleuvoir.

Thea m'attend au bas de l'escalier. En remontant à toute allure, je manque de renverser notre logeuse.

— Mademoiselle Howard ?

— Veuillez me pardonner : j'étais pressée.

— Ici, on ne court pas dans l'escalier.

Je renouvelle mes excuses.

Thea rit de mon embarras.

— Mme Sewell n'est pas méchante. Il lui arrive parfois de s'emporter, mais elle m'a sortie du pétrin à plusieurs reprises. Aujourd'hui encore. Je n'ai pas payé depuis deux semaines et ça fait belle lurette qu'une autre m'aurait jetée à la rue.

— Tu as besoin d'argent ?

— Règle absolue : ne propose jamais à des inconnus de leur prêter de l'argent. Personne ici n'en a, surtout pas les musiciens. Garde tes économies pour les temps difficiles.

Elle passe la main dans ses cheveux bouclés.

— Suis-moi, on prendra par le parc. Tu es déjà venue à Londres ?

— Il y a longtemps.

Le sol tremble sous nos pieds. Une voiture nous dépasse, le corps du cheval dégage une forte odeur. Thea paraît ne pas le remarquer.

— Ça fait combien de temps que tu vis à Londres ?

— J'y suis née. Mes parents sont partis en Écosse l'année de mes treize ans, je suis restée chez un oncle et une tante. Je ne voulais pas m'en aller.

Nous croisons une automobile surmontée d'un caisson à bancs – les soldats assis là-haut lancent des cris à l'intention de Thea. Elle note mon étonnement.

— Ce sont les nouveaux omnibus pour le transport de nos troupes. Ton frère se trouve peut-être dans l'un d'eux. En tout cas, tu sembles plaire à ces garçons.

— C'est toi qu'ils appellent.

— Nous deux. Il te reste bien des choses à apprendre, hein ?

Je la regarde du coin de l'œil : elle est hilare.

L'omnibus laisse des traces dans la boue, dans l'air. Au carrefour, un agent de police peu amène nous fait signe de nous arrêter.

— Ne la brusquez pas trop, implore Thea. C'est son premier jour à Londres !

L'homme sourit – il paraît tout de suite dix ans de moins.

— Bienvenue dans la capitale, mademoiselle.

Nous pouvons traverser maintenant.

Thea me dit qu'elle ne parvient pas à choisir entre Johnny et Andrew parce qu'ils sont tous les deux très beaux. Andrew a la force d'un athlète et Johnny est très bon musicien. C'est peut-être lui que Thea préfère. Je regarde autour de moi. Les immeubles sont si hauts, les rues tellement sales, tout est noir de crasse, de fumées d'échappement, de crottin.

— Ils ne nettoient jamais ici ?

— Les balayeurs passent tous les matins.

La route se prolonge en allée dans le parc. Sur un banc, un homme au pantalon élimé, sans manteau ni chaussures, est assis les yeux fermés. Thea m'entraîne à l'écart.

— Un vagabond, me dit-elle une fois qu'il ne peut plus nous entendre.

À la sortie du parc, nous rencontrons deux autres de ces miséreux. Thea feint de ne pas les voir, ils font exactement de même. Nous tournons ensuite à droite. Des vêtements sèchent sur des cordes à linge tendues entre les maisons basses : chemises, robes, culottes… De plus près, on voit que le coton a été reprisé de nombreuses fois. Fil blanc sur fil encore plus blanc.

Nous arrivons dans une rue bordée de commerces et Thea me parle du dernier orchestre qui l'a employée. Elle se demande à nouveau si nous allons jouer ensemble, affirme que le travail se fait rare, que je peux m'estimer heureuse.

— J'espère que tout se passera bien – Harold Stockdale est plutôt soupe au lait.

Nous contemplons des vitrines que la guerre ne semble pas atteindre : savons, soieries, bijoux, le choix est infini.

— Tu viens boire quelque chose avec moi ? suggère Thea en désignant une porte ouvragée, couverte de dorures et pourvue d'un vitrage émeraude.

— Il faut que j'aille répéter.

Elle me demande si j'arriverai à retrouver mon chemin, me serre dans ses bras comme si nous étions déjà intimes. Puis elle pénètre dans le pub, me laissant seule au milieu de cette ville qui m'accueille avec hésitation. Deux corneilles bavardent au sommet d'un peuplier. J'en ai mal au ventre. Charles ignore où je suis partie, et pourquoi.

*

Nous répétons dans une ancienne école aux classes éclairées par de hautes fenêtres, sous un plafond encore plus haut. La séance d'aujourd'hui ne réunit que les cordes. Je serre les mains, oublie les noms, ne cesse pas de sourire. La nervosité n'affecte pas seulement mon estomac, mais aussi le bout de mes doigts. Une femme ossue aux cheveux grisonnants, qui plus tôt m'a dit s'appeler Joan, se met à son violon. Les autres enchaînent et c'est bientôt un doux méli-mélo de motifs et d'arpèges qui se croisent, se superposent et parfois se succèdent. Mon pupitre rechigne à se déplier. Je tire, j'appuie, je tords, le rouge me monte au visage. Un grand échalas en chemise multicolore me regarde, perplexe… Heureusement, le pupitre se déploie d'un coup. Ma partition tient en place, le violon n'est pas trop désaccordé, je finis par rejoindre les autres, longues lignes graves remontant peu à peu – avec discrétion : je laisse mon chant se fondre dans l'ensemble.

— On y va ?

Stockdale embrasse notre section du regard. Près de moi se tient une jeune femme aux frisettes blondes et aux yeux gris-vert, vêtue bien trop élégamment pour une simple répétition. Elle s'installe sur l'un des sièges en bois – je m'assieds à côté d'elle. Nous échangeons un sourire.

— Moi, c'est Billie, chuchote-t-elle. Bienvenue.

— Je suppose que vous avez tous fait la connaissance de Gwendolen, qui vient prêter main-forte aux violons, dit Stockdale à la cantonade.

Je le salue de la tête, puis ceux qui m'entourent, avant de reporter mon regard vers le sol. J'essaie de déglutir, mais ma gorge est sèche. Une quinte de toux retentit derrière moi.

— Bien. Alors, Haydn, père de la symphonie : catholique, souffrant de végétations, grêlé par la variole, mort à un âge tout de même avancé.

Stockdale nous parle ensuite de la pièce que nous allons jouer, je mords ma lèvre inférieure, place déjà les doigtés. Ma partie commence plus tard, je n'ai rien de particulier à faire, sinon suivre les autres et bien compter. Le premier violon commence, bientôt quatre mesures, huit... à nous maintenant, c'est parti, j'ai l'impression que quelqu'un me soulève, qu'ensemble nous soulevons quelque chose, toujours plus haut.

— Holà, on arrête ! Priscilla, tu vas beaucoup trop vite. Et toi, Gwen, je ne t'entends pas : joue un peu plus fort. Joan, ça manque de souplesse.

J'essuie ma paume sur ma jupe.

Nous reprenons, plusieurs fois – mon cœur s'apaise, j'entends mieux les autres jouer, je commence à savoir quand il faut me joindre à eux, tout en continuant par précaution à compter les mesures dans ma tête.

Après la répétition, mes doigts picotent et je suis devenue toute rouge, des joues jusqu'aux oreilles. La salle bourdonne de conversations, on referme les étuis. Je souris à ma voisine, prends mon violon et quitte les lieux, chaussée de mes nouveaux souliers qui me font encore un peu mal – à partir de maintenant, tout ne peut que s'améliorer.

*

— Tu viens boire un verre avec nous ? me demande Billie en bouclant l'étui de son violon.

Nous sortons dans la rue, des paniers d'osier sont empilés devant la blanchisserie. Sur le trottoir d'en face, j'aperçois une jeune femme qui ressemble à Olive, aussi grande et blonde qu'elle. Ah, si ma sœur nous voyait ! Je lui ai écrit une longue lettre hier, j'espère qu'elle me répondra vite.

Les autres s'installent dans un coin faiblement éclairé du pub. Filtrées par les vitraux, des taches de lumière colorée tombent sur les petites tables rondes. Je m'assois à côté de Priscilla. Le velours de la banquette plie à peine sous mon poids. Stockdale nous demande ce que nous voulons boire. Je suis la seule à commander du thé.

— Tu ne bois pas ? s'étonne Billie, venue s'attabler près de moi.

— Je veux me lever tôt demain pour répéter.

Et il faut encore que je retraverse la ville, tout à l'heure, sans me perdre ni être importunée.

— C'est très sage. Tu sais, j'étais comme ça au début. Mais on s'habitue vite…

La serveuse pose un plateau sur la table. Stockdale saisit son whisky.

— Trinquons ! À nos femmes, à nos chevaux et à ceux qui les montent !

— Ici, au moins, on sert encore de l'alcool, remarque Priscilla. Les autres sont pratiquement tous à sec. Quelle plaie, la guerre !

Son accent londonien du sud de la Tamise déforme ses mots, les rend plus ronds, plus grassouillets, comme des bambins mal dégrossis.

Billie se penche vers elle.

— Tu as des nouvelles de Marion ? Est-ce que ce gars l'a mise enceinte, finalement ?

Je dois lever des sourcils interrogateurs, car Billie précise : Marion est la violoniste que j'ai remplacée – bonne musicienne, mais de mœurs un peu légères…

Stockdale attrape une chaise, la pose entre Priscilla et moi.

— Comment as-tu trouvé ta première semaine ?

Je sens l'odeur de sa transpiration, son haleine.

— Très bien. Un peu fatigante, il est vrai.

Je recule autant que possible, mais la place est réduite.

— Ne t'inquiète pas : sollicitude paternelle. J'ai promis à Newman de veiller sur toi et je le ferai. Comme un mari jaloux.

Mon père et lui se connaissent depuis le pensionnat. Excentriques tous les deux, ils sont restés amis. Même si papa lui trouve un certain nombre de défauts, il persiste à le qualifier de type en or.

Le thé est encore brûlant. J'aurais peut-être dû demander un verre d'eau à la place. Je ne sais pas non plus qui va payer l'addition.

— Je n'ai pas d'argent sur moi. J'ai oublié.

— C'est toujours moi qui paie la première tournée. Mais seulement le vendredi et seulement si nous n'avons pas de concert le soir. Je suis heureux que tu sois parmi nous, Gwen. Tu apportes de la valeur à cet orchestre.

S'il arrive quoi que ce soit, sache que tu peux toujours venir me trouver.

Il me flatte comme si j'étais un brave petit chien et va s'asseoir près de Sonia, une clarinettiste russe invitée pour six mois dans l'orchestre. Elle porte du rouge à lèvres et une robe noire très ajustée. Stockdale surprend mon regard, me lance un clin d'œil et se tourne vers elle.

*

Je profite de mon premier jour chômé pour aller flâner dans Hyde Park. C'est loin, une heure et demie de marche, mais les oiseaux me manquent. Dans ma rue, il n'y a que deux érables sycomores et même si j'ai vu des oiseaux – pigeons, corneilles, deux moineaux et trois merles, sans compter les étourneaux, bien sûr – dans les quelques squares environnants, ce n'est pas là qu'ils vivent. Avec mon premier cachet, j'ai acheté des graines. J'en ai éparpillé une partie sur le rebord de la fenêtre puis les ai balayées au bout de quelques jours. J'ai mis le reste du paquet dans mon sac pour en jeter aux pigeons du quartier lors de mes promenades. Les jours raccourcissent, il gèle la nuit et les oiseaux ont faim.

Hyde Park n'est pas une forêt, mais les chênes et les hêtres y sont nombreux, tout comme les merles et les moineaux. Il y a aussi un petit lac où des canards, des foulques noires et des cygnes nagent parmi les nénuphars, tandis que des oies cendrées pâturent les pelouses. Je continue de marcher jusqu'à ce que la tension ait quitté mon corps, puis je me pose sur un banc pour manger le sandwich que j'ai apporté. J'ai à peine défait le papier d'emballage qu'un homme vient s'asseoir à côté de moi. L'odeur de son paletot me donne la nausée.

— Vous voulez un sandwich ?

Il l'accepte sans dire un mot, avale quelques bouchées, puis repart en abandonnant le reste sur le banc. Trois pigeons, deux gris et un blanc, atterrissent devant moi. Je sors le pain de son papier et le réduis en miettes. Le pigeon blanc, de taille inférieure aux autres, a droit à une ration plus importante.

— Fini ! leur dis-je en montrant mes mains vides, que j'essuie aussitôt à ma jupe.

Les pigeons s'attardent encore un peu avant de s'envoler vers le prochain banc, où il y aura peut-être quelque chose à grappiller.

Ma mère m'écrit toutes les semaines. En décembre, elle m'annonce sa visite pour Noël. Le jour où je vais la chercher à la gare, il pleut des cordes. Je n'ai pas de parapluie, juste un châle drapé autour de la tête. Les gens s'abritent sous des porches ou à l'intérieur de magasins fortement éclairés. C'est le week-end d'avant Noël et tout le monde fait ses emplettes : chapeaux, sacs, jouets... La guerre paraît bien loin, jusqu'à ce que des soldats passent en camion dans la rue, jusqu'à ce que le chocolat soit en rupture de stock, ou l'alcool.

D'après le panneau des arrivées, le train doit entrer en gare dans dix minutes. Je passe la main sur le banc de bois luisant d'humidité avant de m'asseoir. Le froid pénètre en moi et j'éternue, à deux reprises. Mon manteau est alourdi par la pluie, une odeur de laine mouillée imprègne l'atmosphère. Le sol gronde sous mes pieds, pas à cause du roulement cadencé des trains, mais de leurs freins qui crissent sur les rails. Je pense à l'œuvre dont nous allons donner la première, demain – j'ai quitté la répétition plus tôt pour venir chercher ma mère, sans savoir si je peux vraiment me le permettre. Dans cette pièce, les changements de tempo sont nombreux et elle exige une grande précision. Stockdale m'a encouragée à filer accueillir ma mère à la descente du train, ajoutant qu'il éprouvait pour elle une affection toute particulière.

Brighton, Manchester, Édimbourg – il serait tellement facile de partir d'ici. Chaque mouvement porte en lui une promesse. À la gare, dans la musique...

Un homme en pardessus noir s'assied près de moi.

— Quel temps, n'est-ce pas ?

J'approuve d'un signe de tête.

— Alors, on se promène toute seule ?

— J'attends ma mère.

— Ah oui, votre mère...

Il se penche vers moi. Je m'écarte. Il crache dans son mouchoir.

— Gwennie !

Ma mère accourt au mépris du sol glissant, m'embrasse sur les deux joues. Un jeune homme se tient derrière elle, une grosse valise à la main.

— Monsieur Jim ici présent a l'amabilité de bien vouloir porter mes bagages. À quelle adresse puis-je lui demander de les déposer ?

De la gare à la pension de Mme Sewell, ma mère se livre tout en marchant à un monologue interminable : elle parle de Dudley, d'Olive, de papa et aussi de Kingsley, qui leur a enfin envoyé une lettre de son écriture en pattes de mouche ; elle parle du quartier de Londres où elle a vécu petite, de nos voisins, d'autres gens du bourg et de ce projet de déménagement, sûr et certain – pas à Londres, mais en toute vraisemblance de nouveau dans le Surrey. Elle raconte des histoires qui reprennent d'autres histoires, des variations. Les gens que l'on connaît depuis longtemps ne s'expriment le plus souvent qu'en variantes, avec parfois une modulation. Tout ce que j'ai à faire, c'est hocher la tête de temps à autre, suivre le chemin. Jim nous accompagne à travers les rues mouillées, créature silencieuse et docile, toujours plusieurs pas derrière ma mère.

— Comment puis-je vous remercier ? lui demande-t-elle tandis que nous arrivons à destination.

— Par un baiser.

Ma mère hésite, ou fait semblant.

— Je plaisantais. Passez donc me voir, demain ou après-demain.

Il note son adresse sur un petit bout de papier qui se détrempe aussitôt sous la pluie.

— C'est lisible ?

Il lui plaque le billet dans la main. Elle acquiesce, l'embrasse sur la joue. Une fois entrée, elle jette le papier dans la corbeille près de l'escalier, puis me sourit.

— Alors, tu me montres ta chambre ?

*

Le jour de Noël, nous déjeunons au Criterion. L'énorme sapin qui se dresse au milieu de la salle est décoré de bougies et de faveurs dorées, et les fenêtres ornées de branches de houx enrubannées de cordon rouge. Un garçon au nœud papillon lamé d'or nous débarrasse de nos manteaux, un autre nous conduit à notre table.

— Tu étais formidable hier soir, me complimente ma mère lorsque nous sommes assises.

Elle me l'a déjà dit : une fois juste après le concert et une fois sur le chemin du retour.

— Voici enfin l'occasion de nous parler. Je comprends que tu n'aies pas eu le temps jusque-là, il fallait répéter, ce n'est pas rien, une première…

— Désirez-vous boire quelque chose ?

Ma mère sourit au serveur tout en lui présentant son décolleté.

— Un verre de champagne, s'il vous plaît. Et pour toi, ma chérie ?

— Un darjeeling.

Au plafond, les mosaïques dorées scintillent de tous leurs feux.

— *First flush*, je vous prie : ma fille joue ce soir avec l'orchestre du Queen's Hall. Elle est violoniste.

Le serveur hoche la tête et s'éloigne, la moquette étouffe le bruit de ses pas.

— Ton père ne nous facilite pas la vie, vois-tu. Son nouveau recueil peine à prendre forme et on dirait qu'il devient toujours plus exigeant. Des semaines de travail sur un poème pour finalement tout envoyer promener.

— Vous devriez peut-être vous trouver une occupation, vous aussi. Jouer du piano. Peindre. Les affaires de Margaret sont encore au grenier.

Ma mère nous a souvent dit qu'elle était plutôt douée pour la peinture, mais nous n'en avons jamais rien vu.

— J'ai bien assez à faire, tu le sais. Il y a les soirées littéraires et puis je dois tenir la maison. Cookie nous quittera peut-être en février pour s'occuper de sa sœur malade. Allez donc trouver une remplaçante convenable… La nouvelle bonne n'est pas tout à fait digne de confiance, enfin, c'est ce que prétend Dolores, tu vois bien, de Tywyn. Il faut par conséquent que je la surveille de près. Sans parler de Dudley, qui ne fait strictement rien mais qui se permet toutes sortes de réflexions. Et puis ta sœur, incapable de se trouver un mari…

— Elle finira bien par rencontrer quelqu'un, ce n'est pas le charme qui lui manque.

Je lisse mon front du plat de la main.

— Elle pourrait tout de même faire un effort, dit ma mère en buvant une gorgée du champagne que le garçon vient de lui servir. Enfin, heureusement que je l'ai encore à la maison. Elle n'a pas abandonné sa pauvre mère, elle.

Je souffle sur le thé.

— Et toi, les affaires de cœur ?

— Maman…

Devant moi est posée une serviette rouge à étoiles d'or, en éventail.

— Quand je ne dis rien, cela ne va pas non plus, se plaint ma mère, la mine boudeuse. Pour l'instant, tu es encore présentable.

— Je n'ai pas le temps.

— Relativement présentable, plutôt. Il ne faut pas trop attendre.

— Mesdames, la carte.

Le garçon nous remet les menus. Ma mère lui demande si le homard est aussi remarquable qu'on le dit.

Un homme assis à la table d'à côté tousse discrètement.

— Si je puis me permettre : le homard est incomparable.

Il a une voix trop haute pour sa corpulence et halète au bout de trois mots. Son ventre touche le bord de la table.

— Dans ce cas, j'ai choisi, annonce ma mère en me regardant d'un air triomphant.

— Je souhaiterais réfléchir encore un peu, dis-je avec un sourire au serveur, qui acquiesce et s'en va.

Notre voisin tousse à nouveau. Il porte un costume soyeux, un nœud papillon rouge à pois verts.

— Mon épouse m'a quitté, confie-t-il à ma mère. Hier. Elle m'a dit qu'elle n'en pouvait plus.

Ma mère semble choquée.

— Où est-elle allée ?

— Dieu seul le sait.

Il s'essuie la bouche avec sa serviette et se lève.

— Joyeux Noël, mesdames.

Ma mère attend qu'il soit parti.

— C'est dur, parfois. Ce monsieur a l'air aimable, mais ton père aussi, et pourtant… Tiens.

Elle me tend un petit paquet rouge.

— Je devais te le remettre en mains propres.

J'ouvre avec précaution l'emballage de papier glacé. *Les Oiseaux de nos villes et de nos jardins*, un ouvrage agrémenté d'illustrations et de conseils pour ornithologues amateurs.

— Avez-vous choisi ?

Le serveur s'incline fortement vers ma mère, qui le gratifie de son plus beau sourire. Je me contente d'un filet mignon façon chasseur. L'appétit me manque.

Après le déjeuner, je raccompagne ma mère à la gare, puis retourne à la pension. Sur le chemin, les premiers flocons se mettent enfin à tomber. La neige apporte espoir et réconfort. Les enfants ont pour un temps la permission de jouer à l'extérieur, les adultes se souviennent qu'eux aussi ont été jeunes. Très vite, les bruits de la ville s'estompent, s'épaississent. La crasse disparaît sous le blanc. J'inspire du froid, j'exhale des nuages.

Le lendemain matin, je me lève plus tôt que nécessaire afin de pouvoir laisser mes propres empreintes de pas plutôt que marcher dans celles des autres. Une corneille me survole en graillant – pendant un court moment, Charles me manque si fort que je n'arrive pratiquement plus à respirer, je me languis aussi d'Olive, de mon père et même de Dudley, de tous les autres…

De retour dans ma chambre, je prends mon violon et cherche du bout des doigts à exprimer ce sentiment. Je joue sans m'arrêter jusqu'à ce qu'il se soit évanoui. Si je fais de mon mieux, j'y arriverai.

*

Le dernier concert de l'année a pris fin et nous courons sous la pluie jusqu'au pub. Stockdale nous commande du vin chaud.

— Bravo à tous, c'était magnifique !

J'accroche mon manteau à l'entrée, puis vais m'asseoir près de Billie. Elle me propose de l'accompagner à une fête de réveillon. Un brusque courant d'air détourne mon attention vers un couple qui vient d'arriver. La femme, emmitouflée de vert, me rappelle vaguement quelqu'un. Je bondis sur mes pieds, me fraie un chemin entre les clients pour la rejoindre près du bar. Elle retire son manteau : collier de perles, médaillon en or, robe incarnat…

— Patricia ?

— Len ! s'exclame-t-elle d'un ton rieur. Tu as réussi !

— C'est bon de te revoir.

Je l'étreins. Elle sent le parfum et la cigarette.

— Permets-moi de te présenter William.

Il prend la main que je lui tends pour y déposer un baiser, le flatteur.

— Mon mari.

Elle l'a dit de manière appuyée, à la limite de l'artificiel.

J'écarquille les yeux.

— Non, vraiment ?

— Eh oui ! J'ai cédé aux charmes de ce bourreau des cœurs…

Elle se tourne vers lui.

— Lennie et moi nous étions juré de ne jamais nous marier. C'était du temps où j'avais encore des idées folles, où je ne visais qu'une seule chose : écrire.

Elle pose la main sur mon avant-bras, me serre le poignet.

— J'écris toujours, m'assure-t-elle tandis que le brouillard de ma déception se diffuse entre nous, visible, mais impalpable. Je prépare un manifeste sur la situation des femmes dans le mariage.

— Depuis plus d'un an, s'amuse William. Et toujours rien. Peut-être quand le petit sera là. Ça devrait la calmer un peu.

— Pas question de petit !

Elle lui tape du doigt sur le bout du nez. Un bref instant, je retrouve en elle les traits de Paul – il s'est installé à Londres il y a deux ans et n'a plus jamais donné de nouvelles.

— Comment va ton frère ?

— Plutôt bien. Il vit maintenant à Brighton, de nouveau près de la mer. Son premier recueil de poèmes a été publié l'an dernier.

Sa main serre toujours mon poignet. Si elle pouvait ne plus me lâcher… Je hoche la tête, d'après ce que j'ai lu, le recueil a reçu de bonnes critiques.

— Pardon, j'ai complètement oublié de te demander comment tu allais. Est-ce que tu fais encore de la musique ?

William aperçoit une connaissance, il s'excuse. Patricia me tire à elle.

— Que t'est-il arrivé ?

— Je n'ai pas ton intransigeance, répond-elle en riant.

— Tu es enceinte, réellement ?

— Ça, c'est ce qu'il voudrait…

Finalement, ce brouillard entre nous ne représente peut-être pas ma déception, mais celle de Patricia. Et peut-être qu'il n'est pas visible, mais palpable – comme des gouttelettes d'eau, pas comme un nuage.

— Tu es sûre que tu vas bien ?

Elle presse brièvement mon bras avant de le relâcher.

— Pas aussi bien que toi. J'ai été malade. Je suis…

Elle hésite. William revient.

— Moins forte que je le voudrais.

— Tu es prête, ma chérie ? Il faut qu'on y aille.

Il pose la main dans son dos.

— Nous avons des places pour le cinéma, m'explique-t-il.

Les sons, les sons se ressentent, mais ne se voient pas, sauf quand ils mettent autre chose en mouvement. Je me penche vers Patricia, l'embrasse sur la joue, laissant mon visage un peu trop longtemps contre le sien. Elle murmure quelque chose, mais s'éloigne avant que j'aie pu lui demander ce qu'elle voulait dire – la musique domine tout ici et les gens parlent trop fort.

William lui tient son manteau, elle s'y love, un bras après l'autre, puis tourne la tête vers moi, me salue de la main, ce geste est superflu, alors je lui souris et elle me rend mon sourire.

Star 5

En général, les mésanges me comprenaient très vite. Quand, attablée dans la cuisine, je déjeunais d'un toast, il y en avait toujours quelques-unes pour venir me voir. Elles se posaient sur le bord de mon assiette dans l'espoir de becqueter un morceau de pain. Si je disais « non », elles sautaient en arrière, sur la table. Si j'agitais la main, elles allaient se percher ailleurs. Si je me mettais en colère, elles s'envolaient par la fenêtre. Il suffisait que je les appelle gentiment pour qu'elles reviennent tout de suite. Lorsque je restais un moment silencieuse, elles se rapprochaient aussi, mais progressivement. À l'invitation « Sers-toi », elles obéissaient sur-le-champ. Star, de son côté, paraissait deviner mes intentions avant même que je les signifie d'un geste ou de la voix. Elle était capable de lire les expressions de mon visage et de comprendre les mouvements que je faisais, les sons que je produisais. Son cerveau enregistrait peut-être mes pensées avant le mien. Star était très amicale avec les autres mésanges et – du moins pendant sa jeunesse – aimait beaucoup jouer. En revanche, elle ne se laissait pas marcher sur les pattes : lorsqu'elle avait trouvé un endroit où bâtir son nid, elle repoussait tous les intrus de ce territoire. Cela valait aussi pour d'autres de ses activités. Au début de l'automne, les mésanges avaient l'habitude de se livrer à des parties de démolition, déchiquetant du papier et piquetant le bois avec leur bec. Elles semblaient simplement y trouver du plaisir, d'autant plus que leurs petits étaient en âge de se débrouiller tout seuls et que les préparatifs en vue de l'hiver n'avaient encore rien d'urgent. C'est dans le jeu que s'exprimait leur caractère. Il y avait des mésanges qui ne déchiraient le papier que pour s'amuser, d'autres qui en profitaient pour attirer l'attention. Star se montrait particulièrement zélée : elle creusait des trous plus profonds que les autres et déchiquetait les feuilles de papier en un temps record. Ces occupations s'arrêtaient toujours fin novembre, car les oiseaux consacraient alors plus de temps à chercher de la nourriture et à se préparer pour l'hiver.

1918

— Tu m'accompagnes ?

Thea va distribuer le journal des suffragettes devant Holloway Gaol, où plusieurs détenues sont alimentées de force. Elle m'explique le procédé, qui nécessite un entonnoir et un tuyau qu'on enfonce dans l'œsophage, quelle horreur ce doit être – deux femmes ont déjà succombé à une infection. Je range mon violon et m'habille pour sortir. Thea épingle un insigne au revers de mon manteau.

Une fois dehors, elle me prend par le bras.

— Peter m'a demandé si je voulais l'épouser. Qu'en penses-tu ?

Parfois, elle me fait penser à un chat qui minaude et ronronne.

— Tu l'aimes ?

— Oui, plutôt. Enfin, pas de l'amour que j'ai pour Don, mais peut-être suffisamment. De toute manière, Don ne veut pas s'engager.

Un chiffonnier qui passe tout près nous éclabousse les jambes en roulant dans une flaque d'eau. Les injures pleuvent – nos insignes de suffragettes ne lui ont pas échappé.

— Don et toi, vous êtes pareils.

— Oui, et c'est justement ce qui ne va pas. Toi, la musique te suffit. J'ai besoin de quelqu'un qui soit là pour moi. Mon bonheur en dépend.

Nous prenons la relève des militantes postées devant la prison.

— C'est comment ? leur demande Thea.

— À en bâiller. On n'a vu passer que trois hommes, tous employés de la prison. Est-ce que l'une de vous aurait une cigarette ?

Thea sort un étui de sa poche intérieure, la fille se sert. Puis elle et sa compagne s'éloignent, prenant une bouffée à tour de rôle.

Thea m'invite à dîner dans la semaine, quand Peter sera là, afin que je fasse plus ample connaissance avec lui. Peut-être saurai-je alors la conseiller ?

— J'ai un tempérament si impulsif… Enfin, je crois bien que je l'aime, mais c'est ce qui m'arrive à chaque fois.

Le vrombissement d'un aéroplane couvre la suite de l'histoire. Nous regardons ensemble vers le ciel.

Deux soldats s'avancent vers nous. Je reconnais celui de gauche, Leo, il me semble – l'un des partenaires de tennis de Kingsley à Aberdovey. Il a peut-être des nouvelles. Je me précipite vers lui.

— Oui ? réagit froidement son camarade.

On nous autorise à manifester ici, mais notre présence reste indésirable.

— Leo ?

Dès qu'il me reconnaît, son visage s'éclaire.

— Gwen, c'est bien ça ?

— Sais-tu où est Kingsley ? Nous n'avons aucune nouvelle alors que presque tous les soldats sont revenus de France. N'est-ce pas ?

Un nuage passe.

— Personne ne vous a informés ?

— De quoi ?

Un abîme s'ouvre lentement sous mes pieds.

— Du bombardement. Ils devaient rentrer le lendemain. Cette nuit-là, tout le camp a été rasé. Kingsley faisait peut-être partie du premier groupe, celui qui était déjà parti, mais les listes de rapatriement ont disparu avec tout le reste. Il se peut qu'il soit toujours en France, ou sur le chemin du retour. J'ai servi là-bas, mais c'était avant lui, alors je ne sais pas s'il y était encore ou non.

Thea passe son bras autour de mon épaule pendant que Leo poursuit :

— Kingsley est un costaud, un débrouillard, il peut très bien avoir… C'est le chaos, là-bas. Il est peut-être à l'hôpital. Ou bien il essaie de rentrer par ses propres moyens. On n'a pas forcément la position exacte de tout le monde, et puis ce n'est pas si facile de quitter le territoire. Mais il y a encore des hommes qui reviennent.

Retour certain, espoir, garder, s'accrocher, Kingsley. Olive et mon père agitant les bras sur le quai, là-bas au pays de Galles, une barre de chocolat partagée dans le train. Son visage, si familier, un étranger, un soldat, je lis un livre, il regarde par la fenêtre. La France, une ferme, garder espoir. Thea me parle, me tend une cigarette, je suis prise de vertiges.

— Ça peut durer des semaines. Un de mes camarades n'est rentré qu'avant-hier. Tout dépend aussi de leurs blessures.

Il se tourne vers Thea.

— Rien ne dit qu'il ait eu quelque chose de grave.

— Assieds-toi donc un peu, me conseille Thea.

Elle se penche au-dessus de moi comme autrefois ma mère avant que je m'endorme, comme à l'instant où mon esprit s'apprête à renoncer au jour, se raccroche encore à un dernier fil, puis s'abandonne.

*

On tambourine à la porte. La troisième fois, je vais ouvrir.

— Mademoiselle Howard. Il est onze heures. Ce que vous faites de vos loisirs n'est pas de mon ressort, mais je ne peux pas laisser votre petit-déjeuner sur la table jusqu'aux calendes grecques.

Les rides sur le visage de Mme Sewell paraissent plus profondes d'une semaine à l'autre.

Je m'incline. Cet après-midi, nous commençons une nouvelle pièce. Je n'ai vraiment pas assez travaillé.

— Le petit-déjeuner sera servi demain à sept heures et demie, comme d'habitude. Si vous souhaitez encore manger quelque chose ce matin, vous pouvez vous présenter en cuisine.

Elle fait demi-tour, mince et fragile comme du papier crépon, ses pas marquant à peine la moquette.

Je vais m'asseoir à la fenêtre. Le soleil d'automne embrase la cime des châtaigniers derrière les maisons d'en face : jaune, ambre, vermillon, écarlate. Je ressens comme un coup dans l'estomac, dans le diaphragme – Kingsley ne verra peut-être plus jamais ce spectacle. Hier soir, Thea n'a cessé de me répéter que rien n'était sûr, que je devais garder courage. Elle me l'a encore dit ce matin. Courage, espoir. Mon frère ne se souciait pas de la guerre, il n'était pas du genre à s'inquiéter, un bon petit soldat, peut-être pas taillé dans le granite, mais en tout cas dans un bois dur. Aucun de nous ne pouvait s'imaginer à quel point c'était terrible, là-bas, même pas quand les premières nouvelles nous sont parvenues des tranchées, quand les premiers soldats ont été rapatriés, quand les journaux se sont mis à publier des reportages, désormais illustrés de photographies.

Dans la rue, un véhicule militaire roule en klaxonnant, des gamins rassemblés sur le trottoir lui répondent par des cris d'enthousiasme. Un soldat passe devant eux au bras d'une infirmière. Elle rit, d'un rire qui me coupe le souffle.

Ma robe est jetée sur le pied de lit. L'étoffe me donne d'abord une brève sensation de froid, puis adopte la température de ma peau.

Je trouve un point d'appui en agrippant la rampe de l'escalier. Dehors, l'air est plus frais que je ne le pensais, alors je rentre chercher mon manteau d'hiver et mon chapeau en velours, puis je me risque de nouveau à l'extérieur. La porte, en claquant dans mon dos, me fait sursauter. Ce n'est qu'arrivée à la répétition que je m'aperçois de mon oubli : le violon est resté dans ma chambre. Stockdale demande à Joan de me raccompagner à la pension.

— Nous pouvons nous passer de toi cette semaine. En revanche, je compte sur ta présence lundi. Assure-toi de travailler un peu tous les jours, cela te fera du bien. Courage !

Sa main qui tapote ma joue me rend un peu de couleurs.

*

— Gwen, il faut partir. Nous allons être en retard.

Thea se tient dans l'embrasure de la porte.

— Allez, ma belle. Je comprends que tu aies la tête ailleurs, mais tu ne peux pas décevoir les enfants comme ça. Vraiment pas.

Elle me prend par la main, me remet debout. J'attrape mon étui à violon et la suis dans l'escalier, sur le seuil, dans la rue, jusque chez Don. Il a monté une petite classe de musique pour les enfants de son quartier. Deux leçons par semaine : piano et violon. Thea nous apporte son aide, assurant avec moi le cours de violon et avec Don le cours de piano. Les enfants sont trop petits pour le violoncelle. Leurs instruments, tous de seconde main, ont été achetés pour Don par un oncle fortuné ou offerts par des musiciens de son orchestre.

L'un des plus jeunes élèves, Petit Paul, nous attend sur le seuil.

— Thea ! s'écrie-t-il en jetant deux petits bras sales autour de ses hanches.

— Bonjour, mon chéri. C'est bien que tu sois déjà là.

Elle lui demande si sa sœur aussi est arrivée, il ne le sait pas, écorche une croûte sur sa joue, ses ongles noirs laissent un peu de crasse dans la plaie. Les autres gamins déboulent dans la rue en piaillant, le plus petit de la bande perd l'équilibre, tombe, semble vouloir éclater en sanglots, mais se relève et nous rejoint à toutes jambes.

Notre classe compte aujourd'hui douze élèves. Nous les asseyons en cercle et accordons les instruments – nous leur jouons toujours un petit air pour débuter.

— Chanson triste ou chanson gaie ?

— Gaie ! réclame la moitié du groupe.

— Triste ! exige l'autre.

Pendant deux ou trois minutes, ils écoutent, comme ensorcelés. Ensuite, c'est à eux de jouer. Nous en sommes à la première partie de *Frère Jacques*. Michael est tellement concentré qu'il en tire la langue. Petit Paul se laisse aller à un moment de distraction et commence à caracoler dans le séjour. Thea le rassied à sa place, violon en main. Les fillettes s'appliquent avec ardeur. Tim et Bart s'esclaffent sans arrêt. Une leçon par semaine, c'est trop peu pour inciter ces enfants à progresser. Leurs familles ne font pas partie des plus déshéritées : ils portent des chaussures, leurs dents sont plutôt blanches que brunes, ils sont moins maigres que les gosses qui vivent du côté de chez Mme Sewell. L'ennui, c'est qu'ils ont tous beaucoup trop de frères et de sœurs. Seuls Tim et Petit Paul vont régulièrement à l'école.

Tim réussit le premier à reproduire la mélodie. Frère Jacques, frère Jacques, dormez-vous ? Les autres enfants battent des mains et il doit recommencer pour eux. Ses yeux brillent, il se passe la langue sur les lèvres et rejoue, presque sans fautes. Les autres se lèvent pour l'applaudir, il hausse les épaules, deux fois, plein d'une fierté contenue. Thea le félicite, je fais de même et nous reprenons la leçon, avec un petit retour en arrière pour le reste du groupe. Tim continue sérieusement, il ne plaisante plus du tout avec Bart.

De l'autre côté de la fenêtre, la rue n'est qu'un dégradé de gris : pavés, murs, fumées. Il faut que je fixe mon attention sur les élèves.

Le cours à peine terminé, j'enfile mon manteau.

— Une tasse de thé ? me crie Thea depuis la cuisine. Don ne va pas tarder.

— Désolée.

Elle me saisit par les épaules et me serre fort contre elle.

— Tu prends bien soin de toi ? À plus tard, alors.

Tim se précipite vers moi, m'entoure de ses petits bras.

— Je peux venir aussi ?

Je l'embrasse sur le front, lui assure que nous nous reverrons bientôt.

Je traverse le jardinet à l'arrière, m'engage dans la ruelle de desserte, puis dans la suivante. Bruits de pierres qui se heurtent, mes pas résonnent juste un peu trop fort pour que ce soit agréable à l'oreille et j'ai beau savoir que ce boyau est aussi large que d'habitude, je sens les murs se rapprocher de moi. Le brouhaha de la rue commerçante me parvient avant que je l'aie atteinte – piétons, automobiles, omnibus, bicyclettes, une vraie fourmilière. Je force l'allure, regarde devant moi, il y a bien assez à voir, et même plus qu'assez : deux hommes abrités sous des parapluies, c'est seulement en les voyant que je sens les gouttes d'eau ; une femme qui traîne un enfant par la main, un second accroché à ses jupes ; une voiture à cheval de l'autre côté du carrefour. Puis un choc retentit. Je me retourne, aperçois une aile de pigeon qui s'agite, je reviens sur mes pas, l'autre aile est brisée, le ventre meurtri, l'oiseau vit encore, il me fixe d'un œil, incapable de tourner la tête – ce pigeon va mourir, il n'y a plus rien à faire –, et je regarde autour de moi, un tas de briques est posé contre la façade d'une maison un peu plus loin, je ne vois pas mieux, attrape une brique, les passants n'ont rien remarqué, ils poursuivent leur chemin, les voitures vont et viennent, leurs cochers évitent le pauvre animal de justesse, il faut que je me dépêche, l'oiseau me voit revenir, je regrette, lui dis-je, désolée, et je m'agenouille près de lui, frappe de toutes mes forces, son crâne éclate d'un coup, je recommence bien que le pigeon soit déjà mort, maintenant il est mort, je me lève et vais reposer la brique sur son tas contre le mur, le sang a collé des plumes au-dessous – un autre pigeon nous observe à distance, probablement sa compagne – et je m'excuse encore une fois, je reprends ma route, les gens continuent de faire comme s'ils n'avaient rien vu alors qu'il y avait bien quelque chose à voir, et je pleure sans doute, mais la pluie rend mes larmes invisibles et, de toute manière, personne ne fait attention.

*

Cela fait quatre jours de suite que je me réveille à quatre heures et demie du matin. J'écoute la ville encore presque totalement silencieuse. Le matin, les voix s'amplifient pour diminuer dans les heures qui suivent et reprendre de la vigueur au cours de l'après-midi, jusqu'à ce que, le soir venu, elles faiblissent de nouveau et meurent en murmurant à l'oreille de la nuit. Le vent fait bouger les rideaux, les fenêtres, les branches, les feuilles des arbres. Ce n'est pas le vent mais des rires que les maisons laissent passer. Les bruits de pas font parler la rue. Les chevaux indiquent la cadence par le claquement de leurs sabots. Les moteurs accompagnent de leur basse continue le frottement des roues sur la chaussée. Moi aussi, j'émets du son. La nuit, je peux entendre ma respiration, mon cœur, mes pensées. La mer me manque, les prés d'autrefois, le silence qui révèle le chant des merles. Autrefois est ce qui nous permet d'être ici maintenant. Ou plutôt, non : autrefois est une colline dans le lointain dont on ne peut pas s'approcher, mais qui ne s'éloigne pas non plus. Maintenant est un visage au milieu de la foule qui vous fixe avec étonnement puis s'en va.

Olive m'a écrit que Kingsley a peut-être refait sa vie en France, où il aurait rencontré une fille. J'en doute fortement : mon frère n'a aucune raison de ne pas nous avertir et même si l'acheminement du courrier reste lent, la poste a recommencé à fonctionner voilà un certain temps déjà. L'armée ne nous a pas donné de nouvelles. La dernière fois que j'ai vu Kingsley, c'était au café, Thea m'avait accompagnée. Les garçons venaient d'apprendre leur départ imminent, mais lui se comportait comme à son habitude. Avec sérénité. Margie se trouvait alors en France, il irait lui rendre visite s'il en avait le temps. Ce soir-là, on but, on se raconta des histoires invraisemblables – à propos des projets ennemis, des filles du continent, des vins, de l'affrontement qui tardait à venir. On entonna des chansons populaires que tout le monde, sauf moi, reprenait en chœur, ce qui faisait pleurer de rire Kingsley et ses amis, vu que c'était moi la musicienne. Depuis cette dernière soirée, mes parents n'ont reçu que deux lettres de lui.

Les yeux me piquent. Je ferais mieux d'aller me promener. Tout doucement, je m'habille, ouvre la porte de ma chambre, descends l'escalier tapissé de velours – mes jambes connaissent bien ces marches, elles savent quelle amplitude donner à chaque pas.

Je déambule dans l'obscurité en direction de la Tamise. En traversant la rue des commerces, j'aperçois un vagabond et, plus loin, un groupe de lavandières. Il n'y a personne d'autre en vue. Un merle siffle dans les environs. Son appel est différent de ceux qu'on entendait dans le jardin de mes parents. Trois notes glissées, un trille aigu pour finir. Je reprends la mélodie à voix basse. Il faudra que j'apporte un crayon et du papier la prochaine fois. Un autre merle répond. Je scrute les arbres. Le premier merle répète sa chanson. Je repère l'origine du son, mais ne vois pas l'oiseau. Ils se taisent tous les deux. Je reprends ma promenade – demain, je reviendrai avec un calepin.

*

— Symphonie n° 1 de Brahms, annonce Harold Stockdale en distribuant les partitions. Gwen, dans le deuxième mouvement, tu es premier violon.

Billie me sourit, décale un peu sa chaise. Elle me donne une petite tape sur la cuisse tandis que je m'assieds.

Je rougis. Il m'a déjà confié un solo dans une composition de Mozart, pour finalement l'attribuer à Dorian deux jours avant le concert parce que je n'étais pas prête.

— Tout va bien se passer, chuchote Billie.

Nous devons reprendre le début trois fois avant d'obtenir le bon tempo. Je sens mon cœur s'accélérer à l'approche du solo, je joue moins fort, pas assez fort, Billie me jette un regard en coin, je bataille avec les notes – mon jeu est correct, mais il n'a aucune signification. Nous reprenons toute la pièce, puis une autre fois, avant que Stockdale finisse par nous renvoyer chez nous.

— Je suppose que tout le monde connaît les passages à travailler. Gwen, tu peux rester un instant ?

Je pose mon violon dans l'étui sans oser affronter son regard.

— Assieds-toi donc, me dit-il en désignant d'un geste gracieux la chaise à côté de lui.

— C'était mauvais, n'est-ce pas ?

Il balaie mes doutes d'un revers de la main.

— Ça viendra. Si tu te mets à travailler. Tu penses y arriver ?

— Mais j'ai travaillé.

— Je sais, je veux dire qu'il te faut encore faire des efforts, vraiment. Je crois que c'est la meilleure méthode. Mais tu n'es pas obligée d'accepter ce solo : je peux le donner à Billie.

— Non, non, j'y arriverai.

— Très bien, dit-il en me tapant sur l'épaule. Je pense que tes parents assisteraient volontiers à la première.

Cette nuit, des cercles colorés entourent la pleine lune. On appelle cela une gloire, m'a dit un jour Kingsley.

*

Deux semaines plus tard, je retourne au pays de Galles pour quelques jours. Olive a écrit que ma mère ne quittait plus son lit et que mon père se gardait d'intervenir. C'est avec des pieds de plomb que je prends le train, même si je sais qu'il ne s'agit pas là d'un voyage dans le passé.

— Ah, notre brebis égarée !

Mon père m'attend sur le quai de la gare, vêtu d'un complet strict. Le sourire qu'il m'adresse creuse les rides au coin de ses lèvres, de gros poils blancs jaillissent de ses sourcils broussailleux. Il m'embrasse sur la joue, saisit ma petite valise noire. En chemin, je lui parle de l'orchestre, de mon solo, de la pie que j'ai recueillie au printemps et gardée quelques semaines dans une boîte, avant de la relâcher. Je lui demande où en est sa poésie et il répond que cela ne vaut rien encore, qu'il ne parvient pas à mettre le doigt dessus. Nous foulons un tapis de feuilles mortes au cœur putrescent, aux contours agités par la brise. À l'entrée du bourg, nous ne disons plus rien.

La maison est moins grande que dans mon souvenir, la peinture commence à s'écailler autour des fenêtres. Une couronne de branchages maintenus par des rubans rouges est accrochée à la porte d'entrée. Cookie nous ouvre, me serre contre son cœur.

— Quel plaisir de te retrouver, ma mignonne !

Elle me tient à bout de bras pour mieux m'examiner, puis m'étreint de nouveau.

— Tu es une vraie dame à présent. Comment va la musique ?

— Gwen ! s'écrie ma sœur en descendant l'escalier. Tu es enfin arrivée…

Olive porte une longue robe grise, ses yeux sont cernés d'un voile bleu pâle, je ne vois pas bien si c'est du fard ou la couleur de sa peau. Elle m'embrasse sur la joue gauche. Pas de parfum, mais une odeur de vieux papier.

Mon père donne ma valise à Cookie et se tourne vers moi.

— Dudley a installé son bureau dans ta chambre. Tu peux dormir au deuxième étage, le lit est fait.

— Nous prenons le thé dans une heure, annonce Olive. En passant, pourrais-tu demander à maman si elle veut nous rejoindre ?

Cookie me précède dans l'escalier, j'hésite un instant avant de poser le pied au premier étage. La porte qui donne accès à la chambre de ma mère est entrebâillée. Depuis la deuxième volée de marches, Cookie me répète combien elle est heureuse de me revoir.

— Moi aussi, réponds-je.

Je frappe à la porte et entre. La pièce est plongée dans la pénombre. Je m'approche de la fenêtre, écarte un peu les rideaux et ouvre le vantail supérieur – l'air frais lui fera du bien. Ma mère est assise dans son lit, calée sur des coussins, elle porte une robe de chambre sur sa chemise de nuit.

— Gwennie, viens embrasser maman.

Je m'assieds sur le bord du lit, me laisse cajoler – parfum, cigarettes, l'odeur du sommeil… Sur la table de chevet, il y a une tasse de thé, la moitié d'un sandwich, un cendrier. Des lettres sont empilées à côté de l'assiette.

— C'est terrible. Dès que j'ai reçu ton message, j'ai su qu'il était arrivé un malheur. Je souffrais déjà du cœur auparavant, tu le sais, je te l'ai écrit, mais sur le coup, c'est revenu tout de suite.

Elle porte la main à sa poitrine.

— Là.

Elle poursuit avec Dudley, affirme qu'en réalité elle a perdu ses deux fils.

Ma jambe fourmille et je change de position.

— Vous descendrez pour le thé ?

Elle sourit.

— Sois gentille et va refermer cette fenêtre. Je ne supporte pas les courants d'air.

— Maman, je vous ai demandé quelque chose.

Elle me regarde droit dans les yeux, esquisse un horizon du plat de la main.

— Ne t'imagine pas pouvoir entrer ici comme tu le veux et me donner des ordres.

— J'ai simplement posé une question.

— Oh ! Une question, tout simplement…

Je me lève, referme la fenêtre, me dirige vers la porte.

— À tout de suite.

Je traverse le palier jusqu'à mon ancienne chambre. La bibliothèque est vide, mes livres sur les oiseaux ont disparu.

Nous attendons pendant un quart d'heure.

— Je crois que nous pouvons commencer, dit mon père.

Il se sert un sandwich, prend une première bouchée qu'il avale aussitôt.

— Je vais quand même voir là-haut, décide Olive en reculant sa chaise.

Dudley attrape un scone.

— Il t'arrive encore de jouer ?

Dans le temps, mon frère se défendait plutôt bien au violoncelle.

— Non, répond-il en enfournant le scone dans sa bouche.

— Dommage.

Olive réapparaît, secoue la tête. Mon père se retire dans sa chambre. Dès qu'il n'est plus à portée d'oreilles, ma sœur se penche vers moi.

— Il y a des histoires qui circulent. On dit qu'ils ne sont pas morts, qu'ils avaient été transférés dans un camp.

Qu'ils reviendront bientôt. N'en parle pas à maman ni à papa. Je ne veux pas leur donner de faux espoirs.

— Comment sais-tu tout cela ?

— Margie me l'a écrit. Un de ses amis servait dans la région.

— Mais Kingsley nous aurait tout de même envoyé des nouvelles !

— Il est peut-être blessé, dit Olive avant de déglutir – sa bouche se relève d'un côté. Ou désorienté.

— Il n'en a peut-être simplement pas envie, intervient Dudley en reposant sa fourchette. Je peux tout à fait me l'imaginer. Pas si mal, après tout : enfin la paix.

Ma sœur et moi le dévisageons, incrédules.

— Ça me plairait bien, à moi aussi.

Il engloutit trop de lait d'un coup, le liquide ruisselle sur son menton, sur son col de chemise.

— Tranquille, au soleil, avec un verre de vin et du fromage.

— Je ne pense pas qu'il ait eu beaucoup de temps pour la dégustation, dis-je.

Dudley s'essuie le menton d'un revers de manche, hausse les épaules.

— Probable. Sans compter la fin de son allocation.

Olive sursaute. Je fronce les sourcils.

— Comment ça ?

— On ne t'a pas prévenue ? répond-il en riant. Qui s'en va n'a plus droit à rien.

Je passe ma serviette sur mes lèvres et monte au premier. Trois coups sur la porte.

— Oui ?

Mon père ne s'est même pas retourné.

— Auriez-vous envie de venir observer les oiseaux avec moi ? Juste un petit tour sur la plage, ou du côté du bois.

— Je regrette, j'ai des choses à terminer.

Il retire ses lunettes, nettoie les verres avec son mouchoir.

— Revoyez-vous Charles de temps en temps ?

— Charles ? demande-t-il en pivotant vers moi et en remettant ses lunettes.

— Allons, papa… La corneille.

— Ah, oui, bien sûr ! Cela fait un certain temps qu'il ne s'est pas montré. Plus d'un an, je crois. En fait, il est venu de moins en moins souvent après ton départ.

Il s'éclaircit la gorge.

— Tu voulais me dire autre chose ?

Derrière la maison, j'emprunte le sentier qui monte vers le petit bois, puis je rejoins la plage à travers les champs. Charles demeure invisible. Il n'était pas si vieux, pourtant, il devrait encore être en vie. Peut-être a-t-il quitté la région, peut-être se cache-t-il parce qu'il est fâché contre moi. Ce n'est pas la peine de le chercher, il pourrait se trouver n'importe où. Sur la plage, une pluie fine hachure l'atmosphère de grisaille : sable gris, mer grise, ciel gris. Mes lèvres ont un goût de sel, je fredonne quelques notes pour entendre ma voix, elles s'envolent avec le vent.

Ma mère ne sera pas descendue une seule fois durant ce week-end.

— Au revoir, maman.

Je me penche sur elle, l'embrasse sur la joue.

— Tu t'en vas déjà, dit-elle en se détournant.

— Le train part dans deux heures et je dois encore faire ma valise. Olive m'accompagne à la gare.

— Tu as fait ton devoir : rendre visite à ta vieille mère.

— J'avais envie de vous revoir tous.

— Tu n'étais pas rentrée depuis quatre ans.

— Vous auriez pu venir à Londres, vous aussi.

J'inspire profondément, m'efforce de parler d'un ton plus aimable :

— Nous commençons une nouvelle série de concerts dans deux semaines et j'ai un solo. Vous et papa pourriez assister à la première ? Il y a un bon hôtel tout près de la salle de spectacles. Et Stockdale serait ravi.

Elle me lance un bref coup d'œil, sourit.

— Tu voudras bien refermer la porte en sortant ? Ces courants d'air sont abominables…

Une lettre d'Olive m'apprend que Kingsley a enfin donné de ses nouvelles. Il regrette de ne pas avoir écrit plus tôt, annonce qu'il s'est mis en ménage avec une fille rencontrée là-bas, qu'ils ont un fils, Jacques, du nom de son père à elle qui tient une boucherie dans le nord de la France, c'est chez lui que Kingsley travaille et il compte y rester quelque temps, il réécrira bientôt, il espère nous revoir très vite, mais doit épargner pour le voyage, il nous espère tous en bonne santé, raconte que les environs sont très beaux, avec de grands champs de tournesols et des vallons et un soleil plus chaud qu'ici, plus jaune.

Star 6

Un ami biologiste, Garth Christian, qui écrit lui aussi sur le comportement des oiseaux, m'a envoyé un jour une coupure de presse qui relatait une expérience au cours de laquelle des choucas avaient appris à compter. « Tes pensionnaires en sont-ils capables ? » avait-il noté en tête de l'article. Cette histoire me fit réfléchir. Un matin où Star, qui dormait dehors toutes les nuits, se présentait comme de coutume à six heures devant mes carreaux pour obtenir sa noisette, je décidai de tenter l'expérience à mon tour.

— Non, lui dis-je, tu dois d'abord toquer.

Je la regardai dans les yeux et pris soin de parler très clairement :

— Toc. Toc.

Le poing fermé, jointures saillantes, je donnai deux coups secs sur la table. Elle m'imita, heurtant deux fois le chambranle avec son bec. Puis elle vint se poser sur ma main, réclamant la noisette. Je savais Star astucieuse, mais je ne m'attendais pas à cette démonstration d'intelligence : elle comprenait exactement ce que je voulais d'elle ! Cet épisode me rappela l'exceptionnelle Zig-Zag, l'une de mes anciennes mésanges, qui m'avait un jour donné le baiser que je lui demandais. Lorsque Star réapparut, le lendemain matin, je lui imposai le même exercice que la veille et, de nouveau, elle le réussit. Décidée à en avoir le cœur net, je fis quatre nouvelles tentatives dans la journée : là encore, elle releva le défi à chaque fois.

Un problème surgit cependant le jour suivant. À son arrivée,

Star donna trois petits coups de bec sur le bois du châssis et vint chercher sa noisette. Je ne lui offris rien, car je voulais qu'elle m'attende pour compter. Indignée, elle s'envola dans le jardin, où elle resta cachée bien plus longtemps qu'à son habitude, au moins quatre heures, avant de revenir et de taper trois fois sur l'encadrement de la fenêtre. Je lui accordai sa noisette parce qu'elle pensait avoir bien fait et parce que je ne voulais pas l'offenser à nouveau. La fois d'après, elle patienta heureusement jusqu'à mon signal.

L'étape suivante consistait à faire en sorte que Star apprenne à répéter le nombre juste. Si je frappais deux coups, elle devait frapper deux coups elle aussi pour obtenir la noisette. Il ne fallut pas longtemps avant qu'elle comprenne. Le nombre deux fut assimilé sans effort, le trois également, à quatre elle me regarda d'un œil hésitant, comme si elle ne m'avait pas bien entendue. Le son de mes jointures cognant sur le bois n'était peut-être pas assez clair, trop sourd. Je recommençai avec le bout d'un crayon et tout s'arrangea. Dans les semaines qui suivirent, nous nous exerçâmes au cinq, au six et au sept de la même façon. Pour les nombres supérieurs, Star procédait par séquences de deux, de trois ou de quatre. Ainsi, elle divisait le huit en quatre séries de deux ou deux séries de quatre, recourant plus rarement à la combinaison trois-trois-deux. C'est généralement volontiers que Star se prêtait à ce jeu et elle en prenait même parfois l'initiative. À l'inverse, il y avait aussi des matins où il était tout bonnement impossible de la faire participer. Lorsqu'elle avait envie de compter, elle allait se poser sur le rebord de la fenêtre et pointait le bec vers le bas. Quand elle n'était pas d'humeur, elle levait la tête. Son plaisir de jouer était manifeste, mais il fallait pour cela que soient réunies des conditions qui ne me semblaient pas toujours faciles à identifier.

Au mois de février, la reprise des conflits territoriaux dans le jardin interrompit notre entraînement. Tête-Chauve était trop affaibli pour se battre et Star mena la lutte non seulement avec Lise, mais aussi avec Bruno. Il est très rare que les mésanges femelles affrontent des mâles, c'était la première fois que je voyais cela et ce fut également la dernière. Cet hiver-là, lorsque je toquais mon signal sur la table, Star se contentait de me regarder en penchant la tête et si je ne lui donnais pas sa noisette elle commençait à piqueter le bois jusqu'à ce que je cède. Quelquefois, profitant d'une trêve entre les belligérants, nous reprenions notre activité, mais Star avait l'esprit ailleurs.

1921

Nous formons un demi-cercle et je fais partie des premiers violons – vingt-huit jambes habillées de bas ou de pantalons noirs.

— De l'expressivité, nom d'un chien ! crie Stockdale à l'attention de Joan, qui, confuse, baisse les yeux. Et en mesure : un, deux, trois. Accent sur le premier temps.

Voilà treize fois que nous recommençons et il y trouve toujours à redire. C'est sa faute à lui, il n'arrête pas de modifier le tempo – qui vient à nouveau d'accélérer – comme s'il ne l'avait pas très bien en tête.

— Tous ensemble !

Nous reprenons au début. Je ferme les yeux et me laisse entraîner par le violoncelliste à côté de moi. Il va toujours un brin trop vite, ce qui me permet, si je ralentis d'une fraction de seconde, de suivre le bon rythme.

— Non, non, arrêtez là ! ordonne Stockdale en secouant la tête. Vous pouvez partir, on poursuivra demain. Joan, il me faut de la consistance, de l'énergie. Un jeu pas forcément plus fort, mais plus intense. Si tu continues ainsi, je pense que nos chemins devront se séparer.

Joan est au bord des larmes. Elle frotte ses joues maigres, y creusant des ornières.

— Ne t'en fais pas, lui dis-je une fois que Stockdale a quitté la salle. C'est sa propre incertitude qu'il transpose sur ton jeu.

Pas seulement sur son jeu, mais en elle-même, comme un écho. Je range mon violon dans son étui. Jouer ne m'ennuie jamais, ce sont les gens qui m'ennuient.

Priscilla se dépêche, je lui barre involontairement le passage en me levant d'un coup, elle trébuche.

— Oh pardon ! s'excuse-t-elle auprès de son instrument.

Joan et moi nous dirigeons vers la sortie.

— Ça me fait toujours ça, avoue-t-elle. Je me referme comme une huître quand quelqu'un me crie dessus. Encore maintenant, alors que je le connais quand même depuis un bout de temps.

— Je comprends.

La semaine dernière, sur un coup de sang, Stockdale a congédié un clarinettiste.

Le vent d'octobre jette les feuilles mortes contre les vitres. Devant l'Académie des beaux-arts, un garçon aux cheveux roux fume une cigarette. Joan et moi passons à côté de lui. Il me salue, je le salue en retour.

— Un instant, ajoute-t-il en écrasant son mégot. Je peux te demander quelque chose, ou tu es pressée ?

Je m'arrête, l'observe tête penchée, comme un merle. Joan annonce qu'elle doit filer, ajoute qu'elle me verra demain.

Je croise régulièrement ce garçon ici, nous échangeons des saluts depuis des semaines. À présent, il me dévisage en silence.

— Bon, je m'en vais, dis-je en faisant un pas vers la rangée de bouleaux un peu plus loin.

Il secoue la tête.

— Et si on allait se promener ?

Une feuille d'arbre jaunie vient se plaquer sur son front.

— Ou boire un café ?

Il décolle la feuille morte, l'examine attentivement. Au-dessus de nous, l'un après l'autre, les nuages prennent la forme de toutes les choses du monde.

Dans un café au bord de la Tamise, il me montre son carnet d'esquisses. Oiseaux, chiens, chevaux, chimères, lignes qui se prolongent tout autour de nous et qui, lorsque je lève les yeux, changent non seulement mon regard sur lui, mais aussi sur tout ce que je distingue au-delà.

— Ce ne sont que des ébauches, s'explique-t-il.

Je retourne à la page où figure son dessin du choucas et lui parle d'une petite femelle, Nora, que j'ai élevée chez moi et qui est restée vivre dans le quartier pendant trois ans.

— Il lui arrivait quelquefois de partir en excursion, mais elle n'allait jamais très loin. Au printemps dernier, elle a disparu pour de bon, du jour au lendemain. Je pense qu'elle a trouvé un partenaire, ou un bon endroit pour nicher. Les choucas n'en font qu'à leur tête...

Je prends une gorgée de café.

— Elle avait tout au plus quelques semaines lorsque je l'ai découverte, tout près de Hyde Park. Ses parents n'étaient pas là. Les petits choucas apprennent à voler depuis le sol, c'est pourquoi il vaut mieux les laisser sur place si on en voit un.

Certaines personnes n'ont jamais tenu un oiseau dans leur main. Ces plumes légères, cette fragilité, la vie qui se cache dans un si petit être...

Au-dehors, la tempête forcit. De longs traits de pluie grise s'abattent sur de l'eau tout aussi grise, les gouttelettes se font grosses gouttes, les grosses gouttes se confondent avec le fleuve et les embruns redeviennent bruine.

— Je croyais qu'ici je serais heureuse. Loin de mes parents, de ce que l'on attendait de moi, seule avec mon violon.

— Tu ne l'es donc pas, heureuse ?

— Si, du moment que je joue.

Mais parfois l'orchestre m'étouffe. Joan et Billie continuent de me demander si j'ai envie d'aller danser avec elles alors que je préfère de beaucoup passer mon temps libre dehors. J'ai de nouveau une pile de cahiers remplis d'histoires d'oiseaux.

— Viens, on sort, la tempête est si belle...

Il lutte contre le vent pour ouvrir la porte, me donne son bras. Je ferme les yeux et sens l'odeur du fleuve, de l'automne, de l'avenir. Il glisse les dessins sous son manteau pour les abriter de la pluie. Nous marchons ainsi jusqu'à Vauxhall, à la rencontre du soir, tandis que les maisons s'éclairent autour de nous et qu'un rouge-gorge se cache dans les massifs de verdure en sursis.

*

Durant tout le week-end, je reste habitée par son visage, par le ton traînant de sa voix – impossible de m'en rappeler le timbre, mais j'entends sa prononciation, qui tire légèrement sur les mots. À la bibliothèque, où je suis venue rapporter des livres d'ornithologie, j'ai par deux fois l'impression de le reconnaître. Le monde autour de moi est un écran sur lequel il se projette. Thomas. Quand j'ai parlé de lui à Thea, elle a émis un sifflement et m'a dit qu'il était en effet grand temps que je m'abandonne un peu.

Lundi, après la répétition, je suis la première à ranger mon violon, à regagner la sortie. Il n'est pas là. Je patiente. Des pigeons surveillent la rue depuis le toit d'en face. Lorsque le dernier cuivre de notre orchestre a quitté le bâtiment, je fais semblant d'avoir oublié quelque chose et retourne à l'intérieur. Il y a encore du monde dans le hall, je remonte le flot des causeurs, m'enferme dans les toilettes, attends un peu, ressors à pas lents, m'entretiens à la porte avec Stockdale, qui se dit pour une fois satisfait et compte sur une belle première, vendredi – Thomas n'est toujours pas là, je ne peux pas refaire demi-tour, alors je rentre chez moi et tente de me souvenir si je l'ai déjà vu un lundi.

Mardi, la répétition commence toujours plus tard. Je cherche Thomas des yeux avant d'entrer, puis pendant la pause. Lorsque nous en avons fini, je fais durer le rangement de mes affaires. Je parle un peu à Billie, réfléchis avec Stockdale à un changement de tempo, écoute le nouveau violoncelliste expliquer à Joan une technique de vibrato – il rayonne, ce grand maigre dégingandé qui se retrouve tout d'un coup devant deux auditrices –, le visage de Thomas ne m'a pas quittée, je voudrais qu'il soit là dehors, il sait à quelle heure je termine.

— Mes amis, vous avez certainement des choses passionnantes à raconter au sujet de ce violoncelle, mais je vais fermer la salle, prévient Stockdale en levant les mains comme pour nous pousser vers le couloir. Allez, hop !

Je n'ose pas regarder dehors, garde les yeux fixés sur la porte, ne vois personne devant le bâtiment. Je me poste à l'entrée.

Deux moineaux fendent l'air à côté de nous et disparaissent dans la haie, leurs ailes battent si vite que je ne peux pas les voir.

— Regarde, dis-je à Joan en pointant les buissons du doigt.

Elle me scrute d'un œil interrogateur.

— Tu viens boire un pot ?

— J'ai rendez-vous.

Ils s'éloignent dans la rue, leurs voix s'estompent, couvertes par le bruit des chevaux, des voitures, des autres. Tellement d'autres.

Avec l'espérance d'un chien fidèle, j'attends que cinq heures sonnent, puis rentre à la pension. Il va sûrement me rattraper en chemin, j'écoute sans me retourner, sa voix me parviendra malgré le vent, ou plutôt grâce au vent.

Mercredi, jeudi. Mon corps n'a jamais été autant en manque de caresses.

Vendredi a lieu la générale. Le ciel est clair, le soleil rehausse les feuilles éparpillées dans la rue d'un jaune plus intense, ocre ; je suis soulagée : il ne me hante plus autant. La répétition se passe bien. Nous devons être à la salle de concert pour dix-neuf heures, Stockdale nous propose de dîner tous ensemble. Je sors en même temps que Priscilla, lance tout de même un coup d'œil en face.

— Attends-moi là.

Je traverse la rue en courant.

— Salut, Gwendolen, me dit-il, j'ai quelque chose pour toi. On pourrait aller se promener au parc tant qu'il fait beau, tu ne trouves pas ?

Je désigne les musiciens de l'orchestre.

— Nous partons dîner avant la première de ce soir.

Il extrait un petit paquet de sa musette, me le coince entre les mains.

— Vous jouez à quel endroit ?

Je lui donne l'adresse.

— Il faut que je m'en aille. Qu'est-ce qu'il y a dedans ?

— Surprise.

Il me touche l'épaule, fait demi-tour et s'éloigne.

— Il va venir nous écouter ce soir, dis-je en confidence à Joan, parce qu'il faut que j'en parle à quelqu'un.

— Tant mieux, répond-elle. Espérons que tout se passe bien.

Joan est souvent prise de vomissements avant un concert – son amour du violon l'emporte à peine sur son anxiété.

Je ne le vois pas dans le public, mais je joue comme s'il y était. L'œuvre musicale en forme de paysage : d'abord une prairie (il faut comprendre que, sous les pieds, chaque brin d'herbe vit), puis de l'eau – un fleuve qui devient saumâtre, qui débouche sur la mer, en réalité l'eau est partout, parfois calme, parfois tourbillonnante –, ensuite une ligne à l'arrière-plan, rivage ou horizon, délimitant le mouvement, cloisonnant le glissement qui va se produire, à la fois prévisible et inattendu ; après cela, le paysage évolue et prend du relief, collines, falaises à pic, rochers, profondeurs, montagnes lointaines d'où l'on peut tout voir, ou presque tout, d'où l'on croit tout embrasser du regard, le monde entier, alors qu'en redescendant on s'aperçoit que tout est infiniment plus détaillé, plus complexe et plus sophistiqué, que le plus petit se trouve aussi dans le plus grand : nous voici à destination après un tour du monde immobile, sans jamais avoir quitté notre place.

Jouer, c'est voler – l'altitude, la vitesse, la légèreté, la confiance en l'idée qu'il est possible de préserver la magie, d'y croire, tant qu'elle dure. Jouer, rien que ce mot. Nous jouons. Par là même, nous laissons entrevoir quelque chose à ceux qui sont en bas, au sol, rivés à leurs jumelles, impressionnés, eux qui ne voient jamais rien d'en haut, à moins que d'autres ne les portent sur leurs épaules.

Stockdale vient me remercier à l'issue du concert, le visage bouillant, le corps détendu – il est beau ainsi, et je comprends pourquoi aucune ne lui résiste.

— Nous avons finalement fait ce qu'il fallait pour y arriver. J'avais peur qu'on déraille.

Sous le costume, sa chemise trempée lui colle à la peau.

— Ce n'est pas la peine de se faire autant de tracas.

Je pose mon violon dans son étui.

— Quand il n'y a pas d'enjeu, on n'obtient jamais rien. Je veux que vous preniez tous conscience des implications.

— Mais à force de tirer sur la corde elle finit par se rompre.

— Ces cordes-ci sont tout à fait capables de résister. Tu nous accompagnes ?

Son haleine chaude balaie ma joue.

Je le remercie : j'ai besoin d'être en un lieu exempt de voix.

Pour la deuxième fois ce mois-ci, la lune est pleine et donc bleue. Mon violon sous le bras, j'avance dans des rues qui paraissent plus vides que de coutume, à pas lents car je me sens chez moi dans le mouvement de la marche, dans ce qui s'en va.

Le lendemain matin, je défais mon petit cadeau. Il contient une étude de mésange, sur papier bistre. L'oiseau m'observe avec le regard de Thomas. J'accroche le dessin près de la fenêtre, au-dessus de mon pupitre.

*

— C'est ici que j'habite.

Thomas ouvre en grand la porte de l'étroite péniche, se courbe et me précède à l'intérieur.

— Tu veux un thé ?

À l'avant se trouve une cuisine minuscule. L'évier sert de chevalet pour un tableau de grande taille – soleil de braise, eau, reflets, couleurs.

— C'est beau.

— Oh, celui-là ? Il n'est pas fini. Les couleurs fonctionnent bien, mais la composition laisse encore à désirer.

Il fouille dans les placards, se retourne comme s'il avait changé d'avis et me prend la main.

— C'est bien que tu sois venue.

Dans les semaines qui suivent, les mouvements du bateau me familiarisent avec la rivière. Je fais la connaissance des cygnes qui vivent un peu plus loin avec leurs quatre grands enfants et qui passent régulièrement devant le hublot placé au-dessus du lit, ce lit plus bas que l'eau. Je découvre la lumière qui fait scintiller l'onde et la brume qui ralentit les vagues dans le lointain. L'eau qui rend les draps moites au petit matin, qui cintre le bois des étagères. Je rencontre également les mésanges charbonnières qui viennent au printemps nicher au-dessus de la porte, le clapotis, les signaux d'un monde assourdi.

Je me mets au violon et joue pour lui ; au lit à ses côtés, je lui lis à voix haute mes notes sur les oiseaux. La rive est plantée de grands arbres que séparent des buissons et, le matin au réveil, je monte souvent sur le pont pour écouter, pour observer. Ici, le bruit est moins fort qu'en ville, je peux m'entendre penser.

Thomas – ses doigts sur ma peau, encore et encore. Lorsque je marche dans les rues de la ville, lorsque je joue, lorsque je parle avec d'autres, la même sensation ressurgit, mon corps se souvient brusquement de choses qui me font rougir. Le corps a une mémoire bien à lui, des idées distinctes sur ce qui est important.

— Félicitations, me complimente Stockdale après le premier concert auquel Thomas est venu assister. Tu te concentres bien, ces derniers temps…

Thomas est dehors à m'attendre. Il fume une cigarette, les yeux tournés vers le bout de la rue, tapotant de sa main libre la couture de son pantalon. Je m'arrête un instant pour le regarder, puis ouvre la porte. Il sourit, lâche sa cigarette, prend mon visage entre ses mains.

— Très joli, me dit-il.

Et soudain j'ai un doute sur la sincérité de ces paroles, sur sa sincérité à lui, sur ma propre sincérité. Je le remercie, me voyant soudain telle que je suis – plus toute jeune et certainement pas prometteuse –, et ce n'est qu'au moment où il m'embrasse que l'image se brise, qu'il réapparaît à mes yeux.

*

En novembre, ma sœur vient me voir à Londres. Elle loge à la pension, Mme Sewell lui a préparé la chambre réservée aux visiteurs. À la gare de Waterloo, je la repère au milieu de la foule, jetant des coups d'œil inquiets à droite et à gauche, comme un grèbe huppé.

— Olive !

Je lève le bras, elle me cherche du regard, m'aperçoit.

— Viens là, sœurette.

Elle a exactement la même odeur que la dernière fois. Je lui prends sa valise.

— C'est à un quart d'heure de marche. Tu es fatiguée ? Tu préfères l'autobus ?

— Non, à pied, ce sera très bien. Je suis restée assise tout le trajet.

Elle me regarde du coin de l'œil.

— Quelle bonne mine tu as ! Tout va bien pour toi ?

Je me sens démasquée, balbutie que je n'ai pas à me plaindre.

Elle ne remarque rien ou alors elle fait semblant de ne rien remarquer. Je lui parle de la ville, des rues, des maisons, de la cohue, de l'orchestre et des œuvres que nous jouons. Elle est moins grande que dans mon souvenir, plus frêle, sa voix semble étouffée.

— Comment vont papa et maman ?

— Plutôt bien. Il a enfin terminé son recueil de poèmes sur la guerre et recommence à se mêler de tout. Maman reste fidèle à elle-même.

Olive me regarde, tête penchée.

— Elle se plaint que tu écrives si peu.

— Elle n'arrête pas de faire des reproches.

— Tu n'aurais jamais dû partir.

Je fais non de la tête. La colère que je n'ai plus éprouvée depuis des années me revient en plein cœur. J'inspire profondément. Olive n'y peut rien.

— Et toi, comment tu vas ?

Elle hausse les épaules, fuit mon regard.

— Olive, tu es amoureuse ?

— Peut-être.

Nous traversons la rue, moi devant elle comme si j'étais la cheftaine.

— Comment s'appelle-t-il ?

— Timothy, répond-elle après avoir pris une grande inspiration. Il a cinquante ans. Et il est marié.

— Oh. Pas de chance.

— Sa femme souffre d'une maladie mentale, il l'a fait interner au pavillon psychiatrique de l'hôpital. C'est là que je l'ai rencontré, en accompagnant Duds à sa séance de massage thérapeutique.

— Est-ce qu'il t'aime, lui aussi ?

— Peu importe, Gwen. Je n'aurais pas dû t'en parler.

Ce soir-là, elle vient nous écouter jouer la Neuvième Symphonie de Beethoven, après quoi tout le monde se retrouve au pub.

— Quel bonheur de te revoir enfin, lui déclare Stockdale.

Il serre Olive d'un peu trop près, elle recule à petits pas jusqu'au mur.

— Les sœurs Howard finalement réunies, ajoute-t-il en lui faisant un baisemain. Comment vont tes parents ?

— Très bien. Newman a terminé son recueil.

— Cela valait sûrement la peine d'attendre.

Il vide son whisky d'un trait.

— Un poète d'une originalité rare. Il n'a pas encore la renommée qu'il mérite, mais l'histoire en décidera autrement.

Olive boit son sherry à grands traits, comme ma mère. On me tape sur l'épaule.

— Len.

Un baiser.

— Thomas, je te présente ma sœur, Olive.

Sa main posée sur mon bras.

— Enchanté, lui dit-il. Et voici Stella.

Une jeune fille blonde en robe de velours noir apparaît près de lui. Elle semble ne pas avoir plus de vingt ans, ses yeux sont soulignés d'ombre, elle rit comme une actrice.

— Peut-on savoir qui est Stella ?

— Nous venons de faire connaissance, me répond-il avec un sourire d'excuse. Elle est étudiante aux beaux-arts. Sculpture.

Je le dévisage, en quête d'une explication que je ne trouve pas, alors je cherche une raison.

— Quelqu'un veut encore boire quelque chose ? demande-t-il avec entrain.

Il pousse un petit rire, tout va bien, rien à cacher.

Pendant qu'il commande au bar, Olive se penche à mon oreille.

— C'est lui ?

J'acquiesce.

— Et cette fille ?

— Je ne sais pas.

Une fille parmi celles dont je connais ou suppose l'existence, et supposer n'est pas la même chose que connaître.

Olive prend un air dégoûté. J'attrape mon verre et bois une longue gorgée de champagne. Il a un goût aigrelet, mais les autres n'en disent rien, alors cela vient peut-être de moi.

Stockdale tend la main, Olive s'engage sur la piste de danse. Elle bouge un tout petit peu trop vite. Stockdale ralentit au contraire pour lui faire retrouver le bon rythme. C'est un spectacle saccadé.

Sur le chemin du retour, Olive est très gaie, plus ouverte que d'habitude. Elle s'accroche à mon bras.

— Mes pauvres pieds… Ces chaussures sont très belles, mais pas du tout pratiques pour marcher.

Olive porte mes nouveaux escarpins – je suis incapable de jouer sans avoir mes talons à plat sur le sol.

— Ce garçon, là… Thomas. Qu'il est beau, dis donc ! Tu l'aimes ?

— Oui.

Il fait trop sombre pour distinguer son visage, les rayons de lune éclairent juste son oreille. Elle ne me questionne pas davantage.

— Ici, ça se passe autrement, dis-je.

Nous longeons la Tamise, la péniche est plus loin sur le quai, mais il nous faudra prendre à gauche avant.

— Thea, la violoncelliste, a déjà eu cinq petits amis. Seule Priscilla est mariée. Mais elle a frayé avec un trompettiste avant que j'arrive dans l'orchestre.

Patricia aussi est mariée. Et peut-être mère à présent.

— C'est lui qui refuse le mariage ou c'est toi ?

— Tous les deux, je pense.

Bien qu'il n'y ait pas de circulation à cette heure avancée, nous regardons bien à droite et à gauche avant de traverser la rue. Comme des enfants aux aguets dans une ville démesurée qui ne se soucie pas d'eux.

— Quoi qu'il en soit, mes félicitations, dit-elle en riant. Il est plus beau que Paul, tu te rappelles ?

Je ris un peu moi aussi, sans lui faire observer qu'elle est ivre. Il y a des trous dans la chaussée alors je lui tiens fermement le bras, sinon elle va tomber, avec ces hauts talons. Olive parle de Timothy, dit que sa femme va probablement mourir bientôt, ce serait triste bien sûr, mais en même temps elle l'espère de tout son cœur – sa voix me réconforte comme le bruit de la mer. J'essaie de lui prêter attention, mais mon esprit s'obstine à flotter entre ce qui est et ce qui sera.

*

— C'est qui pour toi, cette fille ?

— Tu n'es quand même pas jalouse ? Je croyais qu'on s'était mis d'accord : pas de jalousie entre nous.

D'un geste un peu trop vif, il range dans leur bocal les pinceaux tout juste rincés.

— Je posais simplement une question.

Laisser des libertés à quelqu'un, c'est aussi se libérer, en particulier de soi-même, ne pas dépendre de l'autre, mais espérer. Vouloir quelqu'un, c'est en même temps lui donner sa liberté, car il y aura toujours cet espace en dehors de soi qui appartient à l'autre, qui est l'autre. Cela implique également de s'exposer à perdre l'autre tout en s'y résignant, parce que c'est justement ce qui importe le plus. Du moins d'après lui, m'a-t-il dit un jour.

— On a fait connaissance, on a bu un verre ensemble et puis on a dansé. Après tout, c'est toi qui voulais mettre la pédale douce…

— Je posais une simple question.

Pour montrer ma bonne volonté, je lui souris. Seulement, c'est un sourire qui manque de gaieté, ou de chaleur.

— Gwen, tu me connais.

Je n'en suis pas si sûre, mais cela fait plaisir à entendre. Comme s'il ne me cachait rien. C'est important, la franchise. Et je ne veux pas me marier. Je veux jouer du violon et voyager (bouger – il sait bien ce que bouger veut dire, peut-être suis-je en train d'en payer le prix). Pourquoi ma gorge se noue-t-elle, malgré tous mes efforts pour déglutir ?

Il fait un pas vers moi, referme ses doigts mouillés sur les miens.

— Viens, on va au musée.

Mon manteau est rêche et familier, mon chapeau noir aussi. Nous longeons la rive jusqu'à l'arrêt d'autobus. Parmi les roseaux, un héron attend, gris comme l'eau. Deux corneilles sont perchées dans le chêne au coin. Thomas parle, rit, attire mon attention sur les couleurs que possèdent les choses, les mots qu'utilisent les gens, le bouquet à demi piétiné dans le caniveau, l'ombre de l'agent de police étendue sur le sol, de tout son long.

De tout son long. Je connais par cœur la voix de Thomas, son timbre, ses intonations, sa sonorité, mais son corps reste pour moi une éternelle découverte. Il a commencé ce matin, il savait avec exactitude comment faire, où aller (mon épaule, innocemment, mon bras, ma main, à nouveau mon épaule, mon cou, un baiser, peau, frottement, lèvres, orifice). Son exactitude est telle que je me demande parfois si c'est moi qu'il touche ou simplement une femme.

Au musée, il avance à pas lents, tel un patineur, les mains dans le dos – moitié enfant, moitié philosophe. Grâce à lui, je redécouvre les tableaux d'un œil toujours neuf. Peinture, atmosphère, couleur, couleur, couleur. Devant un Turner, il me prend la main. Nous restons un moment à regarder la toile et je vois ce qui le touche. Il avait raison : je le connais.

Star 7

Star faisait preuve d'un grand sérieux dans l'éducation de ses enfants, elle les nourrissait plus longtemps que la plupart des autres mésanges et leur enseignait toutes sortes d'astuces. Chaque année, entre autres choses, les petits apprenaient ainsi qu'ils n'avaient pas à me craindre. Cette confiance, ils la transmettaient eux-mêmes à leur progéniture, et je ne fus donc pas seulement l'amie d'individus, mais aussi de familles entières.

Parmi les premiers-nés de Star et de Tête-Chauve, il y avait un oisillon particulièrement agréable à regarder. En le voyant, tout le monde disait « Qu'il est beau, celui-là ». Je lui donnai par conséquent le nom de Beau. Il fut le premier de la couvée à prendre son envol et à suivre sa mère jusqu'à la mangeoire, où il revint ensuite fréquemment, bien après son départ du nid. Il réfléchissait toujours longuement à ce qu'il allait manger. Alors que les autres mésanges se servaient en abondance pour faire le tri un peu plus tard, Beau n'emportait que ce qu'il consommerait à coup sûr. Il resta vivre dans mon jardin jusqu'à l'âge de quatre mois, puis s'en alla en compagnie de trois autres jouvenceaux. Pendant un temps, ne les voyant pas revenir, je crus qu'il leur était arrivé quelque chose, mais au bout de trois mois Beau vint se poser sur l'appui de fenêtre, suivi de ses comparses.

Au printemps, il se mit en ménage avec une petite maigrichonne, Dolly. Son territoire jouxtait celui de sa mère. Beau et Dolly ne ménageaient pas leurs efforts pour donner suffisamment de nourriture à leurs nombreux enfants. La dernière à quitter le nid avait une patte folle : je la baptisai Clopinette. Son père me l'amena une dizaine de jours plus tard – suivant son exemple, elle me fit confiance immédiatement. Clopinette était plus lente que les autres et je l'alimentai jusqu'à ce qu'elle fût capable de chercher sa nourriture elle-même. Au bout de quelques mois, elle se mit à mieux faire usage de sa patte et, un an après, il ne restait pratiquement aucune trace de cette infirmité. Elle n'avait plus besoin de moi et se montra tout aussi indépendante que les autres mésanges.

1937

Ce mardi matin, le soleil de mai brûle déjà lorsque je rejoins à pied l'étude de Me Taylor. Des merles ont construit un nid dans la grande haie au coin de la rue, ils vont et viennent, le bec chargé de nourriture. Ce n'est pas le meilleur endroit pour nicher, il est bien trop exposé, trop facile d'accès pour les pies et les chats. Je déboutonne ma veste de tailleur – un ensemble de laine bleu marine dans lequel je transpire déjà un peu. J'ai emporté mon violon afin de pouvoir me rendre à la répétition tout de suite après ce rendez-vous. À chaque pas, la poignée glisse légèrement au creux de mes doigts humides, vers l'avant, vers l'arrière. Je serre le poing, me mordille la langue pour mieux déglutir.

Avec cinq minutes d'avance, je laisse retomber trois fois le heurtoir en pierre contre la porte. Une domestique me conduit à travers un corridor dallé de marbre jusqu'au bureau du notaire. Ma mère trouverait ces lieux magnifiques.

— Maître Taylor vous prie de bien vouloir patienter un instant.

Le violon, que j'ai posé contre ma chaise, se renverse. J'aurais dû demander un verre d'eau.

— Mademoiselle Howard !

Un petit homme vigoureux, portant moustache et lunettes rondes, s'approche de moi, la main tendue.

— Ravi de vous accueillir ici.

Il prend place à son bureau, ouvre un dossier rempli de documents.

— Veuillez tout d'abord recevoir mes plus sincères condoléances. J'ai rencontré votre père à plusieurs occasions, nous avions des amis communs. C'était un homme affable, grand connaisseur de l'art poétique.

— En effet.

J'essaie d'avaler ma salive.

— Désirez-vous un verre d'eau ?

Il se lève pour appeler la bonne, qui vient m'apporter un rafraîchissement.

— Sa disparition a dû vous faire l'effet d'un choc, je suppose, même s'il était malade.

J'acquiesce d'un signe de tête. J'ignorais la maladie de mon père, n'étant pas retournée à la maison depuis des années. En vacances, ou à Noël, j'envoyais une carte à mes parents et, de temps en temps, une lettre à Olive. Je ne sais pas pourquoi elle ne m'a prévenue qu'après l'enterrement, l'an dernier en novembre – elle affirmait avoir été très occupée, ajoutant que ma mère ne voulait pas que je vienne. Je leur ai fait parvenir un petit oiseau en pierre à poser sur sa tombe.

— M. Howard a légué l'ensemble de son patrimoine à ses quatre enfants.

Mon cœur bat la chamade. Il m'échoit beaucoup plus que je ne le pensais – assez pour m'acheter une petite maison. Ma mère doit être furieuse.

J'appose ma signature en acceptation de l'héritage et, dix minutes plus tard, je me retrouve de nouveau à l'extérieur, un instant aveuglée par la lumière du jour.

*

— Encore une fois, Joan.

— Pardon, mais pourquoi faut-il que je recommence ?

Le petit muscle à la commissure de ses lèvres est plus contracté que d'habitude. Son visage ne s'apaise vraiment que lorsqu'elle joue.

— C'est toi qui dois donner le tempo, qui dois conduire. Mener. Pour l'instant, tu suis tantôt les violons, tantôt la contrebasse.

Elle hoche la tête sans lever les yeux de son instrument.

— On reprend.

Joan attaque, nous entrons trois mesures plus loin. Dans son dos, derrière la grande fenêtre, une corneille vole.

— Lamentable. N'insiste pas. On passe au deuxième mouvement.

Je sursaute en le découvrant soudain planté devant moi.

— Gwendolen. Où as-tu la tête ?

Il y a quelques jours, j'ai vu une corneille lâcher un petit bâton en plein vol, une autre corneille le rattraper puis, prenant de l'altitude, le laisser retomber tandis que la première plongeait en piqué pour le récupérer de justesse. On aurait dit qu'elles jouaient. Je n'ai jamais rien lu à propos du jeu chez les oiseaux.

— Gwen !

Je dois faire un effort pour rester concentrée. Je pense à la corneille, à la cime des pins.

— C'est mieux. Et maintenant : Elgar, les *Variations Enigma*. Juste les cordes aujourd'hui ; les autres peuvent rentrer chez eux. On prend dix minutes de pause. *Nimrod*, pour ceux qui veulent déjà travailler leur partie.

Il s'avance vers moi.

— Je comprends que tu traverses une période difficile. La mort de ton père, la réaction de ta famille…

— Les martinets.

— Pardon ?

Il tortille ses moustaches en gardant les yeux tournés vers la porte.

— Ce passage d'Elgar me fait penser aux martinets : ils ne se posent au sol que pour faire leur nid. Le reste du temps, ils dorment en vol, se nourrissent en vol.

Il s'éloigne au rythme du passage que nous venons de jouer, ouvrant la porte un peu plus lentement pour terminer juste à point.

Joan vient s'asseoir près de moi. Cette fois-ci, c'est un goéland qui passe devant la fenêtre. On n'en voit pas souvent par ici, peut-être n'y a-t-il pas assez de nourriture sur la côte.

— Tu trouves aussi que mon tempo n'est pas bon ? D'après moi, c'est le sien qui est mauvais.

— Il vaudrait mieux que tu en parles à Stockdale plutôt qu'à moi.

— C'est qu'il peut se mettre en colère sans prévenir…

Encore ce tic nerveux. J'essaie de ne pas faire entendre mon agacement.

— Ça se passe comme ça entre vous. Il se met en colère, tu perds confiance en toi et tout empire…

— Mais, à ton avis, je joue bien ma partie ou pas ?

Je détends mes épaules.

— D'après moi, la vérité se situe au milieu.

Priscilla nous rejoint.

— Le temps va rester comme ça, vous croyez ? Ken et moi, nous aimerions partir en bateau ce week-end.

Joan pense qu'il va faire plus froid. Je m'approche de la fenêtre – toujours les mêmes conversations… J'aime bien Priscilla, avec ses joues rouges – comme des pommes d'api, dirait Olive – et ses cheveux paille, en plus elle me fait rire, et finalement j'aime bien Joan aussi, alors pourquoi ce sentiment d'exaspération ? Deux agents de police marchent en bas dans la rue. Je tambourine des doigts sur ma cuisse. *Nimrod.*

Je n'ai pas envie de rentrer chez moi tout de suite après la répétition. Aujourd'hui, la ville est trop sonore. Dans le parc de Battersea, le printemps qui s'achève paresse mollement parmi les ormes : gazouillis, arbres en fleurs, jeunes merles et petits moineaux ébouriffés, ici ou là une coquille d'œuf nettoyée de son contenu... Des adolescents passent à côté de moi, riant, flirtant, se chamaillant – il n'y a pas de meilleur âge pour rêver. Les grandes chaleurs vont arriver, bientôt l'air saturé de crasse nous chassera de la ville. Une vieille dame et un vieux monsieur sont assis sur un banc, le manteau boutonné jusqu'au cou malgré la température ; elle lui prend la main.

Dans le jardin du mémorial australien, un groupe d'étudiants s'arrête devant le monument, plusieurs sortent leur carnet de croquis et se mettent à crayonner. Thomas aussi aime cette sculpture. Je continue ma promenade, traverse la roseraie parmi les abeilles, longe le plan d'eau et arrive près du vieux chêne où nichent des mésanges. En face, il y a un banc, suffisamment éloigné pour s'y asseoir sans déranger les oiseaux. Les parents mettent un peu de temps à se montrer – le nid lui-même est caché dans un creux de l'arbre, en hauteur. Je sors mon calepin de l'étui à violon, mon article sur le langage des mésanges n'est pas encore terminé. Ces dernières années, j'ai lu un grand nombre d'études au sujet des chants d'oiseaux, pour la plupart consacrées à leur structure musicale. En revanche, il n'existe presque aucun écrit traitant de leur signification. C'est pourquoi, lorsque j'ai quelques heures de liberté, je viens m'installer sur ce banc pour retranscrire les cris et les airs d'un petit groupe d'oiseaux, en essayant de déterminer la nature de leurs rapports et de leurs échanges. À la fin du printemps, j'espère avoir réuni assez d'informations pour rédiger un texte de bonne qualité.

Une jeune mésange charbonnière s'envole d'un massif de lavande à proximité, atterrit devant moi et s'approche en sautillant.

— Bonjour, petite, lui dis-je.

Elle penche la tête de côté, avance encore d'un pas, se ravise et s'enfuit à tire-d'aile.

*

— Lennie ?

Thomas est allongé sur le dos, il fume une cigarette.

— Hmm…

Une péniche passe tout près, j'aperçois le vieil homme à la barre qui, lui, ne nous voit pas.

— Tu veux bien m'épouser ?

Je m'écarte de la fenêtre, fais un pas vers le lit. Le vent creuse la surface de l'eau, les ondes se propagent à travers la coque. Je m'assieds près de lui, pose la main sur son poignet.

— Non.

— Tu es sûre ?

Il se redresse.

— Je pourrais nous acheter une maison, une vraie, on serait heureux.

— Tu as parlé avec ta mère ?

Je ferme les doigts autour de son poignet, les rouvre.

— Peu importe. Ça fait des années que nous sommes ensemble.

Je hausse les sourcils.

— On se connaît depuis si longtemps, insiste-t-il en me prenant la main. Je t'aime.

— Moi aussi, je t'aime. C'est juste que je ne veux pas me marier. Et surtout pas avec toi.

Je caresse ses boucles rousses.

— Tu es insupportable.

— Toi aussi. Pourquoi remettre ça sur le tapis, tout d'un coup ?

Il soupire.

— Elle veut que je me marie, que je fonde une famille. Sinon…

— Sinon, tu peux faire une croix sur les subsides.

Il n'y a aucune indignation dans ma voix ; j'étais déjà au courant.

Il se tait.

— Je regrette : ce sera sans moi. Si tu veux te marier, vas-y, mais il faudra demander à une autre de tes petites amies.

— Tu es la seule. La seule que j'aime. On se connaît depuis si longtemps, m'implore-t-il avec le regard de quelqu'un qui a passé l'âge de jouer les petits garçons.

— Thomas, un peu de sérieux : tu sais tout autant que moi qu'on ne pourrait pas vivre ensemble sous le même toit.

— Tu as mieux à proposer ?

Je lui parle de l'héritage et l'interroge sur sa mère.

— Elle t'a donné une date butoir ?

— Un an. Après ça, l'allocation prend fin.

Je ris.

— Alors au travail, jeune homme !

Il lâche prise, se détourne de moi.

— Je suis désolée.

— Non, c'est moi qui aurais dû clarifier les choses dès le départ. Montrer que c'est toi qui comptes, pas les autres.

Il fait des efforts, plus que la dernière fois. J'allume à mon tour une cigarette et inspire un grand coup. Il va se chercher quelqu'un d'autre, une fille belle, jeune, malléable. Il l'épousera, lui fera des enfants et continuera de me voir jusqu'à ce que ce ne soit plus possible, ou que je ne veuille plus.

Nous fumons en silence, je m'habille en silence.

Il me suit jusqu'à la porte.

— Tu pensais que j'allais quand même te dire oui ?

— Je ne sais pas.

C'est la réponse des gens qui refusent de dire ce qu'ils pensent. Il m'ouvre la porte. Dans ses yeux, je vois se refléter le chemin derrière moi.

Le long de la Tamise, il y a des femmes qui se promènent en robes légères, des hommes en bras de chemise. La journée promet encore une fois d'être chaude, les fleurs s'inclinent vers le soleil. Près du bouquet d'arbres qui fait face à la gare, des gamins en culottes courtes jouent avec des petits cailloux, leurs genoux sont maculés de terre, leurs paumes incrustées de sable. Jeunes figurants dans un décor que je traverse en marchant, comme je pourrais marcher n'importe où ailleurs. Les gens me regardent et oublient qu'ils m'ont vue. À l'entrée du grand hall, les voyageurs se bousculent. Huit heures ? Neuf heures ? La journée bat déjà son plein, le soleil est levé depuis longtemps. Je pourrais prendre le train, j'ai assez d'argent désormais pour descendre dans un hôtel au bord de la mer, une nuit ou deux, mon violon posé près de la porte.

Notre première a lieu vendredi. J'ai encore quelques heures de travail. Je presse le pas. Quelqu'un chante à l'intérieur d'une maison. Un bus me dépasse, je le rattrape à l'arrêt suivant. L'eau qui s'écoule à mes pieds retourne vers la péniche. Les platanes ombrageaient déjà ce chemin de halage la première fois que nous l'avons pris ensemble. Tous ces pas fixés dans l'asphalte… Le parc, le cimetière – ce n'est qu'en approchant de l'école que j'entends à nouveau des êtres humains et non plus seulement les pigeons qui roucoulent.

Je frappe, Jenny vient m'ouvrir, bonjour, mademoiselle Howard, hochement de tête, révérence. Je grimpe l'escalier quatre à quatre. La mésange qu'il m'avait dessinée sur papier bistre est toujours accrochée au mur, côté rue. Je prends mon violon et joue pour la petite charbonnière, les notes s'envolent par la fenêtre ouverte, faiblissent et disparaissent dans les bruits de la ville.

*

C'est Dotty qui ouvre la porte. Je m'agenouille pour la saluer.

— Bonjour, mignonne. Ta maman est là ?

Le petit visage clair ne me répond pas, se contente de me regarder en face avec beaucoup de gravité.

Thea m'appelle depuis le salon :

— Len ? Entre donc ! J'allaite Lila.

Joey vient lui aussi aux nouvelles, je me fraie un passage entre les deux enfants, baissant la tête pour éviter le linge suspendu dans le couloir.

— Pardon pour le désordre. Nous manquons tout simplement de place.

Thea sourit en me voyant apparaître.

— Regarde, elle s'est endormie.

Je caresse la joue de Lila, être humain en devenir et depuis longtemps accompli.

— Si tu veux boire quelque chose, tu devras te servir toi-même.

— Plus tard. Et toi ?

Elle fait non de la tête en berçant Lila.

— Au fait, Don ne devait pas revenir ces jours-ci ?

Désormais soliste au London Symphony Orchestra, dans lequel jouait Thea, Don est parti en tournée sur le continent.

— Il rentre ce soir.

Elle me parle de Lila, qui fait parfois ses nuits. Ses paroles se mêlent aux voix de ses enfants, aux martèlements sourds de l'usine d'en face. La ville semble de plus en plus bruyante.

— Thomas veut m'épouser.

— Encore ?

— Cette fois, je pense qu'il est sérieux.

— Oui, sûrement très sérieux, soupire-t-elle.

— Mais il me trompe. Il n'est pas du genre à se marier. Moi non plus, d'ailleurs.

— Tu pourrais dire oui et ne rien changer à votre relation…

Son visage affiche de l'optimisme, mais sa voix doute.

— Hier, en rentrant chez moi par les quais, j'ai entr'aperçu la vie qui m'attendait. J'aurais pu faire demi-tour. Il est encore en train de peindre une vue de la Tamise depuis son bateau, la quatrième…

— Nan, c'est mon mien !

Dotty déboule dans le séjour, suivie de Joey qui tente de lui prendre des mains son petit train en bois – sans succès, alors il tire sur son tablier, ce qui la fait hurler. Thea s'interpose, emmène Dotty s'asseoir avec son jouet dans un coin et donne un quignon de pain à Joey.

— Et à l'orchestre, c'est comment ?

— Toujours pareil. Tchaïkovski.

— Ah bon ? Encore ? Et tes recherches ?

— Je suis en train de lire un ouvrage sur une expérience pour conditionner des pigeons. C'est sinistre au possible.

Je lui parle des choses qu'on leur apprend à faire au moyen d'électrochocs et de privations.

— Vois-tu, je pense qu'on ne commet pas seulement une faute morale, mais aussi une erreur scientifique en observant ces pigeons dans un laboratoire. Cette situation modifie leur comportement naturel. Les oiseaux qui venaient chez nous étaient bien plus intelligents que ne le suggèrent les résultats de telles expériences.

— Joey, laisse ta sœur tranquille…

Je me lève.

— Tu veux du thé ?

Dans la cuisine, je mets de l'eau à chauffer, puis m'attaque à la vaisselle. La lumière qui passe à travers les petites vitres octogonales éclaire tout juste l'évier.

— Len, tu laisses la vaisselle ! proteste Thea.

Je fais comme si je ne l'entendais pas.

À mon retour, le calme règne. Joey s'amuse dans son coin avec la locomotive, Dotty habille une poupée. Thea couche le nourrisson dans son berceau. Je lui tends la tasse de thé pâli et refroidi par l'ajout de sucre et de lait, comme elle l'aime.

— Tu n'as quand même pas fait la vaisselle, hein ?

— Est-ce que c'est comme ça que tu voyais ta vie ?

Je penche la tête pour capter son regard.

— Non, répond-elle après un petit rire gêné, et ce n'est pas non plus celle que je voulais. Mais ça va. Quand Don sera rentré, je pourrai respirer un peu.

— La musique ne te manque pas ?

Elle secoue la tête.

— Pas le temps.

Lila se met à pleurer.

— Tu veux bien la prendre une minute ?

Elle berce la petite jusqu'à ce que les pleurs cessent, puis la dépose entre mes bras.

— Ça te va bien, tu sais. Len, il faut que je te dise une chose : nous allons sans doute partir au Canada. Don veut revoir son pays. Il peut aussi se faire engager là-bas.

— Par exemple ! Et toi, qu'en dis-tu ?

— C'est très beau là-bas, répond-elle, songeuse. La nature à l'état sauvage. Les forêts millénaires, les grands carnassiers. Et il y a toujours de la neige en hiver.

Je m'abstiens de lui dire qu'elle pourrait tout aussi bien aller en Écosse. Lila me regarde et je lui fredonne une chanson qui parle d'un petit moineau dodu quittant le nid pour la première fois, jusqu'à ce qu'elle s'endorme, deux secondes seulement, et recommence aussitôt à pleurer.

*

— Billie !

D'un geste vif de la main, Stockdale impose le silence à l'orchestre. La première a lieu demain, il n'est pas satisfait.

— Allons, lui dis-je, laissez-nous jouer pour une fois. Vous ne savez pas ce que vous voulez, alors vous rejetez la faute sur Joan, ou sur Billie, ou quelqu'un d'autre encore, mais c'est vous qui n'indiquez pas bien le tempo.

Tout le monde me regarde avec effarement. Une règle tacite veut que nous acceptions sans broncher les sautes d'humeur de Stockdale, qui reste le patron ; on m'a parlé d'un bassoniste, Sacha, qui l'avait contredit et qui n'a par la suite plus jamais trouvé de place dans un orchestre. Cette histoire, sûrement très exagérée, date d'avant mon temps.

Le silence redouble d'intensité jusqu'à ce qu'un toussotement se fasse entendre – Priscilla, ou quelque autre violoncelliste.

— Ah oui ? Tu t'y connais mieux que moi, sans doute… Et si tu posais ton violon pour venir prendre ma place ?

— Non, je ne m'y connais pas mieux que vous, lui réponds-je d'une voix claire et ferme. Je note juste que c'est toujours la même chose : vous commencez un peu trop lentement, l'attaque et les premières notes, puis vous essayez de rattraper ce retard et c'est là que nous partons dans le décor. Donc, ou bien vous démarrez plus vite, ou bien vous restez avec nous après la première mesure.

— Voyons cela.

Son visage s'empourpre peu à peu, ses doigts deviennent blancs à force de se crisper sur sa baguette de chef.

— Je ne tiens pas à me disputer avec vous, Harold. Mais d'autres que moi sont de cet avis.

— Oh, je vois. De cet avis.

Il tapote la baguette sur la paume de son autre main, régulier, précis et, cette fois, au bon rythme.

Je jette un œil derrière moi – personne ne me vient en aide, personne ne répond à mon regard, tout le monde attend la fin de l'altercation. Bien. Qu'ils se débrouillent.

— Alors, on continue ?

Stockdale attaque plus vite que tout à l'heure et nous jouons le morceau à un tempo un peu trop rapide, mais jusqu'au bout. Un peu trop fort aussi – il faut apparemment se trouver un exutoire.

— Gwen, me lance-t-il lorsque je m'apprête à quitter la salle. Tu as un moment ?

Joan passe devant moi en détournant la tête. Ce n'est pas sur elle non plus que je vais pouvoir compter.

— Pardon, Harold, de vous avoir interpellé de cette façon tout à l'heure.

Je le regarde, son teint est redevenu normal.

— Vous en parlez donc entre vous ?

— Tout le monde parle de tout et parfois aussi de vous.

Il serre les poings, mais se reprend aussitôt.

— Ces commérages sont vraiment malsains…

— C'est tout ce que vous aviez à me dire ?

— Tu vois, Gwen, j'ai l'impression que nous nous sommes fait une montagne de pas grand-chose. Allons boire un verre. Et tu ferais bien d'apprendre à manier cette baguette si tu en sais déjà tant.

*

Dimanche, je retourne marcher le long de la Tamise, qui étale ses vaguelettes par-dessus les bruits ambiants, les absorbe, les restitue, non pas comme un écho mais comme un souffle de vent. Partie à vive allure, j'ai été rattrapée près de la gare par des passants affairés, dépassée au bord de l'eau par des promeneurs, au début du sentier par des petits enfants qui descendaient remplir leur seau et, maintenant arrivée aux premiers frênes rouges, je fais halte, incapable de continuer. Je m'assieds sur une souche. Trois pas de plus et je pourrais voir la péniche.

Une pie se pose devant moi, ramasse quelque chose et reprend son envol. Il y a deux semaines, j'ai reçu une réponse à la lettre que j'avais envoyée après avoir lu un article qui décrivait une expérience sur le langage des pies – ces oiseaux étaient totalement isolés de leurs semblables et traités comme des machines, ce que justifiaient d'ailleurs les conclusions de l'étude, alors que les pies sont des êtres très sociables et en mesure d'apprendre toutes sortes de choses. Ma réaction à l'article a été publiée, le rédacteur m'a écrit pour me demander si je me livrais moi-même à des recherches.

Un monsieur qui marche à l'aide d'une canne me salue en touchant du doigt sa casquette. Je l'ai déjà vu par ici, il habite dans le quartier. J'agite la main.

Deux corneilles atterrissent à mes pieds, elles ont quelque chose à se dire, elles ne se font pas de cachotteries.

Je me lève, tapote sur ma jupe pour en chasser la terre, inspire profondément. Une voix de femme se fait entendre – exclamation suivie d'un rire. Elle est blonde, jeune, plus grande que moi, fine. Thomas la tient par le bras, rit lui aussi, le visage illuminé. Il ne remarque ma présence que lorsqu'ils sont tout près.

— Len ! Je croyais..., dit-il en secouant la tête. Je croyais que tu, que nous...

La fille se tourne vers lui.

— Quelque chose ne va pas ? Est-ce que je dois m'en aller ?

Il me regarde.

— Non, dis-je, tout va bien.

Il garde le silence tandis que je reprends ma route, continue de se taire lorsque, au bout du sentier, je me retourne – elle, en revanche, parle, puis lève le bras. Distance. J'opine de la tête, pour moi-même ou à l'intention des gens que je croise, et poursuis mon chemin en remontant la berge.

Une fois rentrée, je prends mon violon en espérant que la musique me soulagera. J'accorde, fais quelques gammes ; je suis toujours cette femme qui s'agrippe dans une chambre à un morceau de bois. Cette pensée n'est pas neuve et je n'ai qu'une méthode pour la combattre : jouer. Alors je joue. Mais le dégoût subsiste, croît en arborescence, ses branches poussent dans mes oreilles et sortent de ma bouche.

Je m'approche du bureau, prends mon carnet de notes. Les mésanges ont différents signaux d'alerte, j'en ai identifié trois : un pour les êtres humains, un pour les prédateurs volants, un pour les animaux terrestres. Il en existe sans doute davantage, mais la multitude de variantes individuelles complique encore les choses. En outre, les notes se succèdent à une cadence telle que, limitée par la faiblesse de l'ouïe humaine, j'ai toujours l'impression d'en laisser passer quelques-unes. Il faudrait que j'exerce mon oreille, mais je vois mal comment concilier cet entraînement avec mon activité de violoniste.

En bas de l'escalier, Jenny donne un coup de sonnette, c'est déjà l'heure du thé. Je referme mon carnet. Si je ne m'en vais pas d'ici, je n'ai rien d'autre à attendre.

*

L'oncle de Thea possède une cabane dans les environs de Brighton, je pourrai y passer quelques semaines pour une somme très modique. Cela me permettra d'écrire mon article dans le calme. Stockdale m'a donné sa bénédiction et je n'ai enfin plus à m'inquiéter au sujet de l'argent. M. Williams m'a dit que la cabane se trouvait en pleine campagne, entre la lande, les collines et la mer, à une demi-heure de marche de la gare la plus proche.

Je n'ai pas revu Thomas depuis cette rencontre au bord de la Tamise. Ces dernières années, nous avons connu plusieurs périodes pendant lesquelles chacun restait de son côté, mais cette fois je tiens à le prévenir de mon départ, je veux savoir à quoi m'en tenir.

Le brouillard me fait hésiter. Voilà trois jours qu'il enveloppe la ville, l'effaçant partiellement sans pour autant la faire disparaître. Je prends à gauche un peu trop tôt, reviens sur mes pas, c'est la rue d'après, je ne comprends pas comment j'ai pu me fourvoyer ainsi. La Tamise ne pense pas, elle se contente de s'écouler – je ne vois que la lisière de l'eau, grise et immobile, avec, en dessous, une couche de blanc moutonneux, sédiment de nuages.

Les pavés couverts d'humidité rendent le chemin glissant, je m'engage avec précaution sur la passerelle et frappe deux coups à la porte.

— Ah, Len. Ça me fait plaisir de te voir, dit Thomas d'une voix ensommeillée. Tu veux du café ?

— Volontiers. Mais je ne reste pas.

Le petit évier est encombré de vaisselle sale. Je m'assieds près de la table basse.

— Je vais partir quelque temps.

— Formidable ! Et tu vas où ?

J'ai la sensation qu'il me regarde. J'avale ma salive.

— Oh, comme ça, une simple pause.

— Bonne idée. Tu travailles tellement... Est-ce que tu sais déjà quand tu reviendras ? demande-t-il en posant le café devant moi.

Je fais non de la tête.

— Tu veux voir ma dernière série ?

Je le suis à l'avant du bateau. La première toile représente deux corneilles survolant les toits de Londres.

— Elles dansent, dis-je.

Dans le noir de leurs ailes, il y a toutes les couleurs du monde.

Thomas acquiesce d'un air enthousiaste.

— Et celui-là, regarde.

Une jeune corneille est perchée sur la branche basse d'un orme, le regard fixé sur le sol, prête à partir en chasse. Sa concentration est tangible. Et ce n'est pas tout : une vieille corneille aux yeux fermés sous la pluie, d'autres qui poursuivent un importun...

— Magnifique.

Deux corneilles au nid, regardant vers le lointain.

— Reste ici, Len.

Je me tourne vers lui.

— J'en ai assez. Tout est tellement sale, bruyant. Mme Willows, d'en face, est morte la semaine dernière d'une pneumonie. Et l'orchestre m'étouffe – toujours ces ragots, ces amours sans lendemain, ces chamailleries avec Stockdale…

— Mais tu es faite pour jouer ! Trouve un autre orchestre.

— Je veux étudier les oiseaux. Sérieusement.

— Je ne pense pas qu'il y ait un public pour ça. Non pas que ce soit inintéressant. Je veux simplement dire que les gens ne sont sans doute pas prêts. Et puis tu n'as pas de diplôme dans ce domaine…

Mon regard le réduit au silence, il me prend le bras, je résiste. Il s'approche de moi, mais je recule.

— Désolée pour le café. J'étais simplement venue dire au revoir.

Il continue de me dévisager, immobile, me regarde enfiler mon manteau, ouvrir la porte, me fondre dans la grisaille.

Star 8

À la fin de février, il apparut que la santé de Tête-Chauve ne lui permettait plus de s'occuper d'une couvée. Il venait sans cesse me voir pour mendier une noisette, puis fermait les yeux et restait blotti sur mes genoux jusqu'à ce que je me lève. Star s'efforça des jours durant de le sortir de sa léthargie pour qu'il participe à la construction du nid. Elle fonçait sur lui en piqué, comme elle l'avait vu le faire l'année précédente – les mésanges imitent souvent le comportement de leurs semblables afin de les inciter à effectuer telle ou telle action. Rien n'y fit et Star reporta finalement son attention sur Pierrot. Pendant quelques jours, elle multiplia les allers-retours entre les deux mâles, jusqu'à ce que Tête-Chauve la prenne à partie. Star se décida en fin de compte pour Pierrot et Tête-Chauve partit coucher ailleurs, dans un nichoir à l'autre bout du jardin.

Tout comme son prédécesseur, Pierrot tenait à dormir dans le nid de Star. Elle fut là encore difficile à convaincre. Pierrot montrait toutefois plus d'inventivité musicale que Tête-Chauve et renouvelait chaque fois son chant de protestation. Le premier soir, Star le repoussa pendant des heures avant de le laisser entrer. En attendant, il avait considérablement enrichi son vocabulaire. On aurait dit que Star aimait l'entendre s'exprimer dans ce langage neuf : quand il chantait, elle sortait souvent la tête du nichoir pour l'écouter. Pierrot lui-même semblait y prendre plaisir – il avait très vite compris qu'elle finirait par succomber.

Tête-Chauve passait beaucoup de temps à l'intérieur du cottage. En mars, il avait encore bon appétit et Monocle réussit à le convaincre de l'aider à construire un nid avec elle. Il y parvint à moitié, mais se révéla ensuite bien trop faible pour défendre et nourrir la nichée. Monocle dut par conséquent s'occuper seule de leurs petits, même s'il venait aux nouvelles de temps à autre. La grosseur qui avait déformé son front des années plus tôt était revenue et il avait souvent le regard vide. Je savais qu'il ne vivrait plus très longtemps.

Comme toujours, Star s'était donné beaucoup de mal pour bâtir son nid. Ayant découvert que le tapis persan du salon offrait un matériau de construction idéal, elle venait sans arrêt en tirer les fils. Je décidai de le rouler sur lui-même et de le déplacer dans le couloir, mais Star s'en aperçut très vite et il me fallut le remettre à sa place : mieux valait qu'elle le picore ici et là plutôt que d'en dénuder les lisières.

Début avril, Star entreprit de chasser un autre couple de mésanges, Dusty et Grincheux, de son territoire. Plutôt âgés l'un et l'autre, ils avaient jusqu'alors occupé un nid au bout de l'allée, qu'un intrus s'était approprié. Étant donné qu'il y avait suffisamment de place dans le jardin, je ne comprenais pas pourquoi Star tenait à les faire partir. Elle était très déterminée, mais Dusty également et, lorsque Star obligea son adversaire à déguerpir en abandonnant les œufs déjà pondus, je décidai de m'interposer. Après tout, Dusty avait autant de droits qu'elle sur le jardin. Dès que Star s'approchait du nid, je la chassais. Elle ne se laissait pas faire, s'arrangeait pour m'éviter, mais attaquait avec deux fois plus de virulence lorsque je n'étais pas là. Elle réussit à décourager Dusty, qui déserta le nid et partit s'installer dans le jardin d'à côté. L'acharnement de Star m'étonnait beaucoup, d'autant plus qu'elle avait toujours très bien su partager l'espace avec les autres mésanges.

Fin mai, à l'éclosion de ses œufs, je découvris pourquoi elle avait chassé Dusty : après un hiver long et pluvieux, il n'y avait pas assez de nourriture pour deux nichées, loin de là. J'eus honte de mon intervention et il m'apparut clairement que les mésanges savaient mieux que moi ce qui était bon pour elles.

1937

J'essuie la poussière qui recouvre la table et je défais ma valise. J'imagine la tête de Billie, de Joan, de Thea si elles me voyaient dans cette cabane tout juste équipée d'un lit, d'un réchaud et d'une petite armoire où je range à présent mon linge de toilette et mes vêtements. J'enlève mon tailleur et me mets en maillot de bain, passant du bleu marine au bleu clair, avant de gagner le fond du jardin pour prendre le sentier qui mène à la rivière. Coquelicots, bleuets, boutons d'or. L'eau est fraîche et translucide. J'avance jusqu'au milieu, me laisse glisser. Le souffle me manque un court instant, mais je nage, chevelure d'algues sinueuses, mains ombrées de limon. Je plonge et touche le fond du bout des doigts, le sable fin se soulève en panaches opaques. Je remonte à la surface, me laisse dériver sur le dos. Le soleil imprime sur mes paupières des motifs de nids d'abeille, je plisse les yeux – les formes rétrécissent, croissent, rétrécissent, deviennent des taches rondes, des éclaboussures qui s'enfuient doucement. Un bruit me fait tressaillir, j'ouvre les yeux en me retournant : c'est un canard. Il accepte ma présence tout naturellement à cet endroit pourtant peu fréquenté. Peut-être justement pour cette raison. Je tousse, le faisant sursauter.

— Oh pardon !

Je fais demi-tour près d'un saule et reviens en nageant une brasse tranquille. Ici, le temps n'est guère plus qu'un changement de lumière.

J'étale deux serviettes sur le lit pour le protéger et m'allonge sur le dos. Le rythme du train continue de trépider à travers mon corps, ma tête résonne encore des voix entendues sur le quai de la gare, à Londres, puis dans le compartiment bondé – les gens ne s'imaginent pas comme ils sont bavards, et bruyants aussi. Hier soir encore, je jouais devant le maire et, ce matin, j'allais dire au revoir aux enfants. Pauvre Brett, avec ses cheveux gras, sa bouille crasseuse... Onze ans à peine et sa vie est fixée d'avance : l'usine, une femme, des enfants – huit, neuf, dix peut-être. Léa, Janet... Et Josie, qui travaille déjà trois jours par semaine à la blanchisserie. Ces enfants n'ont plus personne pour leur donner des cours ; Billie devait me remplacer, mais elle ne sera disponible qu'en septembre. Je tousse à nouveau, peut-être vais-je prendre froid si je reste ainsi – mais il fait près de trente degrés et les gouttelettes qui s'évaporent sur ma peau me rafraîchissent. Je ne dois pas me surestimer : tout ce qu'ils pouvaient attendre de moi, c'était un peu de musique, une petite heure par semaine.

Je me redresse, il y a une grosse toile d'araignée derrière le lit. On les voit déjà partout alors que l'été ne fait que commencer, je ne sais pas ce que cela présage. Encore cette toux. Il faut que je boive un peu d'eau. Je me traîne dans l'atmosphère étouffante jusqu'à la cuisine. Il y a une assiette, mais pas de verre : je me désaltère au robinet.

J'ouvre l'étui du violon, en sors l'instrument et l'accorde, assise sur le lit. Mon jeu perturbe le silence, me donne trop d'envergure, trop de présence, trop de tristesse. Je repose le violon. Plus tard, peut-être.

La lumière du soir, qui semble plus vive en raison de la proximité de la mer, se laisse lentement évincer. La nuit tombe enfin, les merles sont toujours en train de chanter. Mes voisins. Trop fatiguée pour aller dormir, je reste sur la véranda. Les saules se noient dans l'obscurité, puis reviennent l'un après l'autre monter la garde.

*

— Billie !

— Gwen !

Elle me saisit par les épaules et m'embrasse sur la joue.

— Qu'est-ce que c'est que ça ? Ta lettre parlait d'un bungalow, pas d'une cabane… Comment fais-tu pour vivre ici ?

— Je peux jouer de la musique, me baigner dans la rivière, et puis l'air est sain.

La chaleur s'est installée en moi, m'a ralentie, ramollie, rendue passive.

— Mais c'est mort, dans ce coin ! J'ai marché une demi-heure et je n'ai pas croisé plus de trois vaches. Il te faut marcher si longtemps pour aller chercher tes provisions ?

Elle soupire avec insistance, se passe la main sur le front avant de l'essuyer à sa jupe-culotte.

— M. Williams m'a prêté son vélo.

Elle secoue la tête.

— C'est bien toi, ça, de venir te perdre dans un trou pareil !

— Et si on allait se baigner tout à l'heure ? Tu as pris ton maillot ? On peut aussi faire une promenade dans les collines, c'est tout près. Hier, j'ai vu des pouillots véloces, des fauvettes à tête noire, des plongeons à gorge rousse, des bouvreuils…

Elle s'assied pour retirer ses chaussures.

— J'ai assez marché pour le moment. On ne boirait pas un petit verre ? demande-t-elle en se massant les cheveux.

— Il n'est qu'une heure.

— Ce sont les vacances !

Elle étire les jambes en direction de la porte, du paysage vallonné.

Le merle que j'ai baptisé Ollie parce qu'il me fait penser à ma sœur vient se percher sur le rebord de la fenêtre. Je dépose un raisin sec devant lui. Billie s'avance sur le seuil et grimace.

— Qu'est-ce qui te prend ?

— Ils ne sont pas du tout farouches par ici ! Chez nous aussi, il y avait beaucoup d'oiseaux. Dans le jardin et à la maison.

Ollie saisit le grain de raisin, l'emporte sous les branches du saule pleureur.

— Mais ils n'ont pas des tas de maladies ? Des bactéries ? Des poux ? J'ai lu que les oiseaux étaient tous infestés de poux. Et ils ont sûrement la gale aussi. Pouah ! Oh, attends, j'ai quelque chose pour toi !

De son sac, elle sort un petit paquet contenant une revue de mode, une plaquette de chocolat, une bouteille de madère et une paire de bas.

— De la part de Joan et de moi.

Je la remercie, feuillette le magazine.

— Beurk !

Elle recule d'un pas, raidie, le torse légèrement penché en arrière, la bouche arquée vers le bas.

Une araignée se promène au bord de la table. Je la laisse poursuivre sa route sur ma main, puis sors pour la relâcher dans l'herbe.

Billie se rassied, le dos plus droit que nécessaire.

— Ça va mieux ? Tu as moins de mal à respirer ici, au grand air ?

— Un peu.

C'est plutôt l'espace que l'air, plutôt le temps que l'espace, plutôt la lumière que le temps.

Billie me dit que Stockdale s'affiche de plus en plus souvent avec la nouvelle alto, Deborah.

— Tu m'étonnes. On va se baigner ?

— Et je pense que Joan fricote avec Barry.

— Qui est Barry ?

— Barry Van Heest. Le trompettiste.

J'ai un vague souvenir de lui, de son timbre, pas de son visage ; il a joué un temps chez nous juste après mon arrivée dans l'orchestre. Un bon musicien, que l'on ne remarque pas pour la simple raison qu'il fait juste son travail.

— Tu entends ?

Je désigne le jardin. Elle fait non de la tête.

— La mésange. Elle vient tout le temps. Je la reconnais à sa petite phrase.

Je répète la mélodie.

— C'est plus subtil qu'il n'y paraît, tous ces demi-tons et ce trille final.

Billie fronce les sourcils, acquiesce.

— Les oiseaux ne chantent pas comme à Londres, dis-je en prenant mon carnet pour lui montrer les transcriptions.

— Ah bon ?

— Personne ne sait ce qu'ils racontent exactement. Beaucoup d'études ont été publiées sur les chants d'oiseaux, mais elles concernaient surtout la structure, pas la signification.

— J'ai toujours cru qu'ils chantaient pour attirer les femelles ou pour défendre leur territoire. Comme la plupart des hommes…

Elle rit.

— Je pense qu'ils disent bien plus que ça.

Elle s'empare de la bouteille de madère.

— Aux vacances !

Je sors la table et regarde les fleurs onduler lentement pendant que Billie parle de son fiancé. La distance entre elle et moi semble doubler, décupler, se multiplier à l'infini. Une oie criaille dans le lointain.

*

Au matin, je pars vers le sud en longeant le ruisseau qui passe près de la cabane. Il conduit à un étang qu'une digue jonchée de coquillages sépare de la mer. L'eau revêt les mêmes couleurs que le ciel, renvoie le reflet du jour. La semaine dernière, j'ai vu arriver sur la berge des chevaux de trait au galop, les sabots couverts de fanons touffus. Libérés de leurs harnais, ils se roulaient par terre, folâtraient, puis l'un d'eux s'est mis à patauger dans l'étang. Un autre, témoin de la scène, s'est précipité dans son sillage et les autres ont suivi, gambadant comme des poulains. À les regarder maintenant, si forts et si tranquilles devant la charrue, je repense à leur vie cachée, au plaisir joyeux que masque ce zèle.

Parvenue au bord de l'eau, je m'assieds dans l'herbe, tellement pâle qu'elle en paraît grise. Des pluviers courent sur le sable de l'autre côté de l'étang. Dans deux semaines, il faudra que je rentre à Londres. Je ne sais même plus où j'ai mis mon violon. Quelque chose fait bouger le buisson près de moi, je reste aussi silencieuse que possible. C'est un muscardin, ou une autre espèce de lérot, il disparaît avant que je puisse l'identifier. Un bourdon atterrit sur mon tibia, ses pattes velues me chatouillent.

À présent, une nuée de petits oiseaux surgit des fourrés, d'abord des moineaux, puis des bouvreuils, un rouge-gorge, une bergeronnette, un troglodyte – ils m'observent comme des villageois qui viennent accueillir un nouveau visiteur avant de repartir vaquer à leurs occupations. Ce paysage étincelant ne nous appartient pas. En restant immobile, je laisse mes hôtes se comporter comme à leur habitude. J'ai plus appris en dix jours que durant toutes ces années à Londres. C'est parce que nous, les humains, nous nous donnons tant d'importance que nous ne remarquons pas les autres animaux – il suffirait de les décrire en détail pour les faire apparaître sous un nouveau jour.

Des bécasses viennent se poser dans l'herbe. Les nuages glissent, laiteux, à la surface de l'eau. Ma réticence augmente à mesure que je m'enfonce.

*

La fumée a envahi l'escalier. Je cherche un appui sur les marches étroites, dérape, tente de ne pas inhaler, c'est une affaire de secondes, pas de minutes, le sol au rez-de-chaussée, la porte d'entrée, où est la clef, je frappe du poing, encore et encore, appelle à l'aide, tousse, on crie de l'autre côté, des heurts, des éclats de voix. Je respire difficilement, par à-coups, puis plus rien.

Bois fracassé, une voix d'homme, une brèche. De l'air.

Ai-je parlé ? Je l'ignore, mais la femme assise en face de moi – bas en coton bleu foncé, comme le feutre de son petit chapeau rond – me lance un regard méprisant pardessus son roman. Mon apparence est bien plus négligée qu'à l'aller, je m'en préoccupe beaucoup moins désormais. Je souris à la voyageuse, sa bouche se tord et elle fait mine de se replonger dans sa lecture. Son mari, dont la moustache blanche oscille au rythme de notre wagon, contemple le paysage. Il fredonne quelque chose.

Je sors mon petit calepin noir de mon sac et bâille. La cérémonie débute à dix heures et il me faudra bien une heure avant d'arriver à l'église. Pour ne pas me rendormir, je croque le portrait de la femme et de son mari. Ce n'est qu'à Blackfriars que je range mon carnet.

La ville m'accueille sous la pluie. Après trois rues parcourues, je sais que j'ai mis les mauvais souliers. Je capitule au premier arrêt d'autobus. Mon parapluie heurte celui d'un homme pressé. Les rues brillent, montrent une ville inversée que la circulation occulte par intermittence. Au loin résonnent des grondements de machines, comme des tambours qui feraient du sur-place. J'essaie d'étouffer ce bruit dans ma tête en jouant une ligne de violon durant tout le trajet, coincée entre les voix, les cheveux et les pardessus mouillés – il flotte une odeur d'humain, de corps humain.

Joan est en train de fumer devant l'église. Elle ne m'aperçoit que lorsque je suis tout près d'elle. Elle m'étreint d'un bras et tend l'autre, qui tient la cigarette, derrière elle.

— Gwennie, ça fait du bien de te revoir !

Il y a des ombres dans ses yeux.

— Barry n'est pas là ?

Elle secoue la tête, tire une dernière bouffée.

— Il est sur le continent, en mission de reconnaissance, on parle de menaces pour la paix… Attends-moi, j'arrive !

Elle écrase sa cigarette sous sa semelle, me prend le bras et, pendant un court instant, nous sommes de vraies amies.

La pluie a rendu glissantes les marches qui mènent au porche de l'église. Joan dérape, se rattrape à moi, sourit comme si de rien n'était.

— Comment ça va dans ta cabane ? Tu ne perds pas la tête, là-bas ? Moi, je deviendrais folle. Billie m'a dit qu'elle ne tiendrait jamais.

— J'aime être au calme.

Les dalles de pierre ont été polies par des milliers, des dizaines de milliers de pas, témoignant à la fois du présent et du passé, support silencieux de toutes ces années.

— Moi aussi. Mais là, si loin de tout…

Elle sort un miroir de poche, passe la main dans ses cheveux ternes pour les arranger.

Stockdale entre dans l'église, accompagné d'une fille aux longues jambes, c'est une biche, une gazelle, sûrement Deborah. Il me fait signe, sans montrer aucune intention de venir me voir. Derrière lui s'avance Joey, le contrebassiste, le visage aussi rouge que d'habitude, en conversation avec un bassoniste, Ernest, dont la voix frêle contraste avec le corps massif. Les gens se disent bonjour, tout en guettant par-dessus l'épaule de leur interlocuteur au cas où une autre connaissance, plus importante, se présenterait.

Nous prenons place au troisième rang, près de l'allée. Je salue les personnes assises à ma droite et à ma gauche, retire mes chaussures afin de pouvoir me masser les pieds sous le banc, sous ce siège en bois centenaire, avec sa tablette pour la bible. À travers mon bas, je triture une ampoule, l'écorche, elle me brûle. Joan discute avec son voisin, un oncle de Billie.

Je tousse, le bout de mes doigts fourmille. J'essaie de ne pas penser à ma respiration, puis m'efforce justement d'en être consciente. L'orgue commence à jouer. Les gens poursuivent un instant leur conversation, puis se taisent, se retournent. Billie s'avance dans l'allée, au bras de son père. Elle porte une robe blanche simple et élégante, bordée de dentelle, et un chapeau blanc à voilette. Je songe au ruisseau, à la pluie sur le toit de la cabane, à mon article, à Ollie le merle, venu se poser comme d'habitude sur la table ce matin.

*

Je ne retrouve une respiration normale qu'une fois dans le train. Je comprends maintenant pourquoi mon père a voulu partir au pays de Galles alors qu'il n'était pas du tout fait pour vivre à la campagne. Le calme règne dans le compartiment. J'enlève mes chaussures, prends mon carnet de notes. De l'autre côté de la vitre, le soleil est un ballon rouge.

— Len ?

Une flèche qui me perce les yeux, la bouche, le cœur, l'estomac, le bas-ventre.

— Thomas.

Il se penche, m'embrasse sur la joue, s'assied en face de moi.

— Eh bien, quelle coïncidence ! Tu vas où, comme ça ?

— Dans le Sussex.

Je lui parle de la cabane, que je présente comme une maison de vacances, lui décris la rivière aux canards, le merle dans la cuisine, la lumière, les longues journées. Je tais le désir ancien, qui se réveille à mon corps défendant.

— Ma parole, tu es partie pour de bon !

Ses boucles ont pris un peu de volume et il n'est plus aussi maigre.

— Tu supportes de ne pas jouer ? Que fais-tu de tes journées ?

— Et Donna, comment va-t-elle ?

Je lui pose la question sans le regarder. J'ai appris la nouvelle par hasard, dans le journal.

— Oh, Donna ? Bien. Enceinte. Qui l'eût cru ? Dis, tu as vu ce ciel ?

Il entre dans mon champ de vision, me force à soutenir son regard.

— Comment tu vas, toi ?

— Ce n'est pas ton affaire.

Je tourne les yeux vers l'extérieur, vers le monde qui veille.

— Trop tard, sans doute – l'histoire de ma vie.

— Oh, ne te plains pas, ta femme est enceinte, dis-je en le regardant, mi-fâchée, mi-moqueuse.

Il rit.

— En effet. Je regrette. Tout. Mon mariage. C'est peut-être toi qui avais raison. Qui as raison.

— Je reviens du mariage de Billie.

— Avec l'Amerloque ? C'était comment ?

— Bien comme il faut. Cérémonie à l'église, tout le monde sur son trente-et-un. Joan a pleuré. Stockdale est venu avec sa nouvelle petite amie. Ça m'a surtout semblé très loin de moi.

Nous venons de passer Haywards Heath, les maisons se sont transformées en arbres.

— C'est toujours comme ça.

— Tu es heureux ?

Paroles. Comme ces vaisseaux surchargés qui font naufrage bien avant d'avoir atteint la rive.

— Satisfait.

Il ne me regarde pas.

Nous bavardons jusqu'à Burgess Hill, où il va rendre visite à un ami. Je le regarde disparaître derrière les palissades blanches de la petite gare. Il n'y a pas si longtemps, cette rencontre aurait rouvert le champ des possibles. À présent, le train poursuit sa route, passe devant des vaches brun clair, des moutons à la pâture, des haies, de vieux arbres tors. Oakley Wood, un étang. Le pourpre du ciel a viré au violet, puis au bleu nuit, l'ombre de la terre se détache sur fond rose, se change en couverture percée de petites étoiles qui laissent passer la lumière.

*

J'accorde mon violon. Nous allons jouer la Deuxième Symphonie de Rachmaninov, remaniée par Stockdale en raison de sa longueur. Je frotte l'archet à la colophane. Tout le monde a été content de me voir. Comme si je m'étais absentée trois mois et non trois semaines.

— Harold ?

Il lève des yeux agacés vers moi tout en gardant l'index appuyé sur sa partition.

— J'aimerais vous parler.

— Ça peut attendre ? Après le concert ?

Il ne me voit pas opiner de la tête : il regarde déjà ailleurs.

Priscilla ouvre la fenêtre, elle a des gestes de vieille femme. L'odeur de la loge se mêle à celle de la fin d'été, le frottement des cordes aux voix lointaines et aux bruits de la ville. Je bâille, vais me chercher un café. Du corridor, j'ai vue sur le foyer : messieurs en habit, dames en tenue de soirée, serveuses, fumée. Je ne ressens rien – ni enthousiasme ni surexcitation confinant à l'angoisse.

Mon jeu, qui ne s'est pas dégradé, me fait l'effet d'une trahison.

Stockdale et moi sortons dans la rue en même temps.

— Je vais arrêter.

Un coup de vent fait tourbillonner des feuilles de frêne sur la chaussée.

— C'est ce que j'avais cru comprendre. Il faut faire des choix, je suppose. Tu comptes finir la série avec nous ?

Je le regarde du coin de l'œil, ne relève que de l'agacement sur son visage et plus aucune trace de notre histoire commune.

— Si vous préférez.

— Je ne préfère rien. Tu as signé un contrat.

Il hâte le pas, prend de la distance, rejoint Deborah. J'ignore ce qu'il y avait à en attendre.

Je me mets à courir, trois foulées, le rattrape.

— Mon contrat ne se termine que l'an prochain !

— Ce qui nous laisse le temps de trouver un bon remplaçant.

— Je voudrais partir avant.

Il demande à Deborah si elle a envie d'aller boire un verre.

— Harold, je vous suis extrêmement reconnaissante de tout ce que vous avez fait pour moi. Mais j'en ai assez. Et ce n'est pas dans votre intérêt de garder une musicienne qui ne joue plus comme avant.

— Nous en reparlerons, dit-il en entraînant Deborah vers le trottoir d'en face.

Joan s'approche de moi.

— Qu'est-ce qui se passe ?

— Je m'en vais.

Elle sursaute.

— Pour de bon ?

Nous traversons la rue, évitant de justesse l'autobus qui passe en courant d'air dans notre dos. Je deviens de plus en plus corps, de moins en moins esprit.

Joan ne cesse de m'interroger, ravie qu'une place se libère après mon départ – la concurrence va diminuer : je fais partie des plus anciens membres de l'orchestre, des meilleurs aussi.

Le vent soulève les manteaux, me rafraîchit le visage. Je révèle à Joan mon intention d'étudier les oiseaux, lui explique la méthode que je veux employer.

— Eh bien, dit-elle en fronçant légèrement les sourcils pour éclater aussitôt d'un rire bienveillant.

Pendant la nuit, le vent retombe, comme si quelque chose était en train de céder, quelque chose que le monde aurait accepté avant moi.

Star 9

Aux derniers jours de juin, je tentai de nouveau d'amadouer Star. Ses petits avaient tous quitté le nid, l'été battait son plein, c'était l'occasion de renouer avec d'autres activités. Star m'ignorait, refusait mes noisettes – je l'avais manifestement offensée en la chassant pour qu'elle n'attaque plus Dusty. C'est seulement vers la fin août, lorsque, plus conciliante, elle revint auprès de moi chercher une friandise, que je réessayai de l'intéresser au comptage. Un matin, je frappai trois fois sur le paravent près de la fenêtre. Elle s'enfuit en piaillant de frayeur et de colère, car ce bruit ressemblait à l'avertissement que je lui avais lancé pour l'éloigner de Dusty. Je décidai de ne plus lui faire peur et me contentai de l'appâter avec des noisettes, qu'elle finit lentement par accepter – son amitié m'était plus précieuse que cette expérience et nous pouvions attendre l'année suivante pour recommencer.

Cependant, par un frais matin de septembre, elle toqua spontanément quatre fois sur le châssis de la fenêtre, après quoi je lui donnai une noisette. Je lui indiquai ensuite un nombre à taper, mais elle ne réagit pas. Le lendemain, je l'accueillis en frappant cinq coups. Elle fondit sur moi en piqué, menaçante, puis se percha sur le rebord de la fenêtre pour m'invectiver d'abondance.

1938

— Le Cottage aux oiseaux, dis-je à Theo McIver, voilà comment s'appellera cette maison.

— Ce ne sont pas les oiseaux qui manquent, en tout cas.

Nous nous trouvons dans la salle de séjour, qui n'est ni trop petite ni trop vaste – il y a juste assez de place pour une table et quatre chaises, un canapé devant la cheminée, un piano. Ma bibliothèque peut aller contre le mur de la cuisine. Theo m'a fait visiter la chambre, qui donne sur le verger. La salle de bains aurait besoin d'un nouveau carrelage, mais la baignoire – à pieds de lion – est en bon état. Il y a une terrasse devant la cuisine. Le jardin qui entoure la maison est assez grand. Il faudrait tondre la pelouse et tailler les haies, mais les arbres ont l'air en bonne santé. La superficie du terrain permettrait de créer un potager, encore que l'idée ne soit peut-être pas si judicieuse, avec tous ces oiseaux…

— L'ancien a un peu laissé les lieux à l'abandon ces vingt dernières années, mais nous en avons tenu compte dans le prix. Même en comptant le coût de la rénovation, cela reste peu cher.

Il passe la main dans ses boucles blondes, sourit.

— Et les voisins ?

— Là-bas, c'est Doris, une dame âgée qui a perdu son mari, dit-il en désignant une petite maison sur la gauche. Et de l'autre côté, ce bâtiment tout en longueur à la lisière du bois, ce sont les Henderson. Des gens très bien. Et qui vivent assez loin pour ne pas vous déranger. Autrefois, ici, c'était une ferme, les terres allaient jusqu'à la haie tout au fond, mais mon père les a vendues après la mort de ma mère.

De gros nuages gris s'amoncellent au-dessus des collines.

— Et vous-même, cela ne vous tenterait pas ?

— Sûrement pas, j'aime avoir de la compagnie.

— Le village se trouve à dix minutes de marche.

— Exactement, répond-il avec une expression de triomphe.

— Ce n'est pas ainsi que vous vendrez cette maison…

Il rit.

— Elle n'a pas besoin de moi pour se vendre. C'est un secteur très recherché, le prix du terrain augmente chaque année. Hier, j'ai eu la visite d'un monsieur qui comptait l'utiliser pour les vacances. Il est très intéressé, mais je préfère que la maison soit vraiment habitée.

Nous remontons Lewes Road jusqu'à South Street. L'averse nous surprend au carrefour, juste devant le magasin de Theo. Il pousse la porte, qui s'ouvre dans un tintement de clochette.

— Vous prendrez bien une tasse de thé ?

— Volontiers.

J'essuie mon front ruisselant de pluie et suis Theo jusqu'à l'arrière-boutique.

— Mary, voici Gwendolen. La maison de papa l'intéresse. Gwendolen, je vous présente Mary, ma femme.

Une jeune femme aussi bouclée que Theo me serre délicatement la main.

— Quel temps ! Je me demandais si vous seriez rentrés avant l'averse.

Elle se lève et je remarque son ventre.

— Le premier ?

Theo acquiesce avec fierté.

— Magnifique, hein ? Et vous, vous êtes mariée ?

Il me regarde avec un intérêt sincère, puis se rend compte de son impolitesse.

— Oh, pardon ! Ce ne sont pas mes affaires.

— Vous avez bien le droit de me poser cette question. L'occasion ne s'est pas présentée, voilà tout. Les choses ont pris un autre tour que prévu.

— Vous êtes encore jeune.

Je balaie sa réflexion d'un revers de la main. Lui et moi savons très bien que je ne suis plus jeune du tout.

Mary pose devant moi une tasse de thé bien infusé, ainsi qu'un pichet de lait, et baisse le volume de la radio.

Je prends l'un des morceaux de sucre placés sur la soucoupe.

— Et comment vont les affaires ?

— Moyennement, répond Theo. Les gens n'ont plus beaucoup d'argent à cause de la crise économique. C'est pourquoi nous ne devons pas traîner pour vendre la maison.

Il me demande si je peux me décider cette semaine afin qu'il sache quoi dire à l'autre éventuel acheteur. Je lui promets de reprendre contact sous peu. Ils me font des signes d'adieu sur le pas de la porte, bras dessus bras dessous comme deux enfants.

Le lendemain matin, je me rends à la banque. J'attends mon tour derrière un homme au pantalon crasseux. Il retourne un sachet de pièces de monnaie sur le comptoir, parle un dialecte que je ne connais pas. En partant, il me lance un clin d'œil.

— En quoi puis-je vous être utile ?

Le guichetier a un nez crochu et des cheveux gras.

— Je souhaiterais vider mon compte d'épargne, dis-je en posant le livret devant moi.

Il s'en empare, le feuillette et le remet sur le comptoir.

— Dans ce cas, il me faut la signature de M. Howard.

— Il n'y a pas de M. Howard, réponds-je en souriant.

— Ce compte a été ouvert par Newman Howard, j'ai donc besoin de sa signature.

— Mon père est décédé l'année dernière.

— Vous devez en fournir la preuve. Veuillez vous procurer une copie conforme de l'acte de décès, et passez nous la remettre. Ensuite, le délai s'étend généralement à six semaines.

— Je ne dispose pas d'un tel délai, dis-je en tambourinant des doigts sur le comptoir.

Il hausse les épaules.

— Monsieur, s'il vous plaît...

Il ne remue pas d'un cil. Je serre les poings, les détends.

— Pourrais-je parler à votre supérieur ?

— Il n'est pas là.

— Eh bien, je l'attendrai !

Je vais m'asseoir sur un banc de bois près de la fenêtre. L'homme s'éloigne une minute, puis revient pour servir le client suivant.

Je repense à cette maison, qui me convient parfaitement, et à mon père.

Une demi-heure plus tard, un petit monsieur vient me chercher. Il m'emmène dans son bureau obscurci par la fumée de cigarette, avec partout des dossiers, des piles de documents. Je lui expose la situation.

— Pourquoi tenez-vous tant à acheter ce cottage ?

J'explique mon projet de recherche.

— La maison s'y prête à merveille, j'ai déjà repéré un grand nombre d'oiseaux. C'est l'endroit idéal, je peux commencer immédiatement.

— J'ai moi-même pratiqué l'ornithologie en amateur lorsque j'étais jeune. Ma femme, au contraire, ne veut pas en entendre parler. Elle préfère aller au théâtre. Vous savez peut-être combien il est important de faire des concessions…

— Pourriez-vous m'aider ?

— Je ne vous promets rien. Mais si vous revenez demain avec l'acte de décès, je verrai ce que je peux faire.

— Ce serait formidable, dis-je avant de le remercier profusément.

En sortant du bureau, je souris au guichetier, qui fait mine de ne pas me voir.

*

Aidé par un ami, Theo transporte le canapé jusqu'au séjour. Puis tous deux se laissent tomber sur les coussins.

— Ouf ! soupire-t-il. Et maintenant, je prendrais bien une tasse de thé.

— Ce sera prêt dans un instant.

J'ouvre les cartons à la recherche de thé, de sucre, de tasses. La maison est plus propre que dans mon souvenir, mais elle sent le renfermé, la poussière, et il y fait un peu trop chaud.

— Désolée, je n'ai pas de lait !

Cela me fait du bien de pouvoir me servir de ma voix.

— Pas grave, répondent-ils en chœur.

Je mets l'eau à chauffer, déballe un carton en attendant, me rends compte que je chantonne.

Ce n'est qu'une fois les deux hommes repartis que je perçois véritablement l'odeur boisée du plancher. La poussière colle à mes doigts. Je range mes vêtements dans l'armoire, puis m'attaque aux ustensiles de cuisine. Sur la table du père de Theo, je pose mon papier à dessin, mes livres. Le pupitre trouve place près de la fenêtre qui éclaire la pièce et offre une vue d'ensemble sur le jardin : le petit pommier, le néflier, le grand pommier, la haie.

Je prends mon calepin et sors pour établir un plan du terrain. Je dessine d'abord le jardin de derrière, puis le poirier au tronc couvert de lierre, le noisetier et le chêne du côté est. À l'ouest, il y a un pommier, un groseillier, un sureau, un merisier. La partie située entre le cottage et la rue comprend une terrasse pavée, deux parterres de fleurs, une aubépine et une pergola. À mon avis, c'est le meilleur endroit pour placer la mangeoire et un petit bassin. Près du portail – croulant sous la vigne vierge – se trouvent un autre pommier et puis un prunier et un petit poirier. Ce jardin produit certainement assez de fruits pour les différentes espèces d'oiseaux qui le fréquentent. Des haies de buissons variés entourent le terrain. Nous sommes fin février, l'expérience a débuté.

Je rentre chercher un manteau pour me protéger du vent frais, rapporte une chaise que je pose sur la terrasse. Elle branle un peu sous mon poids, ses pieds glissent sur les pavés rebondis. J'aperçois une mésange charbonnière dans la haie de gauche, puis une autre peu après, à moins que ce ne soit la même, je ne sais pas – la large bande noire sur leurs ventres à toutes les deux indique que ce sont des mâles. Le pommier qui borde la route héberge des pies ; le prunier, un pigeon ramier. J'entends du mouvement dans les buissons, la toile d'araignée tendue devant la fenêtre arbore un arc-en-ciel.

— Gwen ?

Theo se tient devant le portail. Tout sourire, il brandit un filet rempli de provisions.

— Avec les compliments de Mary : de quoi tenir jusqu'à ce que les commerces aient rouvert ! Vous ne pouvez tout de même pas vous passer de lait pour le thé...

— Oh, comme c'est gentil !

Je m'approche en évitant l'endroit le plus boueux de l'allée, attrape le filet à provisions.

— Qu'est-ce que vous êtes en train de faire ? me demande-t-il en voyant mon calepin.

Je lui montre mes croquis.

— Je vais étudier les oiseaux d'ici.

Il examine les cercles représentant les arbres du jardin.

— Papa aussi s'intéressait aux oiseaux. À la maison, au printemps, on avait toujours de jeunes mésanges et des merleaux tombés du nid, ou échappés des griffes d'un chat.

Il émet un sifflement.

— Beau programme. Il y a plein d'oiseaux dans le coin et en plus ils ne sont pas farouches. Mon père a vu un jour une mésange entrer dans sa cuisine par la fenêtre. Comment allez-vous faire ?

— Je ne le sais pas encore exactement. Il faut en tout cas que j'arrive à gagner leur confiance. Ces derniers temps, on pratique beaucoup d'expériences en laboratoire avec les oiseaux, mais il faut savoir qu'ils se comportent de façon différente en captivité : ils ont peur.

Un pigeon se pose dans le pommier.

— C'est leur comportement au naturel qui m'intéresse. Je veux aussi analyser leurs chants.

J'espère que j'y parviendrai – mon ouïe s'est améliorée, mais les oiseaux vont si vite… En outre, j'ignore s'il y aura suffisamment d'individus à observer pour que mes recherches méritent cette appellation.

— Chez les bêtes, la confiance passe en général par l'estomac…

Il se frotte le ventre, peut-être pour signifier que lui aussi est un animal, ou tout simplement comme illustration de son propos.

Je le charge de bien vouloir transmettre mes amitiés à Mary. De retour à la cuisine, je me penche sur le contenu du filet à provisions : lait, pain, beurre, pommes, fromage, pommes de terre. J'émiette un bout de pain sur une soucoupe, y ajoute quelques petits morceaux de beurre et vais poser le tout sur l'appui de la fenêtre qui donne sur la terrasse. Puis je m'assieds de l'autre côté de la vitre. Une mésange charbonnière se présente presque immédiatement, puis une autre ; elles étaient donc deux. Leur festin est interrompu par les pies, qui essaient de les déloger en jacassant à tue-tête. J'agite le bras, mais ce geste a pour effet de mettre tout le monde en fuite. Il faut que je trouve une meilleure solution. Et que je fabrique des nichoirs. Je pourrais en construire avec des planches ou bien des boîtes en carton. L'une des mésanges revient. Elle picore jusqu'à la dernière miette de pain, puis reste sur l'appui de fenêtre à me dévisager d'un œil vif.

— Bonjour, toi, lui dis-je.

*

Une tête noire, un masque où scintillent de petits yeux de jais. Des joues blanches, un col noir lui aussi, une cravate qui descend jusqu'à l'abdomen. Une livrée jaune d'or, des pattes gris foncé, des ailes d'un noir bleuâtre, ou verdâtre, ou jaunâtre suivant l'éclairage – Thomas savait si bien rendre ces nuances en peinture. Une queue gris-bleu-noir. En vol, les ailes dévoilent un dessous gris clair tirant sur le bleu, alors que les plumes de la queue sont largement bordées de blanc. Le haut du dos est vert absinthe et le dessus des ailes, bleu rayé de blanc, laisse parfois transparaître un peu de jaune.

À l'ombre du chêne, je prends des notes. La mésange qui niche dans la haie chante et rechante la même petite phrase.

Le portail s'ouvre d'un coup, c'est le facteur.

— Bonjour, mademoiselle Howard ! dit-il en forçant la voix pour couvrir la distance. J'ai un paquet pour vous !

Ma mésange s'est depuis longtemps envolée.

— Pourriez-vous dorénavant laisser les paquets dans la boîte aux lettres, au début de l'allée ?

Il a l'air vexé.

— M. McIver était très content de recevoir son courrier en mains propres. Si je le dépose dans la boîte aux lettres, il risque d'être volé ou abîmé par des garnements… Je vous le déconseille. Mais bon, libre à vous de refuser ce petit service supplémentaire. L'usager a toujours raison.

— Désolée. C'est à cause des oiseaux. J'essaie de gagner leur confiance.

Je lui montre mon carnet rempli de notes et de croquis, tente de lui faire comprendre le projet. Il n'y voit pas grand intérêt, mais semble apprécier mes efforts pour le lui expliquer.

— Très bien. Dans la boîte aux lettres, donc. Voulez-vous un indice de mon passage ? Je peux laisser des indices extrêmement subtils, vous savez.

Il esquisse un geste de la main, un indice en effet très subtil.

— Non, ce n'est pas nécessaire. Merci beaucoup de votre compréhension. Je vais afficher un message sur la boîte aux lettres et un autre dans l'allée.

Après son départ, je fabrique deux écriteaux en planches et, une fois la peinture sèche, les accroche près du portail et au bord de la pelouse avec du fil de fer.

— Alors, comme ça, on ne veut plus de visiteurs ?

Theo me tend un sac en papier.

— Mary a fait beaucoup trop de pain pour nous deux.

Il a le souffle court d'avoir monté la pente.

— Je veux bien de la visite, mais les oiseaux, eux, n'en raffolent pas.

— Vous voilà déjà aux ordres, on dirait.

— Pour vous, évidemment, je fais une exception. Vous serez toujours le bienvenu. Mais si vous pouviez parler un peu moins fort, marcher calmement, peut-être qu'ils s'habitueraient à votre présence...

Il rit.

— Ouille ! Je n'ai pas non plus le droit de rire, bien sûr.

Il s'éloigne, riant de plus belle, et je ne peux me retenir de m'esclaffer moi aussi.

Je pose le pain à côté de l'évier, remplis la bouilloire. Au-dehors retentissent des petits cris perçants. Une mésange bleue me regarde de l'autre côté de la fenêtre. Elle piaille si fort que je l'entends à travers la vitre. Je sors de la cuisine et la vois qui m'attend près du seuil. Elle vole en direction du vieux chêne planté près de la haie, revient vers moi et fait encore plusieurs allers-retours. Je presse le pas. Arrivée au chêne, j'aperçois son compagnon, l'air affolé lui aussi, il volette autour de la haie. La femelle plonge vers le sol. Je m'agenouille, trouve des lambeaux de nid éparpillés dans l'herbe, juste au-dessous du pondoir. La boîte elle-même est intacte, ainsi que les douze œufs de la couvée, je suppose donc qu'un chat a pu introduire la patte dans l'ouverture et défaire le nid petit à petit – à l'avenir, je devrai faire en sorte que la profondeur des nichoirs dépasse douze centimètres. J'ouvre le couvercle et reconstitue le nid à l'intérieur, avec ses différents matériaux : d'abord les copeaux d'emballage, puis la mousse et enfin le crin de cheval. Je dépose ensuite les œufs un à un au fond de la boîte, en les calant bien à l'arrière. Dès que j'ai terminé, la femelle se précipite dans le nichoir et repousse les œufs vers le centre. Le mâle s'en va, revient très vite avec un perce-oreille dans le bec. Je reste un instant pour les observer, mais ils ne font plus attention à moi. Mes doigts me picotent. La mésange m'a appelée à l'aide. J'ai du mal à croire que cela s'est réellement produit.

*

Herbe tondue, soleil bas, fin d'été – après quelques semaines d'accalmie, le vent s'est à nouveau levé, on sent l'odeur de l'automne. Je dresse la liste des nids aménagés dans le jardin, en précisant à quels oiseaux ils ont servi : les merles dans le lierre, les moineaux dans la haie (deux couples), les mésanges dans les creux des arbres… J'effectue une dernière tournée d'inspection pour être sûre de ne rien oublier. Aux résidents permanents du jardin, j'ai attribué un petit nom – je me trompe encore souvent, mais parviens tout de même à les distinguer pour peu qu'ils se tiennent assez longtemps immobiles. Chacun de ces oiseaux a une particularité physique, un plumage légèrement différent par son coloris ou ses motifs, une façon bien à lui de se mouvoir, de réagir. Certains sont remuants et tapageurs, d'autres passeraient presque inaperçus. Je commence à les repérer aussi à leur chant, que ce soit la mélodie elle-même ou la voix. À Londres, ces oiseaux ne me paraissaient exister qu'en tant que groupe. Il y avait bien dans le parc une vieille mésange charbonnière que je reconnaissais, tout comme le couple qui nichait près du bateau de Thomas, mais je n'imaginais pas le moins du monde qu'ils pouvaient être aussi différents les uns des autres. Pour voir, il faut du temps. La vie londonienne offrait trop de distractions.

Theo m'a confectionné une table pouvant faire office de mangeoire. Tous les matins vers six heures et demie, alors que le monde est encore mouillé de rosée, j'apporte une assiette de nourriture pour les oiseaux. C'est toujours Billy, probablement le doyen des mésanges charbonnières, qui arrive en premier. Sans gêne, il me laisse à peine le temps de poser l'assiette et vient tout près de ma main pour piquer un raisin sec ou un bout de fromage, avant de repartir. En revanche, sa compagne, que j'ai appelée Rainette parce que les plumes de son dos sont beaucoup plus vertes que chez les autres mésanges charbonnières, se montre assez timide. Elle ne se présente à la mangeoire que si Billy est déjà là et s'envole dès que je fais un mouvement. Les oiseaux contiennent beaucoup d'air : ils ont des sacs aériens en différents endroits du corps et leurs os sont creux. Légers comme l'air, rapides comme le vent.

Je remonte le chemin qui longe la haie, à la recherche d'autres nids. Dans le pré derrière la maison, quatre lapins de garenne détalent en me voyant. Joan aussi va se marier. C'est comme si elles avaient toutes résisté pendant des années pour saisir à présent la dernière chance qui s'offre à elles. Le vert de la haie, quelques feuilles brunies, le vert des prairies… Ces terres n'en finissent pas, elles se fondent au loin dans d'autres terres, d'autres collines, et enfin la mer, toujours la mer. Je suis la haie jusqu'au portail des Henderson et redescends par le sentier qui passe près du vieux cimetière. Là, je heurte une racine et chute lourdement sur le flanc. Mon carnet m'échappe, tombe dans une flaque, je le repêche aussitôt, mais toutes mes notes sont maintenant illisibles. Je reste assise par terre un instant. Mon projet d'étudier les oiseaux est peut-être insensé. Tous ces savants bardés de diplômes, beaucoup mieux informés que moi – et si je négligeais quelque chose et me couvrais de ridicule ? –, ne verraient sans doute que de l'anthropomorphisme dans mon récit sur la mésange bleue venue m'appeler à l'aide, alors que cela ne fait aucun doute à mes yeux.

Je me relève et essuie la boue de ma jupe cramoisie. Devant la maison, un écureuil gris jaillit de la haie, sa queue argentée presque translucide. Il me jette un coup d'œil, courbe le dos et, voyant bouger mon bras, regagne en courant l'ombre protectrice des buissons. Si je n'essaie pas, je n'aurai jamais la réponse.

*

Alors que la nuit s'apprête à tomber sur le jour le plus court de l'année, je trouve dans la boîte aux lettres rouges deux cartes de Noël, l'une écrite par ma sœur, avec les vœux de maman et de Dudley, l'autre signée de Thea, en provenance du Canada. Je les pose sur la table. J'ai moi-même oublié d'envoyer mes vœux pour Noël, je suis vraiment trop occupée. Les mésanges ont désormais pris l'habitude d'entrer dans la maison, ce qui a nécessité quelques adaptations. Je dois nettoyer tous les jours et il a fallu que je mette les objets précieux à l'abri. Sur le canapé, j'ai jeté des couvertures, à laver une fois par semaine. Il serait peut-être plus astucieux d'utiliser un autre type de siège, un banc de bois, par exemple, garni de coussins. Le froid commence également à m'être pénible. Pendant la journée, je laisse ouverts la fenêtre de la cuisine et un vasistas du séjour afin que les oiseaux puissent entrer et sortir librement. Cet après-midi, je me suis installée sur la chaise en bois près de la fenêtre pour les observer et voir de quoi ils se nourrissent en hiver, mais même avec un chandail supplémentaire et un plaid sur les genoux, je n'ai pas réussi à tenir plus de deux heures. Et comme la pluie s'est infiltrée à l'intérieur tout l'automne, j'ai dû recouvrir l'appui de fenêtre d'une feuille en matière plastique pour l'empêcher de pourrir.

Les oiseaux ne se sont pas seulement acclimatés à la maison, mais aussi à moi. Si, au début, le moindre geste les faisait fuir, ils savent désormais s'adapter à mon attitude. Tant que je m'oblige à bouger calmement, ils restent à leur place – m'apprenant ainsi à me comporter en fonction d'eux. Bien sûr, les mouvements brusques les effraient encore, de même que les bruits intempestifs comme le téléphone ou la sonnette de l'entrée. Mon jardin compte parmi ses habitués une petite dizaine de mésanges charbonnières. Ce sont des créatures adorables. Les moineaux, en revanche, se comportent en grossiers personnages, chassant les autres oiseaux à la première occasion. Les mésanges bleues sont un peu plus timides que les charbonnières, plus discrètes. Il y a aussi parfois des merles, mais ils ne se préoccupent jamais vraiment des autres. La semaine dernière, j'ai vu arriver une charbonnière d'assez grande taille, un mâle auquel il manquait un doigt, comme si les dents d'un piège s'étaient refermées dessus. Je le nomme Pouce. Il ne s'en laisse pas conter. Ce matin, il est même venu se poser sur ma main alors que j'étais en train d'écrire. Ses ongles me picotaient. Quand j'ai été incapable de rester immobile plus longtemps, j'ai remué les doigts et il s'est envolé.

Je m'assieds au piano, joue quelques notes. Hier, un merle a sifflé une phrase de Bach. La porte de derrière s'ouvre en grand pour se refermer aussi sec. Les papiers empilés sur la table – mes transcriptions de chants d'oiseaux – s'éparpillent. En allant verrouiller la porte, j'aperçois une silhouette près de l'allée.

— Qui est là ?

Personne ne répond. C'était sûrement un esprit venu du cimetière voisin.

Le vent forcit : les arbres qui soupiraient à l'instant se mettent à craquer. J'ignore où sont les animaux, comment ils arrivent à s'accommoder de la tempête. J'en sais tellement peu… Rainette ne s'est pas montrée de toute la journée d'hier, j'ai eu peur qu'il ne lui soit arrivé quelque chose. Ce matin, elle était de retour à la mangeoire, comme d'habitude. Il me semble parfois que je ne parviendrai jamais à les comprendre. Que je resterai toujours une observatrice extérieure.

La maison est pleine de courants d'air, le vent s'infiltre sous la porte, entre les murs, autour des fenêtres. Elle et moi respirons ensemble. Un jour, la porte a été un arbre. Je tambourine des doigts sur la table, décide de me préparer une autre tasse de thé. De toute façon, avec ce temps, je ne pourrai pas m'endormir.

Le rosier s'aplatit au sol, revient à la verticale. Les branches sont projetées en tous sens. La mangeoire tombe à la renverse, puis la chaise de jardin. Le bruit du vent couvre leur chute.

Un éclair, le silence. Broum.

J'approche le fauteuil vert de la fenêtre. La pluie s'est transformée en un flot incessant de gris qui ne me laisse voir que du mouvement. Le temps lui-même ressemble au mouvement. Quant au soir, il est fait de gris. Pourquoi d'ailleurs dit-on « un soir » comme s'il s'agissait d'une chose, alors que chaque soir est différent des autres ? Aucun n'a jamais été pareil à celui-ci.

Le pommier s'incline fortement, il craque. Je n'arrive pas à voir si une branche s'est cassée.

La pluie devant la vitre est devenue écran. Je pourrais la traverser, m'enfoncer dans le jardin, dans l'obscurité, à la rencontre de l'avenir – accéder à quelque chose qui nous dépasse : le rêve de tous les religieux.

Ce matin, je sors mesurer l'ampleur des dégâts. Dans la partie est du jardin, le chêne a perdu une grosse branche, tout comme le pommier à côté du portail. Les autres arbres sont moins touchés. Les oiseaux paraissent tranquilles, mais je n'en compte pas autant que d'habitude, peut-être ont-ils fui la tempête, je ne sais pas. Je ne sais pas non plus où ils auraient pu se réfugier. Je réapprovisionne deux fois la mangeoire pour les présents – un supplément de calories ne leur fera pas de mal. Deux nouveaux visiteurs se présentent : un rouge-gorge et une grive que le vent a sans doute rabattus par ici. La grive garde ses distances, le rouge-gorge attend que ses congénères se posent sur la mangeoire pour se joindre à eux. C'est souvent ainsi chez les oiseaux d'une même espèce : au comportement de ses semblables, l'individu détermine s'il court un risque ou s'il peut s'approcher en toute sécurité. Je remue un peu la main, le rouge-gorge fait un petit saut de côté pour revenir aussitôt à sa place, il semble assez âgé. Le ciel est bleu, l'oppression de la nuit dernière a fait place au soulagement. Je rentre, il est temps de pétrir la pâte, ou je n'aurai pas de pain ce midi.

Star 10

Au mois d'octobre, Star revint se percher sur l'appui de la fenêtre, montrant par sa posture qu'elle désirait rejouer au jeu du comptage. J'étais justement au téléphone avec Garth.

— Écoute ça.

Je donnai cinq petits coups sur la table et approchai le combiné de la fenêtre. Star tapa cinq fois du bec sur le châssis. À l'autre bout de la ligne, mon ami Garth ne cachait pas son enthousiasme. Les semaines qui suivirent, Star reprit ses exercices avec moi et tout se passa très bien. Elle toquait sans jamais me regarder, prouvant ainsi qu'elle ne réagissait qu'aux indications de ma voix. Je m'assurais d'ailleurs de ne pas la guider par mon attitude.

En novembre, je m'efforçai d'intéresser d'autres de mes charbonnières à ce petit jeu. Beau, le fils de Star et de Tête-Chauve, aimait piqueter les abat-jour et je profitai donc d'un après-midi tranquille en sa présence pour taper avec le bout d'un crayon contre le lampadaire du séjour. Il ne comprit pas mon message et s'envola un peu plus loin pour revenir dès que j'eus terminé, attendant sa noisette. Je me tournai alors vers Monocle, qui accepta de suivre mon exemple. Toutefois, elle ne frappait jamais le même nombre de coups, s'arrêtant généralement à quatre avant de réclamer, toute fière, sa récompense. Depuis la mort de Tête-Chauve, elle ne s'était plus du tout disputée avec Star. Celle-ci, en revanche, se montrait jalouse dès que j'exerçais un autre oiseau à compter. Elle se posait à proximité et tapait très vite le nombre exact de coups.

Ayant lu dans *Nature* un article sur des pigeons que l'on avait fait obéir à des instructions vocales, je décidai de tenter la même expérience avec Star. Un matin, je lui dis « Quatre » avant de taper quatre fois sur la table. Elle donna quatre coups de bec, je lui offris une noisette. Puis je répétai « Quatre ». Elle se contenta de me regarder fixement. « Quatre. » Elle hésita, se pencha en avant et frappa quatre petits coups d'affilée. Quelques heures plus tard, je répétai l'exercice – d'abord en donnant à haute voix le chiffre que je venais de taper sur la table, puis en recourant seulement à la parole – et elle parut en saisir parfaitement le but. Les semaines suivantes furent consacrées à l'apprentissage du cinq, du six, du sept et du huit. Il fut impossible d'aller au-delà, car je ne parvenais pas à frapper les neuf coups assez rapidement. Pour les oiseaux, le temps passe beaucoup plus vite que pour nous. Star s'impatientait de ma lenteur et commençait déjà à toquer lorsque j'arrivais à huit. Mais cette activité nous occupa tout l'hiver.

1943

Les Canadiens émergent de la brume, dans l'obscurité de l'hiver approchant, comme un rêve, une réminiscence. Ils sont six, empaquetés dans leur tenue de combat, le casque relégué au rang d'accessoire décoratif. Le premier de la file passe droit au travers de ma haie.

— Eh ! Attendez, là !

Je me précipite en pantoufles dans le jardin.

— Ne vous gênez donc pas !

Un homme de grande taille s'approche de moi.

— Nous sommes en manœuvre. Progression linéaire jusqu'à la ville la plus proche. Il nous est impossible de tenir compte des habitants dans les secteurs traversés.

Les mésanges ont quitté la haie pour venir se poser sur moi.

Le soldat me regarde, bouche bée. Je fais un pas en avant et il se ressaisit.

— C'est drôle : voilà des années que je vis en Angleterre, et je n'ai encore jamais vu des oiseaux se comporter de cette façon.

Je lui parle de mes petits pensionnaires, explique que j'étudie leur langage, leurs habitudes, leurs traits de caractère… Je précise que les oiseaux sont plus sensibles que les humains à la perturbation de leur environnement et que j'ai mis des années à gagner leur confiance. Celle-ci est un préalable à tout rapport d'amitié, à tout lien solide, mais elle ne peut s'épanouir que si on ne la trahit pas.

— Alors comme ça, ce n'est pas une particularité anglaise ? Vous êtes venue ici pour vivre avec ces oiseaux ?

Il enlève son casque.

— Ce sont les mésanges qui sont venues habiter chez moi.

Ploc arrive en voletant, pas très sûr de lui, pour finalement se percher sur ma tête.

— Prodigieux. Je n'ai jamais rencontré des oiseaux si dociles.

Il se penche afin de mieux voir, Ploc s'enfuit.

— Nous allons devoir modifier notre itinéraire. Ce n'est pas idéal, mais il le faut bien. Allons-y, les gars !

Ils se montrent moins obéissants que mes charbonnières. Le chef leur donne l'ordre de contourner le jardin et, d'un regard, exhorte le soldat coincé dans la haie à faire plus attention.

À peine le petit groupe a-t-il repris sa route que mes oiseaux s'enfuient à tire-d'aile – vers le châtaignier, les buissons, par-dessus les champs... Ils partent comprendre le monde du haut d'un arbre, du fond d'une haie. Pendant quelques instants, j'entends encore les soldats bavarder, rire, et leur chef expliquer quelque chose de sa voix grave.

Le lendemain midi, je m'aperçois que l'écriteau placé au bord du chemin a disparu. Il me semble bien qu'hier les soldats... Un souvenir de la campagne anglaise, preuve tangible d'une histoire à dormir debout ? À présent, il n'y a plus de panneau et c'est peut-être préférable. De tels avertissements ne font qu'attirer les curieux, et les oiseaux ont justement besoin de tranquillité.

*

Un vol de bernaches passe en V noir sur fond de ciel blanc. Fils barbelés, brume légère. Je frappe à la porte de la ferme, l'ouvre en appuyant de tout mon corps, explique la situation, formule ma requête aussi poliment que possible.

La femme attablée dans la cuisine secoue la tête.

— Désolée.

Elle laisse tomber une pomme de terre dans sa marmite remplie d'eau, en retire une autre du sac posé devant elle.

Je la remercie et m'en vais. On ne trouve plus de beurre nulle part. Pas à Keymer, pas à Westmeston et donc pas non plus à Clayton. Je me suis renseignée dans la grande majorité des fermes environnantes, mais l'armée réquisitionne tout et les quantités sont contrôlées. Si moi-même j'arrive à m'en sortir avec les tickets de rationnement, pour les oiseaux, cela ne suffit pas. L'hiver sera rude, paraît-il, et j'ai déjà perdu trop de mésanges l'an dernier.

Je suis Brighton Road vers le sud, en direction de Clayton Hill. Je comptais faire une dernière tentative, mais mes pieds sont en feu. Et puis, en passant par Keymer, je ne serai pas rentrée avant dix heures. Encadrés de haies nues, les longs champs vides dégagent une lueur bleutée. Des moutons me tournent le dos. On annonce de la pluie. Enfin, « on » : Theo. Il passe toutes ses journées à écouter la radio. Hier, il m'a dit qu'il envisageait de s'enrôler, malgré son exemption.

Une jeep arrive derrière moi, je m'écarte pour la laisser passer. Il y a quatre militaires à bord. Un peu plus loin, le véhicule s'arrête, fait marche arrière, dans un bruit de moteur plus fort et plus aigu qu'à l'instant.

Arrivé à ma hauteur, le chauffeur abaisse sa vitre. Je poursuis mon chemin. Il se met à rouler au pas.

— On peut vous déposer quelque part ?

— Non. D'ailleurs, vous n'avez pas de place pour moi.

Les hommes assis à l'arrière poussent des cris joyeux. Non, ce ne sont pas des hommes, mais des adolescents couverts de rougeurs et de boutons d'acné, à peine sortis de l'école secondaire.

— Ils vont bien se pousser un peu. Allez, on vous invite à manger une omelette autour du feu de camp…

Clin d'œil, rires, coups de coude malicieux.

— Je regrette, les garçons.

Le conducteur hausse les épaules.

— Comme vous voulez.

Sa voix est rauque et enfumée, elle gronde jusqu'à couvrir le moteur de la jeep.

Ils agitent la main vers moi, tous les quatre, comme des enfants qui partent en colonie de vacances. Je leur rends leur salut sans pouvoir m'empêcher de sourire. Un grand oiseau est perché sur la haie d'en face, je retiens mon souffle – un faucon.

Les bords du sentier qui grimpe sur la colline sont bourbeux et, au centre, un ruisseau s'est creusé parmi les cailloux. Je choisis l'eau plutôt que la boue, en espérant que mes semelles résisteront. Un cheval alezan me regarde par-dessus la clôture. Je lui dis bonjour, entends soudain picasser sur ma gauche – c'est une épeiche. Dans les aubépines, un rouge-gorge frétille. Un hochequeue gris s'envole à mon approche. Je suis presque arrivée au bois lorsqu'un hululement retentit – la semaine dernière, dans le jardin, j'ai vu une chouette effraie. Comme il n'a pas fait très chaud cette année, la chasse aux souris sera difficile pour les hiboux.

Le crépuscule se pelotonne entre les arbres. Le bleu devient gris-bleu, dix minutes, gris ardoise, vingt minutes, je redescends la colline, anthracite sur fond noir. Je ne vois mes bottes que parce qu'elles bougent, je ne bouge que parce qu'il y a un rythme, je suis le rythme de mes bottes et mes jambes avancent toutes seules.

Je m'arrête près du portail pour chercher les clefs de ma boîte aux lettres, dont le drapeau est levé. Je finis par les trouver en tâtonnant au fond du sac en toile de jute, sous mon porte-monnaie. La serrure est rouillée, j'insiste, il me faut un peu de temps pour l'ouvrir. Deux lettres.

— Gwen ?

Sous le chêne se tient un grand homme barbu. Cela fait plus de vingt ans que je ne l'ai pas vu, mais je reconnais Paul immédiatement.

*

Je le précède jusqu'à la maison. Mon cœur bat la chamade – il lui suffirait de s'approcher un peu plus pour l'entendre palpiter, mais il reste en arrière, ses pas dans les miens.

— Ça va, Paul ?

Il se racle la gorge.

— Oui, oui. Il fait froid.

Des renards glapissent dans le lointain.

J'ouvre la porte – la clef tremble entre mes doigts – et allume l'entrée.

— Assieds-toi donc, lui dis-je en désignant le fauteuil placé devant l'âtre. Je vais préparer du thé, tu veux aussi manger quelque chose ?

Il frissonne. Je lui prends son manteau, lourd et raidi par la saleté. Une fois qu'il est assis, blotti sous une couverture, je fais un feu dans la cheminée.

Il sourit vaguement, le regard pris par les flammes. Je vais mettre des draps propres sur le lit de la chambre d'amis. Il ne faudra pas oublier la bouillotte. Pierrot vient se poser sur mon épaule, puis m'accompagne en voletant jusqu'à l'armoire à linge.

— Tu dois te poser des questions, me dit Paul.

Je lui tends une tasse de thé copieusement sucré avec, sur la soucoupe, un gâteau sec.

— Me voir soudain comme ça, devant chez toi…

Ses yeux n'ont aucun éclat.

— Pardon, il n'y a plus de lait. Je l'échange contre du beurre, pour les mésanges et les rouges-gorges, ou pour les quelques moineaux qui passent. Le lait ne les intéresse pas.

— Je suis venu à pied, explique-t-il en trempant le petit gâteau dans son thé. Tu t'intéresses donc toujours aux oiseaux ?

Le biscuit disparaît en trois bouchées.

— Tu vas devoir bien te tenir, ils n'aiment pas trop les étrangers.

— Et ton violon ? Vas-y, joue quelque chose au voyageur fatigué…

Ses chaussures sont gorgées d'eau.

— Enlève tes souliers. Je t'apporte des chaussettes.

Des chaussettes, du pain – beurré, tant pis – et une autre tasse de thé. Ses pieds sont écarlates, pleins d'ampoules et d'écorchures, de cratères, de monticules, rouges et blancs – un paysage hivernal en miniature. Il enfile les chaussettes, remonte la couverture sous ses aisselles.

— Comme tu as grandi, Gwen !

Je ris.

— Toi aussi.

Il ferme les yeux pendant que j'accorde mon violon. Je lui joue quelque chose de léger – du Satie, un morceau en forme de soir, bleu mais clair, pas trop triste.

Le brouillard a fini par envelopper la maison, il s'épaissit, jusqu'à ce que l'on ne puisse plus voir ses propres mains, comme si les bras s'arrêtaient au coude, jusqu'à ce que les arbres s'estompent, tronc après tronc après tronc. Les mésanges sont déjà parties se coucher, indifférentes à cet homme assis sous la couverture qui ne fait plus que respirer, qui a cessé de penser, qui flotte entre deux états de conscience pendant que je joue – éveil, sommeil, éveil, sommeil… Jusqu'à ce qu'un silence absolu s'installe au-dehors et que le ciel devienne gris foncé, lourd.

Le lendemain, lorsque je me réveille, Paul est déjà levé. Je l'entends marcher dans la cuisine, ouvrir la fenêtre – sans doute à un visiteur devant la vitre. Puis il entre dans le séjour et prépare un feu. Nous ne pouvons pas nous le permettre, ou le bois va manquer. Je me lève.

— Paul ! Je n'allume jamais le feu dans la journée, impossible autrement de tenir tout l'hiver.

— Je couperai du bois.

Son timbre est plus grave qu'autrefois, plus chaud. Il se peut aussi que ma mémoire me joue des tours. J'aimais beaucoup sa voix.

Il s'assied dans le grand fauteuil. Boris et Boldo l'observent depuis le haut du lampadaire.

— Comme ils sont bien apprivoisés…

— Cela n'a pas toujours été le cas. Ils ont appris qu'ils n'avaient rien à craindre de moi.

Je lui décris mes recherches, précise que je réussis de temps en temps à placer un article dans *Out of Doors and Countrygoer* ou *The Countryman*, des magazines sur la nature et le plein air. J'aimerais bien écrire pour des revues de plus haut niveau, mais elles ne prennent pas mon projet au sérieux.

— Et toi ?

Il dit qu'il a dû s'engager – manque d'argent, des ennuis avec sa bonne amie : cela paraissait la meilleure chose à faire. L'armée de l'air avait besoin de pilotes. Il a par la suite effectué trois missions au-dessus de la Hollande. Un soir d'infortune, c'était un mardi, il a rencontré une fille

– grands yeux noirs, robe verte, rire caressant. Elle l'a emmené dans la ferme de ses parents, les choses se sont passées tout naturellement, comme une évidence, et le lendemain il s'est réveillé au milieu du foin. Seul et en retard pour le vol. L'un de ses camarades, Simon, qui l'avait vu la veille avec cette fille, est parti à sa place. L'avion a été abattu en survolant la Manche. Paul s'interrompt. Boldo atterrit sur la table, quêtant des miettes prises dans les fibres de la nappe en lin brut.

— Je ne pouvais plus rien faire. Ils m'ont arrêté dès mon retour à la base, pour m'interroger. À ce qu'il paraît, on leur avait dit que je transmettais des informations aux Allemands. Bien sûr, j'ai tout nié en bloc. Ils m'ont demandé des preuves. Mais l'innocence est impossible à prouver, tout le monde sait ça. Je leur ai parlé de la fille, ils l'ont interrogée aussi, mais elle a prétendu que je mentais parce qu'elle avait peur de son père. Enfin, je crois. Ou alors c'était un piège.

— Qu'est-ce qui te fait dire ça ?

— Trop de coïncidences. Pourquoi justement ce soir-là, alors que je n'avais jamais manqué un vol ?

Il tapote de l'index sur l'accoudoir.

Boldo a trouvé ce qu'il cherchait, il s'envole par la fenêtre avec son butin.

— Il y a deux semaines, une bagarre a éclaté dans la cour et j'ai pu m'évader. Je me suis d'abord caché dans une petite maison de vacances, en forêt, et après avoir terminé les vivres je suis parti sur la route. J'ai pensé à ton père, qui a toujours été bon pour moi.

Newman considérait Paul comme son fils, plus que Kings ou Dudley.

— J'ai découvert que ta sœur s'occupait de Duds et de votre mère. À Budleigh Salterton, c'est bien ça ?

Je confirme d'un signe de tête.

— Newman a succombé à une pneumonie en 1936.

Cela faisait longtemps que je n'avais pas pensé à mon père. Je me pince la cuisse.

— Et ton frère aîné ?

— Kingsley est resté en France après la dernière guerre. Nous le pensions disparu, mais il a fini par nous écrire en 1919, pour annoncer qu'il avait rencontré une fille, qu'elle lui avait déjà donné un enfant.

— Encore un soldat.

Ma mère est allée lui rendre visite, une fois. Elle n'en a pas dit grand-chose, excepté qu'il avait une épouse gentille et deux gentils enfants. « Gentil » est un mot qu'on applique aux choses pour les rendre plus supportables. Boldo revient fourrager sur la nappe. Il picore allègrement, comme à la mangeoire.

— J'ai appris que tu vivais seule à Ditchling. Un point de chute moins éloigné que le Devon, mais aussi l'assurance qu'une seule personne saurait que je suis là.

— Ce n'est pas moi qui t'intéresse, alors.

J'ai parlé sur le ton de la plaisanterie, sans lui faire de reproche.

— Laisse-moi d'abord achever mon récit, dit-il, comme vexé. Et donc que cette personne, ce serait toi. Je sais que dans le temps je te plaisais – tu étais simplement bien trop jeune. J'ai eu tort, tu vois, avec Margaret, je sais que cette histoire t'a brisé le cœur.

— Ne te surestime pas.

Cette sortie en bateau – la chaleur, l'eau, ma chemise trempée…

— Margie vit en France elle aussi, depuis des années, avec son mari.

— Et toi, pas de mari ?

Je secoue la tête. L'année dernière, une lettre de Thomas est arrivée, me disant que je lui manquais. Elle se trouve à présent dans le tiroir supérieur de mon bureau. Boris s'envole en direction de la fenêtre ouverte. Boldo le suit, tente de le dépasser juste avant d'arriver au vasistas, mais fait demi-tour à la dernière seconde pour ne pas s'écraser contre la vitre. Il a laissé quelques plumes sur la table. Je les ramasse et vais les ranger dans le tiroir avec les autres, ce serait dommage de les jeter.

— Quels sont tes projets pour la suite ?

— J'espérais pouvoir rester ici un moment. Le temps de reprendre mon souffle.

Il me lance un regard interrogateur.

— Ensuite, je partirai vers le nord. Un de mes amis vit en Écosse, chez ses parents.

Il n'a donc pas de projet.

— Un moment, pour toi, c'est combien de temps ?

— Une semaine ? risque-t-il en cherchant un signe sur mon visage. Quelques jours ?

— Une semaine devrait aller. Au-delà, je crains de ne plus pouvoir te nourrir.

Il hoche la tête, ramassé sur lui-même.

— Je m'occuperai de ma nourriture moi-même.

— Pour l'instant, tu ne t'occupes de rien : tu te reposes. Et comment va Patricia ?

— Toujours à Londres. Elle a divorcé et travaille à présent pour un petit éditeur.

Paul raconte que sa sœur vit maintenant avec une autre femme, qu'elle est moins malheureuse.

— Je lui dirai bonjour de ta part.

Je sifflote en garnissant la mangeoire, probablement pour convaincre les oiseaux de ne plus me bouder.

— Pardon, dis-je gaiement à l'intention de Star, qui vient aussitôt se poser sur mon épaule, puis saute chercher sa noisette au creux de ma main.

Dans l'après-midi, une fois le ménage terminé, je monte à travers champs jusqu'à la ferme Alford. Mes bottes laissent leurs empreintes dans le sol détrempé, décollant des mottes de boue qu'elles relâchent un peu plus loin. Pression, succion. Les Alford élèvent des vaches à lait et, si la fermière n'est pas là, j'arriverai peut-être à me procurer un peu de fromage ou de beurre. Les mésanges me suivent, voletant à hauteur de ma tête. Le petit Michael joue dans le tas de sable devant la maison.

— Est-ce que ton papa est là ?

Il opine du chef, rentre chez lui en courant. Les oiseaux vont se réfugier dans la haie.

— Ah, Gwen.

Les lignes creusées dans le visage de Michael Alford père semblent plus profondes que jamais.

— Comment ça va chez vous ?

Au-dessus des prés, les étourneaux font de la voltige aérienne – dispersions, regroupements, spirales.

Le fermier répond que sa femme est tombée malade, il y a presque une semaine. Le médecin doit passer demain.

— Il vous reste assez à manger ?

— Ça, oui.

Il m'emmène dans l'étable.

— Asseyez-vous.

La respiration calme des vaches me détend, leur chaleur me réconforte.

— C'est juste qu'on ne gagne plus un sou. Les tickets de rationnement, ça ne paie pas le docteur.

Le petit Michael réapparaît, un dessin à la main.

— Une mésange.

— Magnifique.

C'est un rond d'où sortent un triangle – sans doute le bec – et deux bâtons pour les pattes.

Je vais pour lui rendre son bout de papier, mais il me dit que je peux le garder.

— Mon fils passe son temps à regarder les oiseaux. Surtout les hirondelles, c'est à se faire du souci…

Elles viennent nicher ici l'été. Mais pour combien d'années encore ? Alford envisage de vendre ses vaches.

Il va me chercher un morceau de beurre, l'enveloppe dans du papier d'emballage.

— C'est tout ce qui me reste.

Je le remercie abondamment, range le paquet de beurre au fond de mon sac, avec le dessin du jeune Michael. Le garçonnet me raccompagne au-dehors. J'étends les bras et aussitôt les charbonnières sortent de la haie pour venir se poser sur mes mains, sur ma tête. Michael m'imite, mais constate avec dépit que les mésanges ne veulent pas de lui comme perchoir. Il fait alors semblant d'être lui-même un oiseau, file devant moi vers le pré aux moutons, par-dessus le portail, battant des ailes jusqu'au cimetière, avant de tournoyer plusieurs fois comme en vol plané.

— Dis donc, petit oiseau, il est temps de rentrer chez toi.

*

Soir. Contre ma joue, sa respiration puis ses lèvres qui m'effleurent. Je le laisse faire, sans tourner mon visage vers lui.

— Len.

Il m'attrape le bras. Je m'écarte, le repousse.

— Viens.

Il me prend par la main, ouvre la porte de la chambre.

Je fais non de la tête, souriant à demi. Je serre brièvement sa main dans la mienne, la relâche et vais me coucher.

Les oiseaux dorment déjà. Mes draps sont humides, il faudrait chauffer la pièce. J'entends Paul entrer dans la chambre d'amis. Dehors, le vent souffle, fouettant les branches. La porte de la chambre d'amis s'ouvre à nouveau, Paul s'enferme aux cabinets, se soulage. Je tire à moi la couverture repliée au pied du lit. Les pas de Paul résonnent dans le couloir, s'arrêtent, et puis rien. La pluie commence à tomber, le bruit des gouttes contre les carreaux se fait de plus en plus fort. J'entends finalement une porte qui se referme, des pieds qui traînent, un lit qui craque.

L'arbre planté devant ma fenêtre dessine à travers les rideaux une ombre qui s'étend sur le plafond, sur la couverture. Sur mon corps sous la couverture. Je me cramponne au drap. Les ombres poursuivent leur déambulation. Je ne sais pas combien de temps s'écoule avant que le sommeil me prenne.

Dolly me réveille en m'arrachant un cheveu. Je la chasse du revers de la main et sors promptement du lit. Il fait plus clair que ces derniers jours, la pluie s'est éloignée. Le soleil apparaît derrière de fins nuages gris. Nous serons bientôt en décembre. Cet ami écossais n'existe peut-être pas. Je garnis la mangeoire, sens un parfum d'hiver dans l'air du matin. Tous les oiseaux sont là : Boldo, Boris, Dottie et les autres charbonnières, les merles.

Paul porte les vêtements que j'ai lavés pour lui.

— Je peux garder cette paire de chaussettes ?

— Bien sûr. Prends-en une deuxième, si tu veux. Tu m'écriras en arrivant ?

Il me sourit, évite mon regard.

— Promis.

Les mots n'ont que faire du sens qu'on leur donne au moment où on les prononce.

Boldo se pose sur le petit meuble de cuisine, jette un coup d'œil autour de lui, puis s'envole. Dottie prend sa place. Elle me lance un regard, braque les yeux sur Paul, repart.

— Ils n'ont pas l'habitude, dis-je.

Il se tourne vers moi.

— Qui ça ?

— Les oiseaux. De voir des étrangers.

— Ils chantent joliment.

— Certains sont plus doués que d'autres. Pierrot a son propre répertoire, qu'il renouvelle souvent. Ploc ne chante que des airs très simples.

Il prépare le petit-déjeuner, nous mangeons face à face, en silence. La mie de pain colle à mon palais – flocons, nuages d'altitude. J'insiste pour qu'il avale une autre tartine, en beurre une pour lui forcer la main, on ne va tout de même pas gâcher. Les mésanges entrent et sortent. Elles sont toujours agitées à l'approche de l'hiver, il faut vraiment qu'il fasse froid pour qu'elles se calment. En attendant, elles sont trop occupées par les préparatifs, les réserves à accumuler.

Paul prépare son sac sans rien dire. Je tranche du pain pour lui, ajoute quelques pommes, un morceau de fromage. Il pourrait rester ici, nous pourrions rester ici ensemble.

Son dos à la fenêtre, simple silhouette à contre-jour.

Je lui remets le casse-croûte, explique dans quelles fermes il pourra trouver du lait et lui donne mes tickets de rationnement.

— Mais je devais encore te couper du bois...

— Je le ferai moi-même.

Ma voix se veut légère, comme ces planches de sapin blanc dont on fait les meubles de fortune.

Je le serre dans mes bras, pas trop longtemps, lui ouvre la porte. Pendant qu'il descend l'allée, le soleil se met à briller. Un vent de sud charrie l'air de la mer.

Paul se retourne et me fait un signe d'adieu. Je l'appelle, lui demande d'attendre, son visage s'éclaire, je cours, m'arrête à un pas de lui, tends la main pour toucher son bras, sa joue, puis me blottis contre lui, me perds dans son baiser, lui demande de rester. Ici. Il rebrousse chemin avec moi, je l'embrasse à la volée et ce n'est toujours pas comme je le veux, mais les choses peuvent encore s'arranger…

Non. Il se retourne et me fait un signe d'adieu. J'agite le bras, tourne les talons et rentre chez moi, regagne la cuisine où je mets de l'eau à chauffer, en me frottant les yeux afin de pouvoir distinguer la tasse posée sur l'étagère. Ploc s'engouffre dans le placard, je n'y vois rien de drôle et le déloge d'une chiquenaude, pas très énergique, mais assez pour l'effrayer.

— Pardon, lui dis-je. Pardon, petit.

Star 11

Au printemps, Star se remit en ménage avec Pierrot. Mais trois semaines après la naissance de leurs petits un drame survint : Pierrot disparut. Je ne le revis plus jamais. Sans doute était-il tombé entre les griffes du chat roux de la voisine, toujours à l'affût dans le massif de lavande planté près du vieux chêne. Star dut alors s'occuper seule des oisillons, ce qu'elle fit admirablement.

Dans les jours qui suivirent la disparition de Pierrot, un autre mâle se présenta sur le territoire de Star. Avec toute une nichée à nourrir, celle-ci avait déjà fort à faire et la présence de cet inconnu semblait la perturber. Je l'aidais de mon mieux, mais il m'était impossible d'ouvrir l'œil en permanence. L'intrus parvint à chasser du jardin tous ses rivaux potentiels, puis entreprit de capter l'attention de Star. Il prit position à proximité du nichoir, s'entêtant à lui chanter toujours les trois mêmes notes. Star faisait semblant de ne pas le voir. L'étranger tenta toutes sortes de méthodes pour se faire remarquer d'elle, allant jusqu'à imiter son propre accord à deux notes, ce qui la dissuada définitivement de s'en servir elle-même. Le plus ennuyeux était son appétit insatiable pour les graines et les insectes du jardin. Je m'efforçais d'augmenter la ration de Star et lui donnais une noisette dès qu'elle venait me voir, mais elle préférait apporter à ses petits ce qu'elle avait elle-même trouvé dans la nature.

Le 30 mai, les quatres premiers oisillons quittèrent le nid, suivis le lendemain par les trois autres. En réalité, ils étaient encore trop jeunes pour voler de leurs propres ailes et restaient donc dans les parages, au pied du chêne. Star les protégeait bec et ongles, refoulant par exemple un moineau qui comptait prendre leur place et qui finit par s'enfuir, terrifié. Bien fait : ces maudits moineaux se croient vraiment tout permis. Cela ne suffit pourtant pas à sauver les enfants de Star : deux jours plus tard, ils avaient presque tous péri et leur mère emmena les survivants de l'autre côté de la route, en sécurité, loin de l'intrus qu'elle voulait visiblement éviter à tout prix. En revanche, elle revenait souvent chercher de la nourriture à ma table.

Ce printemps-là, nos liens se renforcèrent et elle se rapprocha de moi, sans doute parce qu'elle n'avait plus de compagnon désormais. Tête-Chauve était mort l'année précédente et, de l'ancienne génération, il ne restait plus que Monocle, qui n'avait jamais été sa grande amie. En juillet arriva le temps de la mue. Star ne dormait toujours pas à la maison, mais durant la journée elle recherchait souvent ma compagnie. À la mi-août, elle commença à manifester un comportement plutôt étrange, gonflant parfois ses plumes comme pour me chasser. Nous ne nous étions jamais exercées au jeu des nombres avant le mois de septembre et c'est pourquoi je ne fis pas tout de suite le lien, jusqu'au matin où elle reprit sa pose caractéristique. Je frappai deux coups sur la table et, pardi, elle les répéta aussitôt, ravie que j'aie enfin compris ce qu'elle voulait.

1944

— Gwennie !

Sur le quai de la gare, ma sœur agite les bras comme si elle allait se noyer.

— C'est formidable que tu sois venue.

Je l'embrasse. Son visage a la peau flasque d'une vieille femme, elle dégage une odeur inhabituelle. Le blond de ses cheveux a viré au blanc.

— Est-ce que tu es malade ?

Elle fronce les sourcils.

— Comment ça ?

Ses doigts se crispent autour de mon poignet.

— Tu as tellement maigri…

— C'est la guerre, Gwen. Tout le monde ne vit pas dans une zone où il y a encore à manger.

— Nous serons vite rendues.

Le trajet à pied depuis Hassocks dure une bonne demi-heure.

Le ciel a une couleur de cendre, le monde est si vaste. Une fine couche de glace recouvre le chemin qui longe la voie ferrée. L'herbe craque sous nos pieds. La semelle gauche d'Olive bâille.

— Tu veux mes chaussures ?

— Non.

Elle parle d'une voix faible, hors d'haleine. Nous ne marchons pourtant pas si vite.

— Comme c'est beau, ces collines…

— Si tu as le temps, nous pourrons aller faire une promenade à Ditchling Beacon.

C'est l'ancien poste d'observation – je ne sais pas si elle est capable de grimper jusque-là.

Accrochée à mon bras, elle me dit que Dudley a contracté une pneumonie à cause des pluies de l'automne. Ma mère ne sait parfois plus où elle est, ne reconnaît plus Olive.

— Elle a aussi arrêté de boire. C'est l'un des avantages de la guerre. La première année, nous avions encore plus qu'assez de gin en réserve, mais maman n'a jamais brillé par son sens de l'économie. Ça fait trois ans qu'elle est d'une humeur massacrante.

Je ris.

— Et toi ? Comment s'est terminée ton histoire avec Timothy ?

— Après le déménagement, nous avons correspondu encore quelque temps. Et puis, en 1940, il est parti vivre à Manchester avec sa femme. Elle vient de là-bas, ses parents réclamaient son retour depuis des années. Il n'a plus donné de nouvelles par la suite.

Ses yeux se troublent comme du verre embué.

— Il te manque ?

Un merle – inconnu au bataillon – s'envole du noisetier voisin.

Olive fait non de la tête.

— Nous avons deux petites évacuées à la maison, six et huit ans. C'était trop dangereux pour elles de rester à Londres, avec les bombardements. Des fillettes adorables, mais pauvres ! Elles portaient des pull-overs tricotés avec des fins de pelote. Nous les avons rhabillées de pied en cap. Dans le jardin, elles ne savent pas où donner de la tête avec tous ces oiseaux, ces poules… L'école est souvent fermée, alors je les emmène en promenade – à leur arrivée, elles ne savaient même pas distinguer un moineau d'une mésange ! La plage leur plaît beaucoup, elles peuvent y passer des heures à chercher des coques, des praires, des couteaux.

Nous arrivons devant le pré des oies rieuses, qui s'enfuient à notre approche. Ces dernières années, à force d'être chassées comme du gibier, elles deviennent de plus en plus farouches.

Au village, Olive insiste pour monter voir l'église et son ancien cimetière, qui offre une belle perspective sur Lewes Road, South Street et tout là-bas jusqu'à la ligne de crête.

— L'été, les hirondelles viennent nicher ici. J'aime beaucoup observer leurs petits – ils sont si folâtres.

Comprendre le monde en volant, cartographier la surface de la Terre, être juste assez léger…

— Qu'est-ce qu'on voit loin !

Son souffle est court, irrégulier.

Je lui montre en contrebas la maison d'Anne de Clèves, qu'Henri VIII lui laissa lors de leur divorce. Nous redescendons l'escalier en pente raide et traversons la rue. Je lui prends la valise. Sa main est froide, osseuse. Son corps semble décharné, elle se tient comme une vieillarde. Moi aussi, je suis vieille. J'ai cessé d'avoir mes lunes après le départ de Paul. Nous parcourons le dernier mile sans dire un mot. L'air sent la fumée, peut-être des ordures que l'on brûle. Entre les branches du sapin d'en face, quelque chose bouge, ou bien quelqu'un. La semaine dernière, j'ai vu s'y poser une bondrée.

À la maison, je fais du feu – la nuit est déjà tombée, c'est l'hiver. Je sers à Olive la tranche de cake offerte par Mary. Elle se jette dessus.

— J'ai aussi du pain et de la soupe, mais ce n'est pas grand-chose.

— Plus que chez nous en tout cas.

Elle enfourne la dernière bouchée.

— Tous ces nichoirs dans ton salon : ça aurait bien plu à papa.

Elle ne semble pas dégoûtée, contrairement à l'Olive d'avant. Ses paupières se ferment, elle tourne son visage vers le feu.

— Paul est passé ici récemment. Avant Noël. Quelques jours. Il avait des ennuis avec l'armée, il a fait étape chez moi avant de repartir vers le nord – pour rejoindre un ami. Depuis, je n'ai plus entendu parler de lui.

Olive écarquille les yeux, son regard balaie mon visage à la manière d'une lampe torche.

— Tu n'es pas au courant ?

— De quoi ?

— C'était un traître. Ils l'ont arrêté en janvier à Londres et il a été exécuté.

J'inspire un grand coup.

— Il y avait un article dans le journal.

Tout le monde sait que l'innocence est impossible à prouver. Mes joues sont en feu, tandis que les sensations ont totalement déserté le reste de mon corps. Olive me touche le bras.

— Désolée. Je ne savais pas que vous étiez toujours en contact. Autrement, je t'aurais avertie.

Boldo entre par la fenêtre et ressort aussitôt en voyant que la lampe est allumée. Les oiseaux n'aiment pas l'éclairage artificiel.

Il aurait pu couper du bois, personne ne l'aurait jamais su. Je secoue la tête, la lumière éclate à l'infini devant moi, une bûche se brise dans la cheminée.

*

Les Alford n'avaient plus de beurre, de fromage ni même de lait. Nous marchons sans un mot en direction de la ferme suivante. Les arbres qui bordent Spatham Lane sont dépouillés, lignes dures griffant le ciel gris. Aucun oiseau en vue.

Olive avance, les épaules tombantes et la tête basse, petit âne épuisé. Les arbres se font arbustes, puis champs, puis de nouveau arbres. À l'horizon, les nuages sont presque noirs.

— Est-ce qu'il va pleuvoir ? demande-t-elle d'une voix éraillée.

— Je ne sais pas.

— Je t'avais pourtant dit que je venais. Tu n'aurais pas pu aller en chercher avant ?

— Comment ça ?

Elle pointe le doigt vers des bâtiments de ferme au loin.

— Vous avez tout de même assez à manger par ici !

Je lui réponds que c'est à peine suffisant, que je dois aussi battre la campagne pour nourrir mes oiseaux. Elle me dévisage comme la renarde que j'avais dérangée l'été dernier par accident alors qu'elle allaitait ses petits.

— Olive, est-ce que tu es heureuse auprès de maman et de Dudley ?

— Quelle drôle de question !

Elle s'immobilise.

— Cela t'est peut-être égal d'abandonner les gens, mais pas moi.

Je me remets en marche, elle suit.

— Il est tout à fait naturel que les enfants partent vivre leur vie.

— C'est facile à dire pour toi.

— Je n'ai abandonné personne.

Encore ce regard.

— Tu ne viens jamais nous voir. Maman a beaucoup souffert de ton départ. Et il faut bien que quelqu'un s'occupe de Dudley.

Le ciel s'assombrit. Je presse le pas, Olive reste un peu en retrait. Je vais lui prendre le bras.

— Il ne faut pas traîner, nous avons encore du chemin avant d'arriver à la ferme.

*

L'aube a mouillé les chemins herbeux. La pointe de mes souliers dégouline. J'agite le bras jusqu'à ce que le train ait disparu. Olive a emporté deux sacs de vivres, nous avons passé la journée d'hier à faire la tournée des fermes et des vergers. Elle porte mes bonnes chaussures. J'espère que son séjour n'aura pas trop dérangé les oiseaux. Les mois qui viennent seront pour le moins difficiles. Une auto s'approche, soldats, klaxon. Je lève la main, leur fais signe de circuler.

Traître. Je redresse le col de mon manteau. Il mentait : cet ami dans le Nord n'était qu'une invention, je le savais et c'est pourquoi je voulais qu'il s'en aille. Parce qu'il m'avait déjà menti. S'il avait dit la vérité, il aurait pu rester. Peut-être faut-il que je retrouve cette fille, que je sache ce qui s'est réellement produit. Je dois aussi écrire à Patricia.

Deux jeunes garçons s'amusent près du plan d'eau – des écoliers, dix ans tout au plus. Ils lancent des cailloux.

— Arrêtez ça tout de suite !

Je m'avance vers eux d'un pas ferme.

— Et pourquoi ? demande le plus petit en rabattant sa casquette sur son front.

— Vous devriez avoir honte ! Jeter des pierres aux poules d'eau !

Le plus grand bégaie.

— On fait des ricochets.

— Si vous continuez, je vais prévenir vos parents et ce sera la fessée…

— On vise pas les oiseaux !

Les poules d'eau se sont cachées dans les roseaux, sur la berge d'en face, et nous surveillent attentivement.

Au bout de la rue, je me retourne. Les gamins sont encore là. Ils semblent bel et bien faire des ricochets.

Je frappe à la vitrine de l'épicerie et salue de la main. Theo me fait signe d'entrer.

— Une tasse de thé ? Il fait si froid… Ta sœur est repartie ?

Il écoute encore un instant les nouvelles avant de couper la radio.

— Je viens de la raccompagner au train.

— Assieds-toi donc.

Le stock du magasin a fondu, les étagères sont à moitié vides. Theo a donné du savon, de la farine et du thé à Olive, bien trop, elle aurait protesté si le besoin n'avait été aussi grand.

Je triture un petit bout de peau qui se détache au bord d'un de mes ongles. Vieille pelure, vieille corne, cellules mortes.

— On dit que l'Allemagne a perdu la plus grande partie de ses troupes. Il n'y en aurait plus pour très longtemps.

— Ce serait bien, j'ai beaucoup de mal à trouver du beurre pour les oiseaux. Sans cela, mes recherches pourraient ne jamais aboutir…

Je rédige en ce moment un article sur l'intelligence des oiseaux pour *The Countrygoer*.

— Gwen, il y a eu des millions de morts sur le continent. Des gens comme toi et moi. Des enfants. Sans vouloir nier l'intérêt de tes recherches, je pense qu'elles sont d'un tout autre ordre.

Il me verse du thé, ajoute un peu de sucre, un nuage de lait, et lève les yeux vers moi.

— D'autant que ce n'est pas le premier hiver rigoureux qu'on connaît par ici. Les oiseaux vont se débrouiller.

Je prends ma tasse, souffle sur le thé.

— Quelque chose ne va pas ?

— Olive m'a dit qu'un de nos amis avait été fusillé. Un ami d'autrefois, très proche, un poète. Trahison. Apparemment. C'est dur à imaginer.

— La guerre a des effets bizarres sur les gens.

Il hausse les épaules. Dans la vie, ce sont des choses qui arrivent. Aux meilleurs d'entre nous.

— J'étais amoureuse de lui. Dans ma jeunesse. Mais il fréquentait ma cousine. Une sacrée charmeuse, celle-là…

— Veux-tu encore du thé ?

La boisson du réconfort.

Je fais non de la tête.

— Comment vont Mary et les enfants ?

— Linda n'arrête pas de tousser, Timmy a de l'énergie à revendre.

Il rit.

— Je serai content lorsque l'hiver sera fini et que je pourrai les envoyer jouer dehors. Mary encore davantage.

Pendant que nous parlions, un moineau est venu se poser sur l'appui de fenêtre. Il picore dans les feuilles mortes accumulées contre la vitre, sans doute à la recherche d'insectes. Je parle à Theo de ma sœur, lui dis qu'Olive occupe à présent la place laissée par notre père.

— Il y a encore une semaine, j'ignorais complètement que tu avais une sœur. C'est drôle qu'ils soient tous restés ensemble alors que toi, tu es partie.

— Olive n'avait pas l'audace de s'en aller.

Je repousse la tasse.

— Ils ne voulaient pas non plus que je parte. Quand j'étais petite, ma mère m'habillait souvent de robes trop étroites, car elle aimait les tailles fines. J'avais toujours l'impression de devoir retenir mon souffle.

La pénombre s'installe peu à peu. Je charge Theo de passer le bonjour à Mary, enfile mon manteau. Le souvenir de Paul flotte autour de moi comme un esprit. Présence de l'absence.

— Tiens bon, dit Theo en mimant une sorte de pichenette pour me mettre sur ma lancée.

Je repars, portée par l'hiver, à la rencontre de l'obscurité – sur la colline, le bleu s'assombrit autour de moi. Les mésanges ne m'ont pas attendue pour regagner leur couche. J'attrape mon violon, cherche un morceau pénible à jouer. Bartók, mes doigts gourds et mon corps, machine rouillée. Toute la musique est entreposée là, mais un peu plus profondément qu'autrefois.

Perdre, c'est comprendre que rien ne vous a jamais appartenu.

Être triste, c'est comprendre que l'espérance a disparu, ou ne pas encore tout à fait le comprendre.

Star 12

Le 10 septembre, Star vint se poser sur l'accoudoir du fauteuil vert, tête baissée, montrant ainsi qu'elle voulait jouer au jeu des nombres. Je l'emmenai près de la fenêtre et toquai trois coups sur le châssis, qu'elle reprit aussitôt. Le lendemain, juste au moment où nous allions commencer, Dadou se présenta devant nous. Star et elle se disputaient le terrain arboré à l'ouest du cottage. Comme Dadou avait un compagnon, Presto, elle dominait Star dans la hiérarchie des oiseaux et pouvait donc la refouler si tel était son bon plaisir. Dadou se précipita vers sa rivale, puis vers moi, mais je ne me laissai pas impressionner et appelai Star pour lui donner une noisette. Elle vint chercher la friandise et s'envola par le vasistas. Elle reparut environ une demi-heure plus tard, prête à jouer, agitant la queue pour signifier aux charbonnières présentes dans la pièce voisine qu'elle ne voulait pas être dérangée. Le jour d'après, elle refusa d'entrer dans la maison. Je sortis la retrouver près du petit banc de bois et tapai sur le dossier, mais elle s'en effraya et prit la fuite. Elle n'était pas habituée à pratiquer cet exercice dans le jardin et avait vu dans mon geste une marque d'hostilité, les mésanges ne frappant généralement du bec sur une surface dure que pour éloigner leurs semblables. De plus, lorsqu'elle jouait à compter, elle relevait ses plumes frontales, signe qu'il s'agissait bien d'une expérience et qu'elle ne cherchait pas à me faire fuir.

La dernière semaine de septembre, les autres charbonnières se remirent à déchirer du papier et à donner des coups de bec sur l'abat-jour du lampadaire, ce qui dérangeait fortement Star. Nos exercices étaient brefs et souvent interrompus. À cela s'ajoutaient ses escarmouches avec Dadou ainsi que le retour au jardin du fâcheux inconnu. Un après-midi, Monocle vint observer notre séance de comptage. Agacée par sa présence, Star frappa quatre coups au lieu de cinq. Je donnai une noisette à Monocle et elle partit, comme je l'avais souhaité. Star voulut reprendre l'exercice immédiatement. Il n'y avait plus aucune trace de la jalousie qu'elle manifestait chaque fois qu'un autre oiseau recevait une noisette avant elle, le comptage lui-même semblait importer davantage à ses yeux. Cet automne-là, elle se désintéressa entièrement des mâles et redoubla d'attention pendant nos activités expérimentales, se prêtant au jeu dès que nous nous retrouvions.

1949

Lumière d'argent, soleil embrumé. Les prés infinis prennent un ton gris tendre avant de se fondre dans le ciel. Les oiseaux se sont levés tard ce matin. À huit heures et demie, Tessa n'avait pas encore quitté sa boîte. Le froid imprègne ma peau, j'en tremble. Je savais déjà hier qu'il y aurait du brouillard. Les oiseaux ont la faculté de prévoir le temps : un jour, j'ai observé qu'ils déployaient un zèle particulier pour trouver de la nourriture et, le lendemain, il commençait à pleuvoir pour trois semaines d'affilée. Une autre fois, j'ai remarqué qu'ils ne s'éloignaient pas de la maison – c'était quelques heures avant l'arrivée d'un orage. Leur prescience météorologique ne m'étonne plus. Moi-même, la semaine passée, j'ai eu le sentiment que l'atmosphère se réchaufferait d'un coup. Est-ce parce que je vis depuis longtemps à la campagne que je peux maintenant prédire le temps ? Je pense plutôt que ce sont les oiseaux qui me l'ont appris. Ou peut-être que j'ai la capacité de décrypter leur comportement, sans pour autant en être tout à fait consciente.

Près de la mangeoire, Star vient se poser sur mon épaule. J'attrape une noisette dans la poche de mon tablier et la lui offre. Il faudra qu'elle soit rentrée tout à l'heure pour la séance de photographie – comme je l'ai dit au journaliste, mes charbonnières ont peur des étrangers, rien n'est garanti.

J'approvisionne encore une fois la mangeoire – pain, lard, fromages, raisins secs – pour attirer les autres oiseaux.

— Bonjour !

Roger, de la célèbre revue d'ornithologie *British Birds*, abrite son appareil photographique sous son manteau de tweed brun. Ses sourcils charbonneux sont humectés de brouillard.

— Je pensais que vous viendriez en compagnie de Joseph.

— Il nous rejoint tout à l'heure, son train avait du retard, mais je ne voulais pas vous faire attendre, me dit Roger avec un sourire en coin. Et pour les petits oiseaux, c'est mieux le matin, non ?

Les petits oiseaux… Je m'efforce de sourire pour dissimuler mon agacement. Joseph, lui, n'est pas aussi affecté.

— Une tasse de thé ? Asseyez-vous.

Je lui indique la table. Avant de prendre place, il essuie rapidement la chaise du plat de la main.

— Nous avons parlé de vous à la rédaction. Votre papier sur le chant des oiseaux a reçu un très bon accueil et c'est pourquoi nous vous proposons la chose suivante : après l'interview d'aujourd'hui, qui sera publiée la semaine prochaine, vous nous écrirez une série de six articles. Il pourra y en avoir d'autres si la formule donne satisfaction.

Je pose sa tasse devant lui. Les oiseaux. C'est pour eux que je fais tout cela, je dois garder cette idée en tête, ne pas laisser mon irritation tout gâcher.

— Cela me semble une très bonne idée.

Encore un sourire et tout ira bien.

Nous nous accordons sur les dates de remise et sur la rétribution, puis Joseph se présente, haletant, le visage couvert de rougeurs et les cheveux plaqués au crâne.

— Désolé. Avec ce temps, je me suis perdu. La voisine de derrière a dû m'accompagner jusqu'au début de l'allée tellement j'étais désorienté, gauche, droite, je ne savais plus où j'étais. Ah, une tasse de thé, parfait ! Ravi de vous revoir, Gwendolen. Très bien, ce papier sur les variations vocales… Vous avez impressionné toute la rédaction. Pardon, je bavarde. Pff, pas fâché d'être enfin arrivé à destination !

Barbe-Bleue fait irruption dans la salle de séjour et repart à tire-d'aile dès qu'il aperçoit mes invités.

L'interview commence par des questions sur les mésanges charbonnières. Je raconte qu'au bout de deux ou trois semaines elles avaient compris que je ne leur ferais pas de mal et qu'elles pouvaient entrer sans risque dans le cottage. Joseph prend des notes, ponctuant mes propos de petits « hmm » approbateurs.

— Au fait, comment vous êtes-vous retrouvée ici ?

Il écarte une mèche qui tombe sur ses yeux.

— Est-ce important ?

— Nos lecteurs voudront sans doute le savoir.

— Je me suis toujours intéressée aux oiseaux. Quand j'étais enfant, mon père recueillait des petits tombés du nid et les soignait à la maison. Nous avions même une corneille apprivoisée.

Se pourrait-il que Charles soit toujours vivant ?

Joseph continue l'interview, chacune de mes réponses contribue à dresser autour de moi une muraille invisible. Il saisit l'appareil de son collègue pour photographier Star, qui s'est perchée sur mon épaule.

— Tiens, encore une mésange ! s'exclame Roger en pointant le doigt vers elle, qui s'enfuit aussitôt.

— Je crois que nous avons bientôt terminé, dis-je.

Roger se lève. Il se dirige vers mon lit, observe les boîtes en carton accrochées sur les murs, au plafond, les prend en photo. C'est ma chambre, leur chambre. Je regarde Joseph. Il hausse les épaules. Roger poursuit son exploration du cottage. La colère s'empare de moi comme une fièvre.

— Il est en train de toutes les chasser !

— Je reviendrai une autre fois, seul. Il ne le saura pas, assure Joseph avec une petite tape sur mon épaule. Il faut qu'on y aille. J'ai encore deux interviews aujourd'hui. Tu viens, Roger ?

Le couloir est désert. Roger se tient dans la cuisine, devant l'évier, prêt à déclencher. Sur la tringle à rideaux, Bertie est tétanisé. Je m'interpose.

— Ne t'en fais pas, Bertie. Il s'en va tout de suite.

Puis j'ajoute pour Roger :

— Vous lui faites peur.

Bertie est un petit être farouche au regard pénétrant. Il aime jouer avec mes lacets.

— Une seconde, j'y suis presque. Encore un peu plus près et je l'ai…

— Non. Ça suffit.

Il essaie de me contourner, brandissant l'appareil, trébuche sur un pied de chaise et s'effondre comme un sac de pommes de terre. Bertie piaille, recule, tente de s'envoler, mais, dans la panique, se retrouve coincé entre la tringle et le mur.

— Vous êtes content ?

J'ai parlé à voix basse afin de ne pas aggraver la situation. Puis j'écarte Roger d'un geste vigoureux pour aller chercher l'escabeau dans le placard de l'entrée. Ne bouge pas, Bertie, sinon tu vas te casser quelque chose.

— Joseph, emmenez votre collègue.

Je grimpe sur l'escabeau et attrape Bertie, qui heureusement n'offre aucune résistance.

— Viens là, bonhomme.

De la main gauche, je tiens le petit corps juste au-dessous des ailes tandis que ma main droite s'engage derrière la tringle, le poussant vers le haut. Il s'agit de plier les doigts pour former une sorte de cage, sans exercer de pression ni de force ; quand ils sentent qu'ils peuvent bouger, les oiseaux se laissent faire, alors qu'ils se débattraient sous la contrainte. Pendant ce temps, Roger prend des photographies. Je redescends, inspecte les pattes de Bertie – rien ne paraît cassé – ainsi que ses ailes, également intactes. Son cœur bat à tout rompre et il laisse entendre un sifflement que je ne lui connaissais pas.

— Fichez le camp, dis-je à Roger. Et j'exige de voir les photos avant parution.

— C'est entendu, Gwen, promet Joseph.

Il déglutit et tripote nerveusement l'ourlet de son veston.

Je leur ouvre la porte en tremblant. Jamais, plus jamais je n'accepterai d'étrangers chez moi ! Theo, Mary, Garth et puis c'est tout.

Le téléphone sonne. Dans le séjour, il n'y a pas un oiseau en vue.

— Bonjour, Garth à l'appareil. Comment s'est passée l'interview ?

— Un désastre. Joseph est plutôt sympathique, mais ce Roger… Quel olibrius !

Je lui parle de la prise de vues avec Bertie, de la chute maladroite.

Garth lâche un rire hésitant.

— Pardon. Je comprends que ce soit très ennuyeux pour toi, et surtout pour les oiseaux, mais je ne peux pas m'empêcher d'imaginer la scène.

Cette fois, il s'esclaffe pour de bon.

— Tu l'as vraiment bousculé comme ça ?

Je ris aussi, malgré moi. Quelle farce…

Lorsque je raccroche, tout est calme dans la maison – trop calme. J'appelle Star, puis Tête-Chauve, en vain.

Inviter ces gens était une erreur. Pure vanité. Ce coup de projecteur sur l'histoire de ma vie n'apporte rien aux oiseaux. J'appelle de nouveau Star. Ce que je veux, c'est que le public apprenne à connaître les oiseaux, à les comprendre, à mieux les traiter. Ils sont de moins en moins nombreux dans les jardins, souvent aménagés sans tenir compte d'eux, au point même que certaines espèces ont pratiquement disparu. En outre, l'idée que l'on se fait d'eux correspond rarement à la réalité. Mais je me berce peut-être d'illusions. Mes oiseaux n'ont absolument rien à gagner dans tout cela.

*

Ciel rosé, ciel rouge. Je pose une assiette de graines sur la table-mangeoire, rentre chercher un gilet – les matins sont encore froids. À mon retour, c'est un va-et-vient d'oiseaux. Ils sont tous là : Barbe-Bleue, Monocle, Tête-Chauve, Star, Tinky, Tipsey, les jeunes – Perry et Joss, nés l'été dernier, un peu plus loin les enfants de Tinky et de Monocle, qui viennent tout juste de quitter le nid. Je bois mon thé. Tinky se pose à côté de moi sur le banc, les petits font du rase-mottes au-dessus de ma tête. Leur père chante quelques notes à l'intention de Monocle, qui mange sans faire attention à lui.

— Bonjour.

Le plombier, un quinquagénaire décharné en bleu de chauffe, est déjà là. Je l'emmène dans la cuisine et lui montre le robinet qui fuit. L'homme est tranquille, ne fait pas un geste de trop, parle d'une voix égale et douce – les oiseaux paraissent à peine remarquer sa présence.

Lorsqu'il interrompt son travail pour venir boire une tasse de thé dans le salon, il aperçoit les mésanges installées autour de moi.

— Ils sont vraiment sauvages, ces oiseaux ? Vous les auriez couvés vous-même que ça ne m'étonnerait pas.

Il soulève sa casquette et gratte son crâne chauve.

— Ils savent qu'ils n'ont rien à craindre de moi.

Tipsey se pose sur mon épaule, mais le plombier la fait fuir en bougeant le bras.

— En fait, ça devrait toujours être comme ça.

— Vous savez, ce n'est pas non plus de tout repos, lui dis-je en désignant les journaux qui protègent le canapé, les rideaux déchirés, les creux à la surface du piano. Je dois faire le ménage tous les jours.

— Vous exagérez peut-être un peu en les laissant dormir à l'intérieur, mais c'est bien beau, cette harmonie.

Il donne une petite tape sur la table, bonne vieille table, et retourne à son ouvrage.

J'acquiesce. Pourtant… Il ne s'agit pas seulement de tout le temps consacré aux oiseaux : il est simplement impossible de ne pas s'attacher à chacun – et d'ailleurs, ils ne vivent pas si longtemps.

De l'autre côté de la vitre, Tinky et Monocle atterrissent sur la mangeoire. Il se donne du mal pour elle, décline l'intégralité de son répertoire de sauts, d'attitudes, de chants et de regards. Elle lui accorde un instant d'attention, puis se détourne résolument. Dès qu'il reparaît dans son champ de vision, elle s'éloigne d'un coup d'aile.

Je débarrasse la machine à écrire du tissu rouge pâli qui la recouvre. Je n'ai pas encore inséré le papier que Tête-Chauve prend déjà position sur les touches. Star se perche sur ma main.

— Déguerpissez, vous deux !

Je secoue gentiment la main – mon intention n'est pas de leur faire peur. Star va se poser sur la table et m'observe. Tête-Chauve décolle de quelques centimètres, mais revient aussitôt à son point de départ. Je claque la langue pour le chasser avant qu'il ait le temps de souiller la machine à écrire. Il fait un saut de côté, se retrouve sur la table, me regarde un moment tête penchée, puis file par la fenêtre. Star le suit.

Mon nouvel article porte sur le premier ménage de Tête-Chauve, avec Jane et Grisa. Les deux femelles s'étaient disputé pendant des semaines le grand nichoir du pommier derrière la maison jusqu'à ce que, pour une raison mystérieuse, elles finissent par y emménager ensemble. Je n'avais encore rien vu de tel et ne le reverrais plus jamais par la suite. Le compagnon de Jane était mort l'hiver précédent. Quant à Grisa, elle vivait seule. Tête-Chauve, alors jeune et vigoureux, s'intéressait à leur territoire et à la boîte qui abritait leur nid. Il fit la cour à l'une et à l'autre avant de se mettre en ménage avec Jane. Celle-ci était une chanteuse admirable, meilleure que la plupart des mâles – on croit souvent que ce sont les seuls à bien chanter, mais c'est une idée préconçue : les femelles chantent aussi et il existe à cet égard de grandes différences entre les individus. C'est peut-être grâce à sa voix d'or que Jane obtint la préférence de Tête-Chauve.

Cet été-là, Grisa ne quitta pas cette partie du verger, suivant Jane comme une ombre, ce qui ne sembla pas gêner le couple. Ce n'est qu'après avoir pondu que Jane la chassa du nid. Grisa élut domicile non loin, aménageant en quelques jours son propre nichoir à l'aide de fils de couleur tirés de mes tapis. Tête-Chauve lui rendait visite de temps en temps et tous les trois vécurent un certain temps ainsi, en harmonie. Pendant la couvaison, il partageait ses journées entre Jane et Grisa, leur apportant de la nourriture et leur accordant la même attention. Toutes deux réclamaient leur pitance de la même façon : elles battaient des ailes en piaillant comme des nouveau-nés.

Début mai, la couvée de Jane sortit de l'œuf et Tête-Chauve se désintéressa tout à fait de Grisa. Quelques jours plus tard, lorsque ses petits brisèrent eux aussi leur coquille, Grisa rejoignit avec enthousiasme Jane et Tête-Chauve, qui l'ignorèrent superbement. Elle insista auprès de Tête-Chauve, poussant des cris de plus en plus sonores – on aurait dit les pleurs d'un bébé. À la mi-mai, elle se résolut à venir chercher un peu de fromage auprès de moi et je l'aidai à nourrir sa progéniture. Dès qu'elle voyait Jane ou Tête-Chauve, elle les appelait. Ils persistaient à faire la sourde oreille. Grisa s'occupait donc seule de ses oisillons et, avec mon aide, ne manquait pas de nourriture pour eux. Elle-même ne mangeait presque rien.

Peu après, ne la voyant plus venir à la mangeoire, je la cherchai et la trouvai guettant sous l'arbre de Jane et de Tête-Chauve. Chaque fois qu'ils la survolaient, le bec empli de nourriture pour leur nichée, elle tentait en vain d'attirer leur attention. Ses cris étaient si plaintifs, ses battements d'ailes si désespérés que j'en eus mal au cœur. Elle semblait avoir complètement oublié ses petits. Elle mourut dans l'après-midi, d'épuisement et de chagrin, et ses enfants ne lui survécurent que quelques heures.

Je me relis. Si mes articles précédents ont dans l'ensemble reçu un accueil favorable, certains lecteurs ont également formulé des critiques. Les gens estiment que je prête aux oiseaux des caractéristiques humaines. Ils ne comprennent pas que celles-ci ne sont pas propres aux humains. Les oiseaux peuvent aussi aimer, se disputer, ressentir de la tristesse. Tout ce que je relate est le fruit de mes observations. Peut-être ne devrais-je pas écrire que Grisa est morte de chagrin ni que ses gestes étaient désespérés. Inhabituels, agités, d'une grande intensité – il n'y a pas de mot plus désespéré que « désespéré ».

Était-ce bien du désespoir ? Je pense au sentiment que j'aurais éprouvé moi-même dans cette situation... Le mot « désespoir » est-il trop grand pour une si petite bête ? C'est en tout cas la meilleure description de ce que j'ai vu.

Je me lève, fais le tour de la table. Tête-Chauve se pose sur la machine à écrire.

— Va-t'en, petit filou !

Je retire le papier, couvre de nouveau la machine.

— Qu'en penses-tu, Tête-Chauve ? T'arrive-t-il d'ailleurs de penser ?

Il s'envole par la fenêtre, en ligne droite au-delà de la haie, sans un regard en arrière.

*

Au lendemain de la publication de mon sixième article, Roger m'appelle au téléphone.

— Gwen, nous avons une proposition à vous faire.

Perry est occupé à tirer les fils de ma chaussette, j'essaie de le chasser en secouant le pied.

— Oui ?

— Est-ce que cela vous dirait d'écrire un livre ?

Le ton est solennel. Je remue les orteils, ce qui n'a aucun effet sur Perry, tends la jambe et donne de petits coups de pied en l'air.

— Je ne pense pas en avoir le temps.

Joss vient se joindre à Perry en s'attaquant à mon autre pied, picotant mes chaussettes – c'est peut-être la laine qui les attire. Je les repousse de la main. Il faudra que j'achète des asticots pour eux cet après-midi.

— Nous vous paierons une avance.

Je frotte un pied contre l'autre, les oiseaux s'envolent et reviennent aussitôt.

— Allez, du vent, leur dis-je avec fermeté.

— C'est l'occasion de faire connaître vos recherches, de changer le regard du public sur les oiseaux. Vous aurez le choix des sujets à traiter.

J'éloigne à nouveau les deux mésanges. Joss s'en va pour de bon, mais Perry revient à la charge.

— Je vais y réfléchir.

Les articles me prennent déjà tant de temps, je ne me vois absolument pas rédiger tout un livre sur ces oiseaux... D'un autre côté, cela me permettrait de raconter leur vie plus en détail et de décrire leurs relations mutuelles. Je raccroche, avance la main vers Perry pour le chasser.

— Ça suffit maintenant !

Il prend peur, s'envole et je m'en veux aussitôt, mes chaussettes peuvent bien se passer de quelques brins de laine...

— Bon, d'accord, vas-y.

Il reste à distance, près de la fenêtre. Pourtant, à peine me suis-je remise à table avec mon bloc à dessin qu'il revient sur mon pied, l'air extrêmement satisfait. Je le vois emporter un fil vers son nichoir, puis réapparaître pour en prendre un autre.

Il continue ainsi pendant un moment, avec entrain. J'attrape mon carnet de notes. Perry a jeté son dévolu sur un brin de laine rouge en bordure de ma chaussette. Les oiseaux pensent en agissant, mais peut-être le faisons-nous aussi.

*

Je passe en revue les articles écrits jusqu'à présent. Si tout n'est pas à reprendre dans le livre, les biographies des oiseaux y ont assurément leur place. De même que la description de leurs jeux, de leurs chants, de leurs rencontres et de leurs liens conjugaux. Je feuillette mes cahiers noircis de notes. Il n'est pas sûr que les gens veuillent savoir qui aime le fromage et qui ne l'aime pas, ou combien de fois Star entre et sort de la maison chaque jour. Joss vient se percher sur ma main, puis sur ma tête. Peu importe ce que veulent les gens : je dois rendre justice aux oiseaux, à leur existence, à leur univers.

On frappe doucement à l'entrée.

— Salut, Gwen.

Theo passe la tête par l'embrasure, puis, avec lenteur, ouvre grand la porte.

— Bonjour.

— Du nouveau dans tes recherches ?

Il s'approche de la table.

— On m'a demandé si je voulais écrire un livre.

Je désigne une chaise, mais il reste debout.

— Mais c'est très bien, ça…

— Qu'est-ce qui t'amène ?

J'essaie de réprimer mon agacement, c'est la deuxième fois que l'on me dérange aujourd'hui.

— Tu es au courant ?

Il est rarement aussi emprunté.

— Au courant de quoi ?

Il pose un journal devant moi. « L'hurluberlue de Ditchling a une cervelle d'oiseau ». L'article est illustré par une caricature de sorcière verruqueuse au nez crochu.

— C'est censé me représenter, ça ?

Il hoche la tête, sans oser me regarder en face. Je ris.

— Et qu'est-ce qu'ils racontent sur moi ?

Theo rit aussi, soulagé.

— Que tu prétends faire des recherches scientifiques sans avoir aucun diplôme et que tu écris des choses entièrement inventées.

— La première partie est exacte et je ne vais pas m'en défendre. Le reste est faux, tout le monde peut le vérifier.

Il y a quelques semaines, un journaliste est venu m'interviewer pour une revue d'ornithologie. Je lui ai servi du cake de chez Theo, il m'a bombardée de questions et n'avait pas l'air de vouloir partir. Je l'ai cru sincèrement intéressé par ma façon de vivre, jusqu'à ce que je lise son article. Il affirmait que j'étais persuadée de pouvoir parler aux oiseaux, alors que je n'avais jamais tenu de tels propos. Je lui avais seulement dit qu'ils devinaient souvent mes intentions au seul ton de ma voix, et qu'ils étaient capables de comprendre certains mots.

— Ta revue en prend aussi pour son grade, ajoute Theo.

Sa voix est un peu éraillée. Peut-être a-t-il mal dormi.

— Je sais d'où viennent ces idées ridicules et je pense que Roger en fera son affaire.

J'attrape le journal, observe le dessin de plus près.

— Plutôt ressemblant.

Tinky se pose sur le piano.

— Tu joues encore de temps en temps ?

Je suis son regard.

— Ça m'arrive. Plus souvent du piano que du violon, curieusement. À la maison, personne ne voulait me laisser faire mes gammes, car je n'étais manifestement pas très douée. Le violon, je pouvais l'étudier dans ma chambre, à l'étage, c'était moins gênant. Ma sœur, elle, jouait très bien du piano.

Voilà quelque temps que je n'ai pas reçu de nouvelles d'Olive. Je me promets sans cesse de lui écrire, mais il y a toujours autre chose de plus important à faire.

— Pourquoi es-tu venue vivre ici, au juste ?

Tinky s'envole après avoir hésité un instant.

— Si tu ne veux pas en parler, je comprends tout à fait.

Nocturne, le vieux merle qui commence toujours à chanter bien avant le lever du soleil, se présente à la fenêtre.

— La ville m'étouffait, les gens aussi.

Je siffle quelques notes à l'intention de Nocturne. Il incline la tête, s'effraie de quelque chose et ressort précipitamment. Je sursaute à mon tour – en général, je vois ce que les oiseaux voient.

Theo m'interroge du regard. Je lui souris.

— Tu veux une tasse de thé ?

Dans la cuisine, je trouve Perry juché sur le robinet. Il passe volontiers son bec dans le filet d'eau – pour boire ou pour jouer, je l'ignore, on dirait un peu des deux à la fois. J'ouvre le robinet pour lui.

Star 13

L'intrus quitta définitivement mon jardin dans les derniers jours d'octobre et Monocle se désintéressa du jeu des nombres – elle se consacrait surtout à son nouveau compagnon, Tinky. Après cela, le rôle du perturbateur échut à Tambour, que j'avais baptisé ainsi en raison de sa tendance à taper du bec sur tout ce qu'il trouvait. Son activité incessante ennuyait beaucoup Star, qui ne parvenait plus à se concentrer. Peut-être espérait-il de cette façon communiquer avec elle, s'approchant à chacun de nos exercices et frappant lui aussi sur le châssis de la fenêtre, mais sans aucune cohérence. Je tentai plusieurs fois de lui apprendre à compter, en vain : il ne comprenait absolument pas où je voulais en venir. Un matin, Tambour délogea Star du rebord de la fenêtre. La place fut aussitôt prise par Taquine. Je frappai trois fois sur la table et dis « Tape trois ». À la quatrième tentative, Taquine donna trois coups de bec sur le châssis. Cela ne se reproduisit plus jamais. Dès que j'essayais de la remettre à l'ouvrage, elle s'enfuyait dans la pièce attenante.

Un jour que Star venait de répondre à mon appel et m'avait rejointe à la fenêtre, je frappai trois coups et Tambour arriva. Il commença tout de suite à taper du bec. Star se jeta sur lui et le chassa. Il revint pour la chasser à son tour. Ils ne se disputaient pas une noisette, mais le jeu lui-même, et mon attention. Une heure plus tard, Star revenait, suivie de Tambour. Taquine arriva elle aussi et se mit à picoter le châssis de la fenêtre. Lorsqu'elle essaya de s'en prendre à Star, Tambour la chassa.

Les autres mésanges commençaient à s'agiter et Tambour les poursuivit à travers la maison.

Dès lors, Star ne vint plus à la fenêtre que très tôt le matin, pour s'exercer seule avec moi. Tambour se présentait plus tard dans la matinée, et Taquine n'arrivait que l'après-midi. Star surveillait attentivement les allées et venues de chacun et choisissait toujours un moment où les autres n'étaient pas là.

1952

— Et voilà !

Joseph brandit un petit paquet.

— Entrez donc.

Je repose à terre le seau d'eau savonneuse et m'essuie les mains sur mon tablier.

— Déjà réimprimé. Au bout d'une semaine !

Il me donne le paquet, puis fouille dans son sac pour en retirer un livre, une paire de chaussettes et une bouteille de champagne. Il pose celle-ci sur la table et rempoche le reste.

— Du champagne, si tôt ?

— Il n'y a pas d'heure pour fêter un succès ! Allez, Gwendolen, ou puis-je vous appeler Len ?

Il me flanque la bouteille dans les mains et me suit vers la cuisine.

— J'ai déjà trois demandes de traduction : pour l'Allemagne, la Hollande et l'Espagne.

— Vraiment ?

Il lève son verre, le regard triomphant.

— Santé !

Nous trinquons.

— Chut ! Pas si fort…

— Allons, allons : ces oiseaux sont eux aussi gagnants dans l'affaire. Votre livre va sûrement inciter les gens à réfléchir. Vous avancez bien pour la suite ?

Il pose son verre sur la table – encore un peu plus de bruit…

Le premier livre m'a demandé des années.

— Relativement bien. Je consigne mes observations, mais les oiseaux exigent beaucoup de temps.

— Il n'y a pas d'urgence. Toutefois, l'intérêt du public peut s'émousser rapidement et il serait bon que vous nous proposiez un premier jet vers la fin de l'année.

— Je tâcherai.

Je ne sais pas si j'ai envie d'écrire un autre livre. La matière ne manque pas, ni les idées… C'est juste qu'il m'est très difficile de les exprimer. Les gens cherchent partout la petite bête, qualifient mes recherches d'inutiles, prétendent que je fabule. Ils prennent bien plus au sérieux l'ouvrage de Konrad Lorenz, dans lequel l'auteur décrit sa cohabitation avec différentes espèces d'animaux. C'est probablement parce qu'il a des diplômes, parce qu'il publie dans des revues scientifiques, parce qu'il est un homme. Alors que ses observations sont beaucoup moins originales que les miennes. En outre, ce sont les oiseaux qui ont choisi de vivre ici, dans mon cottage, tandis que Lorenz élève ses animaux, influençant ainsi leur comportement. C'est un tout autre principe.

Balayeur atterrit dans le salon. C'est le seul rouge-gorge à s'aventurer de temps à autre dans la maison. L'an dernier, un couple est venu à deux reprises faire un petit tour à l'intérieur et avant cela – j'habitais Ditchling depuis un an et demi – un rouge-gorge se posait souvent sur le bord de ma fenêtre. Les oiseaux de cette espèce sont beaucoup plus indépendants que les mésanges. Mes détracteurs ont peut-être raison. Après tout, je pourrais avoir imaginé certaines choses… Et je ne suis pas toujours sûre de mes interprétations, du moins pas complètement. Mais je pense que les scientifiques eux-mêmes ne peuvent prétendre à une certitude totale : les conditions auront beau être maîtrisées, ils devront encore échafauder des hypothèses, s'appuyer sur des interprétations. Et puis les êtres humains aussi peuvent se montrer difficiles à lire. J'ignore par exemple ce que Joseph pense à cet instant même. Je crois que je lui plais bien, mais qu'il n'osera jamais me le dire.

J'avale une gorgée de champagne, regarde Balayeur voleter dans la pièce. Joseph prend place à table.

— Vous ne vous sentez jamais seule ?

— Non. Et vous ?

Il rit.

— Les oiseaux mis à part, n'aimeriez-vous pas avoir un peu de compagnie ?

— Vous êtes là, non ?

Cette maisonnée d'oiseaux me donne entière satisfaction. Ils sont exigeants, mais aussi très généreux.

— Je pense que vous m'avez compris.

— Voici Balayeur, dis-je en indiquant l'oiseau perché sur le manche du balai. Les rouges-gorges viennent rarement dans la maison, mais celui-ci fait exception.

— Je comprends ce qui lui a valu son nom…

Joseph s'assied au piano, joue un air populaire qui fait s'envoler Balayeur. Je bois mon champagne en silence. Talbert, le merle effronté, vient voir ce qui se passe. Star se pose sur l'appui de fenêtre, puis repart.

— Je vous suis à tous très reconnaissante, dis-je à Joseph lorsqu'il se lève. Mais surtout à vous. Pour votre dévouement.

— Len, nous sommes tout à fait contents de vous. Ah, une dernière chose.

Il pose un sac de toile sur la table.

— Des lettres de vos lecteurs.

Il vide le balluchon devant lui.

— Faut-il que je les lise toutes ?

Je choisis une enveloppe, l'ouvre, c'est un véritable roman : trois pages. « Chère madame Howard, votre livre est épatant. J'y ai retrouvé beaucoup de choses familières et j'ai l'impression que vous et moi sommes des proches de longue date. »

Je remets la lettre dans l'enveloppe.

— C'est à vous de décider.

Tipsey atterrit sur le tas de courrier, tête inclinée, puis se met à picoter le papier.

— Il a déchiré deux lettres des impôts rien que la semaine dernière.

Joseph rit.

— Vous êtes un drôle de numéro, vous ! Écoutez : il y aurait moyen de faire parler davantage du livre. Conférences, lectures publiques… Cela vous dirait ?

— On voit que Roger vous a donné des instructions.

— Mais c'est véritablement une bonne idée ! Nous n'agissons que pour servir vos intérêts. Les vôtres et ceux de votre livre.

Ses yeux bruns légèrement plissés m'implorent avec un regard de chien battu.

— Je regrette. Très peu pour moi.

— Réfléchissez-y.

Il désigne le tas de courrier sur lequel s'acharnent maintenant quatre mésanges.

— Cela pourrait aider vos oiseaux.

Je le raccompagne jusqu'à l'entrée du chemin. Une pintade se tient sur la pelouse, telle une statue vivante. Depuis la guerre, trois fermes voisines sont à l'abandon. De nouveaux logements se construisent, mais pas ici. Il frissonne malgré la chaleur.

— Mon Dieu, Gwen, comment faites-vous pour supporter cet endroit ?

Des oies sauvages dans le champ d'à côté. Je sens une odeur de laine humide, la veste de Joseph, qui couvrait autrefois un autre animal.

— Vous serez toujours le bienvenu.

En revenant, j'aperçois les empreintes de nos pas dans la terre, intactes pour au moins une nuit.

Assise dans le fauteuil marron, près de la fenêtre, j'attends que le soir tombe. Le tissu des accoudoirs est élimé, révélant les fils de sa trame, ses veines. Je n'ai pas revu Monocle depuis plusieurs jours – cela lui arrive souvent, mais elle vieillit et j'ai comme un mauvais pressentiment. Les oiseaux peuvent disparaître d'un coup. On croit qu'il existe toujours une raison, un motif, que les choses finiront par s'expliquer, se justifier. Mais la vie n'est le plus souvent qu'un amalgame d'événements fortuits, d'instants perdus au milieu du grand rien.

Je gagne la cuisine, longe les boîtes en carton où mes charbonnières passent leurs nuits – emballages de sucre, de graines, autant de choses que les gens mettent au rebut alors qu'elles sont parfaites pour les oiseaux – et me sers un autre verre de champagne. Les fenêtres sont ouvertes en vis-à-vis, mais la chaleur reste dans la maison. L'orage ne vient toujours pas. Pourtant, les oiseaux étaient agités tout à l'heure. J'essuie mon front du revers de la main, peau contre peau. Depuis que je vis ici, l'alternance des saisons a lentement pris possession de mon corps, j'épouse le rythme de tout ce qui revient : les toiles d'araignées dans la haie, les cristaux de glace sur les vitres, les perce-neige, la lumière qui s'étire jusqu'en fin de soirée. Tout comme jadis la musique s'emparait de moi. Mon violon est posé dans un coin, relique d'une vie précédente. L'année dernière, je suis allée assister à un concert de l'orchestre. Stockdale était aussi rouge que d'habitude, mais plus maigre. Il semblait avoir rétréci. Il m'a dit qu'il avait vu mon livre chez un libraire, n'a même pas demandé comment j'allais. Je n'ai pas pu savourer la musique, tant jouer me manquait. Billie ne faisait plus partie de l'orchestre, personne ne savait ce qu'elle était devenue.

Au-dehors, un vent nouveau évacue la chaleur. Je pose un coussin sur le banc de jardin. Le ciel est clair, le journal a annoncé des étoiles filantes. Je n'ai rien à souhaiter, mais lève tout de même les yeux. Le champagne a un goût désagréable.

Des nuages glissent devant la lune, donnant aux bouleaux pâles un air fantomatique. Un chuintement retentit au loin, c'est peut-être la hulotte que j'ai vue la semaine dernière.

Le lendemain matin, Star se présente à nouveau la première. Ses enfants ont quitté le nid, elle dispose enfin de moments à elle et recherche davantage ma compagnie. Il en va ainsi chaque année, mais de manière toujours un peu différente. Je ne dois pas chercher à savoir si mon action est utile, si elle suffit. Les oiseaux me prouvent que le temps n'a rien à voir avec cette ligne inventée par les hommes. Les choses ne se terminent pas, elles changent simplement d'apparence. La sensation devient pensée, la pensée devient acte, l'acte devient pensée, la pensée devient sensation. Celle-ci porte des marques laissées par la sensation précédente. La première pensée sommeille un instant, puis redresse la tête. C'est ainsi que les temps se mélangent, que nous vivons différents moments à la fois.

Allongée sur mon lit, j'ai le cœur qui bat trop vite, l'alcool trace des lignes d'un bout à l'autre de mon corps, depuis les mains jusqu'à la tête en passant par les pieds, maillage aléatoire, fibres nerveuses. Mes draps n'offrent qu'une fraîcheur éphémère. En m'endormant, je vais là où les souvenirs ne restent que si l'on n'y pense pas.

*

À la fin de l'été, je reçois la visite de Julian Huxley, le biologiste. Il souhaite m'interroger sur mes recherches en cours et se dit curieux de voir à quoi ressemble mon cottage. L'un de ses étudiants l'accompagne, un jeune flandrin au bec-de-lièvre surmonté d'une fine moustache. Le garçon prend des notes dans un grand cahier qu'il feuillette à si grand bruit que toutes les charbonnières s'enfuient en même temps. Je me retiens d'intervenir jusqu'à ce qu'il renverse son thé sur la table et que même Bruno quitte la pièce.

— Continuez comme ça et on ne les verra plus avant deux jours !

Mon animosité amuse le professeur.

— Qu'est-ce qu'il y a de si drôle ?

— Vous me disiez à l'instant que ces oiseaux sont très farouches, que désormais vous savez d'instinct comment vous comporter avec eux, que vous ne réfléchissez même plus à vos gestes. Et là, vous avez un jeune étudiant dont c'est la première expérience de terrain, et vous ne voyez pas que cela vaut tout autant pour lui…

Le garçon penche la tête encore plus bas sur son cahier.

D'accord, mais lui, c'est un humain. Je hausse les épaules.

— Nous pouvons aussi sortir dans le jardin. Il ne pleut pratiquement plus. Je vous montrerai les nichoirs.

À l'extérieur, les bruits peuvent se dissiper, les oiseaux savent où se cacher. C'est là qu'est leur territoire, qu'ils ont une longueur d'avance.

Huxley prend son appareil photographique, s'entretient avec l'étudiant sur les détails à observer en priorité – il pointe le doigt vers les oiseaux, explique leur posture, leurs mouvements, leurs vocalises : celui-ci met fin à la relation conjugale, celui-là lance un avertissement, cet autre encore signale sa position… Les deux hommes me suivent à travers le jardin, découvrent les endroits décrits dans mon livre, rencontrent plusieurs mésanges charbonnières, des pies, le ramier qui s'est établi dans un creux du chêne il y a quinze jours. Les merles, eux, ne se montrent pas.

Mes visiteurs sont si grands… Je comprends qu'il leur soit difficile de se mouvoir avec plus d'élégance, mais ils pourraient tout de même essayer. Huxley possède un timbre sonore et grave, le garçon au contraire une voix de fausset. Ils discutent comme s'ils ne s'entendaient pas eux-mêmes, comme s'ils ne se rendaient pas compte de la place qu'ils occupent. Sourds à l'espace environnant. Nous pourrions nous déplacer sans bruit, comme le chat, notre corps est formé pour la douceur, mais nous n'en faisons pas usage. Taquine s'approche de la fenêtre, repart au fond du jardin en entendant les étrangers.

— Pensez-vous que votre expérience soit reproductible ? me demande Huxley.

— Non. Quelqu'un d'autre pourrait comme moi emménager à la campagne, cohabiter avec les oiseaux, s'attirer leur confiance, mais ces oiseaux ne seraient pas les mêmes. C'est ce que je voulais dire tout à l'heure en évoquant leur intelligence propre. Je ne suis pas en mesure de généraliser ni d'affirmer par exemple que c'est la femelle ou le mâle qui prend l'initiative dans une rencontre, car cela dépend des circonstances et de l'individu rencontré. Il en va de même pour l'emplacement du nid et pour tous les choix effectués par le couple. Le caractère – introverti, expansif – peut aussi jouer un rôle. Bien sûr, quelques généralités s'appliquent : les moineaux sont de véritables forbans, les pies et les corneilles mangent les petits d'autres espèces. Mais c'est à peu près tout. Je constate un très grand nombre de variations suivant les individus, surtout chez les mésanges charbonnières.

Assis sur le banc, l'étudiant note avec soin. Soudain, mon attention se tourne vers le pommier planté à l'ouest de la maison : une pie est perchée non loin du vieux bidon d'essence qui sert de nichoir à Dusty. Si elle s'approche encore, je vais devoir la chasser.

— Devons-nous partir ? demande le professeur en essayant de capter mon regard.

— Non, il faut juste que je surveille cette pie.

Huxley échange un coup d'œil avec le jeune homme. Je n'en ai cure. C'est mon expérience. Ma maison.

La pie s'envole, nous retournons à l'intérieur. L'une des mésanges a déféqué sur le piano. Je vais chercher un chiffon dans la cuisine.

Lorsque je reviens, l'étudiant me regarde avec insistance. Je fronce les sourcils.

Huxley parcourt les notes du garçon.

— Vous croyez-vous véritablement capable de comprendre ces oiseaux ?

— Nous n'avons pas besoin d'être identiques pour nous comprendre. Peut-être faut-il juste se ressembler. Mais vous faites sans doute allusion à l'anthropomorphisme. Voyez-vous, le fait que les mésanges appartiennent à une autre espèce ne les empêche pas d'avoir des points communs avec nous. Darwin n'a-t-il pas écrit qu'il n'y avait pas de différence fondamentale entre l'homme et les autres animaux ?

— À cela près qu'avec les humains on peut parler.

L'étudiant approuve de la tête au-dessus de son cahier.

— Ils parlent tout autant que nous. Par le biais de la voix, du corps, des mouvements. Le langage humain ne garantit d'ailleurs pas la compréhension.

Les mots peuvent tromper, dissimuler, évoluer de manière autonome bien après avoir été prononcés.

— En avons-nous encore pour longtemps ?

— Une dernière question : envisagez-vous d'écrire un texte scientifique à propos de cette mésange, vous savez, celle que vous avez exercée à compter ?

— Elle s'appelle Star. Peut-être. Garth m'a proposé de rédiger un article avec lui.

Les personnes qui s'intéressent à mon travail sont plus nombreuses aujourd'hui. Seulement, des différences de vues persistent sur la méthode à adopter pour comprendre ce qui se passe dans la tête des oiseaux. On veut pouvoir mesurer. Comme si les émotions étaient des chiffres...

— Bonne idée. Il serait dommage de laisser tout cela se perdre.

Je repense plus tard à cette phrase. Laisser tout cela se perdre. Mais rien ne sera perdu ! C'est quelque chose qui existe entre les oiseaux et moi, tant que cela durera – le temps de toute une vie pour certains d'entre eux.

*

« Nous avons le regret de vous informer qu'en dépit de la grande originalité de vos recherches, ainsi que de votre évidente capacité à comprendre les sujets étudiés, en l'occurrence les mésanges charbonnières, votre article ne possède malheureusement pas la qualité requise sur le plan scientifique pour être publié dans *Nature*. Néanmoins, si à l'avenir vous parveniez à reproduire cette expérience ou, mieux encore, à la faire reproduire par un tiers, nous serions ravis d'en recevoir le compte-rendu détaillé. »

Je reste assise un instant, les doigts refermés sur la lettre (rien que du papier taché d'encre, pigment sur arbre mort). Garth m'avait dit qu'ils refuseraient probablement cette étude, alors qu'ils ont publié des travaux sur les pigeons et les choucas.

« C'est le risque auquel on s'expose lorsqu'on nage à contre-courant, avait-il ajouté, mais le milieu scientifique s'en voudra peut-être un jour de t'avoir rejetée. »

J'avais tenté de lui expliquer en quoi ma méthode montrait les mésanges sous un nouveau jour – la nécessité de gagner leur confiance, leur individualité semblable à la nôtre, la même propension à suivre leurs désirs, leurs penchants – jusqu'à ce qu'il m'interrompe :

« Gwen, tu sais que je suis très intéressé par ton travail sur les oiseaux. À mon avis, tu explores des aspects de leur vie qui ne sont pas considérés comme dignes d'attention. Mais je ne peux pas t'aider. Si nous décidions de mener ensemble une expérience, il faudrait qu'elle se déroule dans mon laboratoire. C'est une question de crédibilité personnelle, mais il s'agit aussi de convaincre la communauté scientifique. On pourrait reconstruire ta maison à l'identique pour que tu viennes y habiter avec Star, en te laissant le temps de t'acclimater… »

Star n'acceptera jamais. Je l'ai répété à Garth une bonne dizaine de fois. Elle s'échappera pour ne plus jamais revenir. Je ne veux pas l'enfermer dans une cage, notre rapport de confiance serait brisé net. Il comprend mon point de vue. Il comprend tous les points de vue. *Nature* aussi. Ce qu'ils ne comprennent pas, c'est qu'ils n'y comprennent rien. On n'enferme pas non plus les gens dans des cages, isolés durant des jours ou des semaines, entourés de parois sans aspérités, dans un environnement stérile et inconnu qui sent l'eau de Javel et l'odeur d'autres êtres vivants, tout cela pour tester ensuite leur intelligence… Les oiseaux s'en sortent d'ailleurs très bien. C'est un miracle qu'ils se prêtent aux tâches qu'on leur impose, sans se jeter de toutes leurs forces contre un mur ni rester prostrés dans un coin.

Mes explications n'ont manifestement pas été assez claires. Je m'essuie les yeux. Rien ne sert d'être triste. Ce qui compte, ce sont les oiseaux, pas ce monde étriqué.

Star 14

Les mois de novembre et de décembre se déroulèrent de façon analogue : Star apparaissait à la fenêtre dès qu'elle avait un moment de libre et nous comptions de trois jusqu'à huit, tapant l'une après l'autre le nombre que je donnais à haute voix. Le chiffre neuf constituait toujours un obstacle : mes doigts ne parvenaient pas à tambouriner assez vite. Fin janvier, Star et Tinky se mirent en quête d'un nichoir. Tinky était l'ancien compagnon de Monocle, disparue au cours de l'automne et, vu son grand âge, sans doute morte de vieillesse. Tinky semblait être un bon parti, en tout cas aux yeux de l'observateur humain : bien plus aimable que Bruno ou que l'intrus, il avait en outre un physique avantageux. Comme chaque hiver, Star perdit pour un temps le goût de compter. Il lui arrivait tout de même de se présenter à nos exercices, mais la préparation du nid l'accaparait. En février, elle ne vint que cinq fois.

La fin du mois de mars fut très pluvieuse. Star venait plus fréquemment dans la maison et, cette semaine-là, réussit à frapper du premier coup tous les nombres que je prononçai. Le matin du 5 avril, je lui donnai le chiffre cinq, qu'elle segmenta de la façon suivante : un-trois-un. Juste avant de taper le dernier « un », elle me lança un bref coup d'œil, comme si elle hésitait. Ensuite, elle partit rejoindre Tinky pour l'aider à terminer l'aménagement du nid. La pluie s'était arrêtée, il fallait rattraper le temps perdu. Aussitôt que leur nouveau domicile, l'un des nichoirs récemment installés dans le pommier au nord du cottage, avait été prêt à les accueillir, Star avait laissé Tinky passer la nuit avec elle. Elle s'attendait sans doute au même résultat qu'avec Tête-Chauve ou Pierrot. Comme leur territoire se trouvait à l'arrière de la maison et s'étendait au-delà de mon jardin, je pouvais ne pas les voir pendant une demi-journée. C'est pourquoi, tous les après-midi vers cinq heures, je sortais les appeler pour leur offrir une noisette. Star arrivait toujours sur-le-champ, Tinky dans son sillage. Un jour, seul Tinky répondit à l'appel.

1960

— Gwen, j'ai une mauvaise nouvelle pour toi.

Il est encore tôt, des escargots se promènent sur la terrasse devant la maison. Leurs traces forment les lettres d'un langage inconnu. Theo me tend le journal, puis le reprend pour l'ouvrir devant moi.

— Lis ça, dit-il en désignant un article en page trois.

« À Ditchling, le chantier du parc de loisirs débutera cet automne ». Je relis le titre, examine le plan paysager illustrant le texte. Les promoteurs ont racheté le terrain des Henderson pour l'exploiter entièrement, depuis le bois jusqu'à la séparation avec mon jardin – le verger limitrophe laissera place à une aire de jeux pour les enfants.

— Ce n'est pas possible.

Je lui rends le journal.

— Ils semblent malheureusement avoir toutes les autorisations requises.

Theo fixe le sol parsemé de brins de laine ayant appartenu à l'une de mes chaussettes.

J'attrape mon sac à main.

— Commençons par le service de l'urbanisme. On trouvera bien quelqu'un à qui parler.

Je reprends le journal.

— Thompson & Co. J'appellerai Roger un peu plus tard. Et Joseph. Et Garth.

Avant de partir, je réapprovisionne la mangeoire : miettes de pain rassis, beurre, un reste de graines à finir, des petits morceaux de pommes brunies. Les oiseaux arrivent sans attendre. Bouffon se pose d'abord sur ma main, pour dire bonjour, puis sur la mangeoire. J'ai mal au ventre, je me redresse.

Nous prenons la voiture de Theo. À huit heures et demie, nous nous garons devant la mairie de Lewes, qui n'ouvre qu'à neuf heures. Comme il ne sert à rien de retourner à Ditchling, nous patientons à l'ombre d'une rangée d'arbres, sur un muret en pierres récemment construit. Des mouettes crient au loin. Nos paroles tuent le temps jusqu'à ce que neuf coups sonnent au clocher de l'église.

La porte à tambour pivote avec réticence. Au guichet, j'explique la situation à la jeune employée – rouge à lèvres brun, robe droite blanche à pois verts, regard vitreux cerné de noir. Elle répond que nous pourrons avoir un rendez-vous jeudi. C'est dans trois jours.

— Impossible. Je ne bougerai pas d'ici tant que l'on ne m'aura pas reçue.

La fille va se renseigner à l'étage. Theo tambourine des doigts sur le comptoir, s'arrête en me voyant hausser les sourcils.

— Désolé.

Claquements de talons.

— M. Waters peut vous recevoir à dix heures. Désirez-vous une tasse de thé ?

Je refuse d'un signe de tête.

— Puis-je utiliser votre téléphone ?

— Je ne suis pas sûre…

— C'est important.

Sans attendre sa réponse, je saisis le téléphone vert posé sur son bureau et compose le numéro de Roger.

— Allô ?

Un bâillement plutôt qu'une voix.

— Désolée de vous appeler si tôt. Nous avons un problème : la construction d'un parc de loisirs juste à côté de chez moi. Autant renoncer tout de suite à mes recherches.

Roger marmonne quelque chose.

— Le terrain de jeux sera contigu à mon jardin. Il serait bon que le magazine en parle. Et je me demandais si vous connaissez des journalistes qui pourraient s'en faire l'écho. Toute aide est la bienvenue.

Il me promet de passer quelques appels et de me recontacter dans l'après-midi. Je téléphone ensuite à Joseph, lui expose la situation et réitère la même demande. Près de moi, l'employée de l'accueil attend, la mine renfrognée. Joseph a moins de tempérament et de relations que Roger, mais il connaît bien mes recherches et m'assure qu'il fera tout son possible. Le numéro privé de Garth ne répondant pas, je l'appelle au travail. Sa secrétaire n'accepte de me le passer que sous la menace d'être renvoyée par mes soins. Garth s'engage lui aussi à m'aider.

— Mademoiselle Howard ?

Un petit homme frêle en costume bleu pâle dernier cri vient à notre rencontre, main tendue.

— Peter Waters. Suivez-moi.

Nous gravissons les marches derrière lui.

Dans son bureau – murs blancs, rideaux marron, table en bois clair, longs rayonnages emplis de classeurs –, je lui montre l'article et indique l'emplacement de ma maison sur la carte.

— Mes livres se sont vendus à des dizaines de milliers d'exemplaires dans le monde. Peut-être même plus de cent mille à l'heure qu'il est. Mon premier ouvrage vient d'être réimprimé pour la trentième fois. La construction de ce centre de loisirs signifierait la fin de mes recherches.

— Un très beau livre, approuve M. Waters. Je tiens à le dire. Mon épouse l'a lu avant moi, sur les conseils de voisins qui l'avaient eux aussi trouvé formidable. Ma mère en a également beaucoup apprécié la lecture. Votre travail mérite le respect. Puis-je vous demander un autographe ? Pour ma femme. Je suis sûr que cela lui ferait énormément plaisir. Il faut encore que nous commandions votre deuxième titre. En fait, je comptais l'offrir à ma femme pour nos dix ans de mariage, mais le libraire ne l'avait pas en magasin.

Je le regarde, dans l'expectative.

— Oh, pardon, je ne réponds pas du tout à votre question. Le centre de loisirs. En effet. Je viens de jeter un coup d'œil au dossier, tous les permis semblent être en règle. Vous pourriez rencontrer le promoteur, voir s'il serait disposé à ne pas construire en limite de votre propriété. Ou une autre solution analogue. Je crains de ne pas pouvoir vous être d'une grande aide : ce terrain a été acquis honnêtement, le propriétaire peut donc en faire ce qu'il veut.

— Puis-je intenter une action en recours ?

— Vous pouvez, mais vos chances de gagner sont faibles. Tout est parfaitement légiti…

Il s'interrompt devant l'expression de mon visage.

— Bon, je vais chercher les formulaires.

Une fois qu'il a quitté la pièce, je me tourne vers Theo.

— Tu dois jouer sur sa corde sensible, me dit-il. Donne-lui cet autographe, implore son aide. Use de ta féminité.

— Ma féminité…

Je soupire.

M. Waters revient avec les formulaires.

— Monsieur Waters. Je serai bien entendu ravie de signer un autographe pour votre épouse et vous-même, qui me faites le grand honneur d'apprécier mon livre.

Je me propose également de vous dédicacer *Vivre avec les oiseaux*, au cas où vous ne pourriez finalement pas le commander. Je préférerais toutefois que mes recherches se poursuivent. En construisant à côté de chez moi, ils risquent de faire partir les oiseaux.

Je lui adresse un regard triste.

— Et tout cela n'aura servi à rien.

— Il n'en est pas question, répond M. Waters.

Redressant un peu les épaules, il inspire profondément.

— Nous devons empêcher qu'une telle chose se produise. En tout cas, j'agirai au mieux de mes capacités pour que votre dossier de recours soit remis en bonnes mains.

Il m'aide à remplir le formulaire et ajoute au bas de la dernière page que mes recherches relèvent de l'intérêt national. Puis il me donne le numéro de téléphone de la personne qui traitera mon dossier.

— Cela devrait suffire, dit-il en se frottant les mains.

— Bien joué, me félicite Theo un peu plus tard, devant la mairie. Je vois que tu possèdes des charmes insoupçonnés…

Je lui donne une bourrade dans les côtes.

Au siège de Thompson & Co., à Burgess Hill, nous avons moins de chance. La secrétaire nous fait attendre près de deux heures sur une inconfortable banquette mauve avant de nous informer que M. Thompson ne sera libre que vendredi. Je suis trop fatiguée pour chercher la bagarre et prends rendez-vous aussi aimablement que possible.

Je passe le reste de la journée chez Theo, à fabriquer des affiches en continu. « Sauvez les oiseaux de Ditchling, dites non au village-vacances de Thompson ». Mary propose de nous aider à les diffuser.

De retour chez moi, je m'installe dans le fauteuil près de la porte-fenêtre donnant sur le jardin et me déchausse pour masser mes orteils endoloris. Deux mésanges charbonnières se posent sur la haie. Ma vue est désormais trop faible pour que je les reconnaisse à cette distance. C'est peut-être le moment de tout arrêter. Me résoudre à capituler.

Tambour s'approche de la fenêtre, donne deux coups de bec sur le châssis et repart à tire-d'aile. J'éclate de rire, puis les larmes jaillissent. Ce projet ne peut pas voir le jour, ils n'ont pas le droit. Il faudrait que je déménage et je ne veux pas partir, je suis ici à ma place. Et puis, je dois protéger les oiseaux.

*

Après quelques articles dans les gazettes locales, l'information est relayée par le *Daily Mail*. Le *Guardian* lui aussi la reprend, publiant une longue interview illustrée de photographies d'oiseaux, ce qui nous vaut une invitation à parler au micro de la BBC. Pendant ce temps, Garth et plusieurs de ses confrères ont envoyé au ministre une lettre qualifiant mon travail d'exceptionnel et soulignant que la perturbation sonore due aux engins de construction mettrait un terme abrupt à des années de recherches. Quant à Roger, il prépare un article sur Thompson & Co., dont les pratiques sont également contestées sur d'autres chantiers. Il est convaincu que leurs méthodes portent atteinte au milieu naturel.

Ce vendredi, Theo m'accompagne au rendez-vous chez Thompson. Nous patientons sur la même banquette mauve. Un quart d'heure, vingt minutes, nous n'avons guère le choix. Au bout d'une demi-heure, la secrétaire nous conduit dans une pièce imprégnée d'une odeur de choucroute. Thompson, un homme au corps trapu, à la moustache fine et aux mains semblables à des battoirs, se tient debout derrière son bureau. Le col de sa chemise touche son menton, il n'a presque pas de cou.

— Mademoiselle Howard.

Il ne me tend pas la main, se borne à me saluer brièvement de la tête.

— J'ai cru comprendre que vous aviez monté une campagne de calomnies contre ma société. Je serai donc très bref : le parc de loisirs se fera, et si vous nous mettez des bâtons dans les roues nous porterons plainte.

— Une campagne de calomnies ? J'essaie simplement de protéger les oiseaux !

Je toussote afin de chasser les aigus – les voix graves ont plus d'autorité, sont davantage prises au sérieux. Respiration abdominale…

— Nous ne faisons pas de mal à une mouche.

Il rit.

— En effet, parce que c'est vous, la mouche, ou plutôt le poids mouche : vous allez vous retrouver K-O. dès le premier round ! À votre place, je jetterais l'éponge.

— Nous verrons cela au tribunal.

J'évite de le regarder, je ne veux pas qu'il remarque ma colère.

— Dans ce cas, je vous souhaite bonne chance.

Il s'assied, griffonne quelque chose dans son calepin. Theo se lève pour ouvrir la porte.

— Viens, me dit-il doucement. On s'en va.

Nous ressortons et traversons la place. Des pigeons s'envolent, atterrissent quelques mètres plus loin.

— À ton avis, Theo, devons-nous vraiment saisir la justice ?

— Personnellement, j'attendrais encore un peu. Mais quand faut y aller, faut y aller…

Une silhouette familière nous attend devant l'épicerie.

— Je tenais à vous annoncer en personne que votre recours est pris très au sérieux, me dit M. Waters, tout sourire.

— Voulez-vous entrer ? lui propose Theo en poussant la porte du magasin.

M. Waters lance des coups d'œil inquiets autour de lui.

— Il ne vaut mieux pas. Ce Thompson est plutôt, comment dire, influent…

Theo acquiesce.

— Les autorisations vont faire l'objet d'un réexamen. Je ne veux pas vous donner de faux espoirs : rien ne dit qu'elles seront retirées. Mais au moins on s'en occupe.

Il me serre la main et disparaît avant que j'aie eu le temps de le remercier.

— Quel drôle de manège, dis-je à Theo.

— Un anxieux de nature…

Je lui emprunte son vélo et pars, les sacoches remplies d'affiches – tous les villages avoisinants sont déjà pourvus, il me reste Brighton et ses endroits publics : cafés, salles de spectacle, le cinéma.

Cette nuit-là, je suis réveillée par une sourde détonation qui fait trembler le cottage – sûrement un impact de foudre, mais je n'entends pas la pluie tomber. Je me lève, avance dans l'obscurité jusqu'au salon, pieds nus sur le plancher froid et irrégulier. Pas de trace d'orage ni de cambrioleur, juste un courant d'air soudain et deux mésanges apeurées qui ont fui leur perchoir pour se réfugier sur le bord du lit. Un coup de vent a dû ouvrir la porte d'entrée, elle n'est plus très solide.

Avant même d'arriver dans le couloir, je reconnais l'odeur. Poudre explosive. La porte d'entrée a sauté de ses gonds, il y a un trou dans le mur. J'allume le plafonnier, très calmement, et attrape le balai posé au fond du couloir. La nuit est claire, illuminée par des étoiles plus nombreuses que d'habitude. Je sors dans le jardin silencieux. Devant, tout paraît en ordre – les arbres sont à leur place, la table et les chaises aussi. J'emprunte l'allée de gravier pour faire le tour de la maison. Sur la façade latérale, une inscription est peinte en lettres rouges : « Ce n'est que le début ! » D'une main, je cherche appui sur le mur de briques rugueuses. Il n'y a pas de mal, les oiseaux sont sains et saufs, aucun d'eux ne dormait dans le couloir.

En rentrant, je fais du thé. La main qui tient la bouilloire sous le robinet tremble comme une feuille et continue de trembler lorsque je me verse une tasse. Et si je capturais les charbonnières pour les emmener vivre ailleurs, en les gardant quelque temps à la maison pour qu'elles s'habituent à leur nouvel environnement ? Je secoue la tête. C'est tout à fait exclu, elles ne le voudraient pas, elles habitent ici, leurs racines sont ici, elles ne m'appartiennent pas. Ce serait un crime. De plus, j'ai signé un contrat pour mon troisième livre, d'ailleurs censé paraître avant la fin de l'année. Joseph et Roger en ont reçu la version provisoire il y a quelques mois, mais ils l'ont trouvée trop sérieuse. « Ce qui nous intéresse, ce sont les petites anecdotes relatives aux oiseaux, a expliqué Roger. Ce texte-ci n'est ni chair ni poisson : trop décousu pour convaincre sur le plan scientifique, pas assez léger pour séduire le lecteur moyen. » Depuis lors, les pages du tapuscrit sont posées en pile sur la table, recouvertes d'un torchon.

L'enquête de Roger sur les pratiques de Thompson & Co. paraît le lendemain. Elle occupe toute une page et comprend une mise à jour à propos de l'attentat. Il en est même question le soir au journal télévisé.

Lundi matin, le facteur franchit le portail du jardin et fait quelques pas dans l'allée. Depuis son opération de la hanche l'année dernière, il marche difficilement.

— Pardon ! crie-t-il pour couvrir la distance. Je connais vos instructions, mais tout ça ne rentre pas dans la boîte aux lettres.

Il désigne sa sacoche.

Je vais au-devant de lui et comprends : elle déborde de lettres et de cartes postales provenant des quatre coins du pays. Déclarations de soutien, promesses de participer à des actions de défense…

— Ce n'est pas beau, ça ? me demande-t-il fièrement, comme s'il avait une responsabilité dans le contenu de son courrier.

— Magnifique.

Je retourne à l'intérieur les bras chargés de lettres – il y en a toute une pile. Ensemble, nous pourrions former une chaîne le long de la haie lorsqu'ils commenceront à bâtir.

Le téléphone sonne. Theo, sans doute. Cela lui fera plaisir de savoir qu'autant de gens se soucient de nous. Il faut organiser une manifestation, ou un *sit-in* devant la mairie.

— Mademoiselle Howard ? Peter à l'appareil. Waters. J'ai une bonne nouvelle à vous annoncer. La municipalité a décidé de suspendre le permis de construire en raison de possibles infractions commises par l'entreprise. Il y aura une enquête, ce qui peut prendre des années, alors je suppose que Thompson fera des concessions et vendra le terrain. La commune ira peut-être jusqu'à exercer son droit de préemption pour vous le louer. Mais je n'en sais rien, tout cela est prématuré, je ne voudrais pas vous tendre un miroir aux alouettes. Oh, désolé, ce n'est probablement pas la meilleure formule à employer devant vous… Quoi qu'il en soit : voilà qui augure bien de l'avenir. Je souhaitais vous en faire part de vive voix. Et, en passant : ma femme est ravie de votre ouvrage dédicacé. Moi aussi, bien entendu.

L'enthousiasme vibre dans sa voix.

Après cette conversation, je reste assise encore un moment, les mains posées sur le bois frais de la table. Tout à l'heure, j'irai chez Theo pour lui annoncer la nouvelle. Mais d'abord, il faut que j'en parle aux oiseaux.

Star 15

Le jour où Tinky se présenta sans Star, il paraissait alarmé. Il refusa ma noisette et s'envola en direction de la haie. Je le suivis. Il allait et venait, poussant de hauts cris, repartait vers le chêne pour faire aussitôt demi-tour. Je compris tout de suite qu'il se passait quelque chose d'anormal. Après avoir inspecté la haie, je cherchai dans les bordures d'herbes hautes et sous les arbres. Tinky voletait sans répit autour de moi. Au bout d'une heure, il se réfugia dans le nichoir, épuisé, mais en ressortit très vite. Il restait à proximité de la haie, où je ne voyais pourtant pas âme qui vive. À la tombée de la nuit, la situation était inchangée.

Le lendemain, Star ne vint pas chercher sa noisette matinale. Ni s'exercer au jeu des nombres. Ni picorer à la mangeoire tandis que j'observais les oiseaux depuis le banc de jardin. Elle ne vint pas lorsque j'avalai un sandwich pour le déjeuner, ni au moment où je réapprovisionnai la mangeoire. Elle ne répondit pas non plus à mon appel en fin d'après-midi, au contraire de Tinky. Celui-ci, agité, se tint longtemps aux aguets près du nichoir. Je passai de nouveau la soirée dehors après que les oiseaux furent allés se coucher. Sans leurs gazouillis, c'était le grand silence.

Au matin, pour la première fois depuis des années, je n'ouvris pas la fenêtre du séjour.

C'est deux jours plus tard que j'aperçus le chat roux des voisins qui sortait en tapinois de la haie, juste au-dessous du nichoir de Star et de Tinky. Je ne doutai pas une seconde qu'il l'avait attrapée en vol au moment où elle quittait son foyer. Pendant toutes ces années, elle ne s'était jamais absentée du jardin plus de quelques heures.

À sa mort, Star était à coup sûr âgée de neuf ans. Elle en avait déjà plus d'un en arrivant chez moi, au printemps 1946. Je sus d'emblée qu'elle était exceptionnelle, malgré la peur qui la tenaillait à cette époque. Son talent pour le comptage la rendait naturellement unique, tout comme la joie que ces exercices lui donnaient. Star ne comptait pas pour obtenir une récompense, elle prenait plaisir à le faire, à travailler avec moi. Elle avait une perspicacité singulière, comme si la connaissance résidait en elle. Comme si elle devinait mes pensées avant que j'en aie pris conscience moi-même.

1973

Quelqu'un frappe à la porte. Voyou s'enfuit par la fenêtre, il a disparu avant que j'aie le temps de tourner les yeux vers lui. Un écriteau prévient pourtant les curieux dès la rue : *Défense d'entrer*. Une autre pancarte est fixée près du portail : *Visites non autorisées. Nids d'oiseaux. Ne pas s'approcher de la maison*. Encore heureux que seul Voyou se soit trouvé à l'intérieur... Le panonceau accroché à la porte indique bien *Ne pas frapper*. Il n'y a aucune urgence. Personne n'est à l'article de la mort, nous ne sommes pas en guerre, moi-même je m'en irai lorsque mon heure viendra. Pourquoi frapper à la porte ? Je me lève, ankylosée, glisse un coup d'œil par l'entrebâillement du volet. C'est un jeune homme, en manches de chemise et pantalon de velours côtelé vert sapin, sans doute un employé municipal. Peut-être veut-il me vendre quelque chose, ou alors faire un relevé. Je retourne m'asseoir. Voyou est déjà réapparu sur le rebord de la fenêtre. Oakley vient voir ce qui se passe. L'inconnu recommence à tambouriner. Je me ressers du thé chaud. À peine ai-je tendu la main pour prendre un biscuit que Nigelle se pose sur la table, suivie par Voyou. J'effrite un morceau de biscuit, repousse les miettes du tranchant de la main. Oakley ne m'a pas attendue : il est reparti à tire-d'aile dans le jardin, probablement pour en chasser un intrus. Oakley a l'habitude d'effrayer ses ennemis en agitant des feuilles d'arbre. Je n'ai jamais vu d'autres mésanges procéder de la sorte.

Voyou a beaucoup plus de tempérament que Nigelle, il picore à tout va, comme si sa vie en dépendait. L'autre jour, il m'a donné un coup de bec dans la main parce que je tardais à lui offrir son raisin sec. Nigelle sautille d'une miette à l'autre, avec distinction. J'avance les doigts, Voyou s'écarte d'un bond, Nigelle se laisse caresser. Et s'il était arrivé quelque chose à Theo ? Non : dans ce cas, Esther serait venue me prévenir. Ou Linda. Ou bien ils auraient envoyé une carte. Le visiteur est encore à la porte, je ne l'ai pas entendu s'éloigner. Ah, les voilà qui s'envolent, d'abord Nigelle, puis Voyou, maintenant qu'il est sûr de ne plus rien avoir à becqueter. Je me penche sur le côté pour attraper le balai, me lève à demi, mon dos plié. Je serre le manche dans une main, puis dans l'autre quand la douleur au poignet se fait trop forte, je tends l'oreille, guettant un bruit de pas. Du jardin me parviennent les voix de Puce, de Monocle II, de Moïse et d'une autre mésange – Donny, je crois. Un courant d'air me glace les jambes. Il faudra que je demande à Theo d'appeler le type qu'il connaît pour arranger le mur de façade. Ils pourraient avoir fini en une journée ou deux. Pour les araignées, en revanche, ce sera une catastrophe. Ils ne feront pas attention à elles, quoi qu'ils en disent.

Les coups redoublent d'intensité. Le bois craque. J'agrippe le balai, me lève sans faire de bruit. L'inconnu glisse un papier sous la porte. Puis ses pas s'estompent dans le lointain. Il aurait tout de même pu frapper moins fort. Les écriteaux ne sont pas là pour rien. Je me rassieds, mon thé est froid. Je referme la boîte de biscuits. Pippa s'envole vers sa chambrette, un ancien carton de corn-flakes accroché au-dessus du buffet. En traversant le couloir, j'entends des corneilles dans le jardin. Je poursuis mon chemin – il n'y a plus de nichées.

Chère Mademoiselle Howard,

Je m'appelle Jonathan Brown, journaliste au Guardian. *Je souhaiterais vous interroger sur vos ouvrages et sur votre existence en compagnie des oiseaux. Vous pouvez me joindre...*

Je replie le billet en deux, puis en quatre, et l'enfouis dans la poche de mon gilet avant de poser le balai dans un renfoncement du mur. Peut-être a-t-il bel et bien lu mes livres. Ou alors, on lui a tout simplement commandé une interview. Depuis la mort de Joseph, je n'ai plus aucune nouvelle de Roger. J'ignore si la maison d'édition est toujours en activité. Ils ne m'envoient plus *Out of Doors and Countrygoer* depuis des années. Ils ont sûrement fait faillite. Ou été rachetés.

Je n'ai presque plus de haricots. Il faudra que j'aille au village demain. Samedi, le marché, voilà qui tombe à pic. Je passerai d'abord chez Theo, il doit savoir ce qu'est devenu Roger. Jonathan Brown... Ce nom ne me dit rien. Star II me frôle en volant vers le séjour.

Les mésanges non plus ne restent pas. Au mieux, elles reviennent.

Je vais m'asseoir sur le petit banc vert à l'arrière de la maison, sans oublier de prendre mon coussin. Les oiseaux l'ont laissé intact, c'est bien. Ceux d'aujourd'hui sont très sages, il n'y a plus de fortes têtes comme Taquine ou Tambour. Je frappe sur le bois de l'accoudoir, trois petits coups. Oakley s'est posé près de moi sans que je l'aie vu arriver. Je lui donne une noisette. Presto II le rejoint. Oakley ouvre grand le bec, montrant sa gorge à Presto II, qui recule. Il va encore falloir débiter toute cette histoire...

Non, pas tout. Je lui parlerai des oiseaux. L'ennui, c'est qu'ils veulent toujours en savoir davantage. Mais quoi ? Il n'y a rien à dire, en réalité. Là-bas, au-dessus des pâtures à flanc de colline, les étourneaux virevoltent en plein ciel – un corps fait de milliers de corps, en métamorphose incessante.

*

Le chant du rossignol. Je me réveille dans l'obscurité d'une chambre que je ne reconnais pas tout de suite comme la mienne, me souviens de mon rêve, l'oublie aussitôt. Nigelle se pose sur mon oreiller. Je me redresse, mal au crâne, je n'arrive pas à lever la main. Ah si, finalement. Nigelle s'envole.

— Bonjour, dis-je aux oiseaux comme tous les matins.

Bernie me fonce dessus, volette autour de moi.

— Viens là, bonhomme.

Cette fois, il ne donne pas de baisers.

Voyou papillonne autour de moi tandis que je porte une assiette de nourriture vers la table-mangeoire. Sur le seuil, je trébuche, mais mon allure est si lente que je ne tombe pas.

— Voyou, l'avertis-je en grondant.

Ils sont terriblement dangereux, surtout pour mon âge… Et attention à ne pas glisser sur les dalles couvertes de mousse ! Il faudrait l'enlever, je dois encore avoir un grattoir quelque part. Dans le placard de l'entrée. Ou dans le tiroir de la cuisine. Nigelle prend le relais. Je ralentis encore, avance à petits pas sur la terrasse. À peine ai-je garni de lardons le bord de la mangeoire que le reste de la troupe arrive, Caramel en tête – ou s'agit-il de Cadratin ? Beurre, chapelure, chènevis. Je propose une noisette à Caramel. Il lui préfère un lardon, qu'il va déguster sur une branche du pommier. Cadratin manque à l'appel. Ou bien est-ce lui que je prends pour Caramel ? Je devrais sans doute me refaire examiner les yeux.

— Caramel !

Nigelle s'approche, le chasse, Voyou revient sur la table.

— Allons, les garçons. Et les filles. Ne vous disputez pas.

Je retourne m'asseoir sur le banc de jardin. Caramel vient se poser dans mon giron. Oui, c'est bien Caramel, je ne comprends pas comment j'ai pu le confondre avec Cadratin, d'ailleurs où est-il, celui-là ? Durant l'automne, ils ne s'éloignent guère de la maison, ne franchissent pas les brumes de ce jardin qui leur est familier, braves petits. Tête-Chauve, il est vrai, partait de temps en temps à l'aventure. Ah, Tête-Chauve, qu'il avait fière allure, souverain jusqu'au bout, jusqu'à ce dernier printemps, toujours auprès de moi ! Un petit être courageux. Bronwen a disparu en septembre. Sarah aussi.

— Cadratin !

Parfois, il répond à son nom, d'autres fois il semble avoir plus important à faire. Avant d'appeler, je retiens ma respiration pour produire la sonorité la plus claire possible – quelques secondes et je suis à court d'haleine. Il faudrait que je fasse des vocalises.

— Clochette !

Cette jolie petite charbonnière vient de plus en plus souvent à la mangeoire, alors qu'au début elle était très timide. Je sors une noisette de mon tablier, elle se pose sur mon index pour la saisir, puis repart tout de suite avant l'arrivée des autres mésanges, que Cadratin a finalement rejointes. Nigelle a terminé son repas. Je n'aperçois pas Voyou. À moins qu'il ne soit là-bas ?

*

Toc, toc. Mon genou craque, je peine à me lever. Tap, tap. Dottie becque l'abat-jour.

— Arrête un peu.

J'agite la main à son intention, en vain, le tissu est déjà piqueté de trous.

Vieux parquet, pantoufles, les dalles dans le couloir.

— Bonjour, mademoiselle Howard. Comment vous sentez-vous, ce matin ?

— Mmm…

— Mieux que la semaine dernière, non ? Ah, ces maudits rhumes, tout le monde y a droit !

Comme en visite chez une amie intime, elle suspend sa veste au portemanteau d'un geste assuré.

— Moi, heureusement, c'est déjà fait.

Elle porte une robe courte et près du corps, trop serrée pour lui permettre de bouger librement. Les femmes s'inventent sans cesse de nouvelles contraintes…

— Moins fort !

Dottie s'est déjà enfuie dans le jardin, seul Petrus n'a pas quitté son perchoir. Les oiseaux vont revenir, ils connaissent Miranda à présent, mais sa voix est tellement sonore, pleine d'entrain…

Je retourne m'asseoir à table. Cette nuit, j'ai rêvé pour la première fois que je volais. J'apercevais d'en haut les chaumes ambrés autour de Wallington, la petite place où Duds et Kingsley avaient l'habitude de jouer aux billes, le banc adossé à la boulangerie, tous ces lieux inaltérés par le temps. Mais je ne sentais rien. Quand je rêve, il m'arrive de percevoir des odeurs. De fromage, d'herbe fraîche.

— Je fais le sol en vitesse et ensuite les carreaux, si j'ai encore un peu de temps la salle de bains, mais ça peut aussi attendre vendredi.

Sa voix est devenue moins râpeuse. Elle a peut-être arrêté de fumer.

— Bien.

J'ai appris à ne pas discuter du planning avec elle, cela ne fait que compliquer les choses et l'inciter à parler de plus en plus, ce qui repousse encore l'heure de son départ.

— Faites tout de même attention aux araignées.

Il y a quelques semaines, un couple s'est installé dans le coin derrière la bibliothèque. Très utiles, ces petites bêtes, et fascinantes à observer…

Le balai racle le sol.

— Vous ne préférez pas que j'aille vous acheter un aspirateur ? Il y en a qui sont très bon marché maintenant. Ce serait pratique, avec toutes ces plumes.

Je m'en suis toujours passée jusqu'à présent.

— Voulez-vous du thé ?

Un peu d'activité me fera du bien. Lorsque je reste assise trop longtemps, je ne peux plus me relever. Je vais faire chauffer de l'eau dans la cuisine. Caramel et Chocolat jouent dans la haie. Les deux frères, nés cet été, n'ont pas voulu partir. Ils dorment dans une petite niche au-dessus du lit. Parfois, à mon réveil, ils viennent jouer sur les couvertures, glissant sur l'oreiller, les pattes en avant tels des skieurs à plumes, folâtres. S'ils sont toujours chez moi, c'est peut-être en raison de cette naissance tardive, au plus haut de l'été. C'était la deuxième nichée de Bella, la première avait été raflée par le chat tricolore des nouveaux voisins.

La bouilloire siffle. Chocolat est un petit oiseau ingénieux et farfelu, le seul que j'aie vu prendre des bains de soleil la tête en bas : accroché à une branche, les ailes déployées, il expose à la fois l'avant et l'arrière de son corps. Très astucieux. Mais aussi plutôt risqué.

— Une tasse de thé, alors ?

Miranda s'assied en face de moi.

— À Keymer, ils sont en train de construire une résidence pour des personnes âgées qui ont besoin d'une assistance médicale. En principe, ce sont des logements indépendants, mais avec un foyer juste à côté. Le personnel infirmier répond au moindre appel. Je sais que vous voulez rester le plus longtemps possible chez vous, mais ça promet d'être formidable, là-bas ! Des pièces claires et spacieuses, un grand jardin intérieur… Les mésanges aussi aimeront sûrement.

La mort attend sur un tabouret dans un coin du séjour, dans un coin de ma tête.

— Je reste ici.

Le mot « ici » trace une ligne de démarcation entre nos deux visages. Réglisse la merlette surgit par le vantail ouvert, aperçoit ma visiteuse et fait demi-tour, plus vite qu'elle n'est entrée.

— Votre médecin pense que vous feriez mieux de vous rapprocher du monde habité.

Elle a un tic nerveux, passe les doigts sur ses lèvres, cela semblait s'être calmé, mais elle recommence. Peut-être des problèmes qui la tracassent… Tout le monde a des problèmes, de nos jours.

— Mais je vis au cœur du monde habité.

Petrus s'en va lui aussi.

Elle soupire.

— Vous avez réfléchi à cette télévision ?

Je ne vois pas de quelle télévision elle parle.

— Un jeune homme s'est présenté ici l'autre jour. Jonathan Brown. Vous le connaissez ?

Elle secoue la tête.

— Qu'est-ce qu'il voulait ?

— M'interviewer. À propos de ma vie avec les oiseaux.

— Mais c'est fantastique ! Un peu de considération, vous le méritez bien…

J'ignore si elle connaît l'existence de mes livres.

— Impossible. Cela dérangerait tout, les mésanges prendraient peur. La présence d'inconnus les angoisse.

Et j'ai assez donné.

Miranda boit une gorgée de thé, puis baisse le bras d'un geste brusque.

— Vous devriez accepter. C'est une chance incroyable pour attirer l'attention sur le sort de ces oiseaux. Tenez, ce que vous m'avez dit l'autre jour, qu'il ne faut pas regarder dans les nichoirs sinon les chats sauront où aller, personne ne sait ce genre de choses. Même si ça ne sauvait qu'un seul oiseau…

J'acquiesce, lentement, sens ma tête peser, en avant, en arrière – cervelle, sang, os, cavités, fragile boîte crânienne. Il faudrait quelqu'un pour reprendre le flambeau, quelqu'un de jeune, que les mésanges et les merles intéressent, et de nature tranquille. Mais il n'y a personne. Personne ne se propose de me remplacer et je n'ai pas non plus le temps de chercher. Les journées sont si courtes, de plus en plus courtes. Je dois me remettre à écrire. Rendre tangible le temps qui passe.

Miranda se lève et va chercher un balai à franges dans le placard de l'entrée. Puis elle revient remplir un seau d'eau. Les talons en bois de ses sandales permettent de suivre ses déplacements à l'oreille. Elle a de beaux mollets.

— Miranda ?

Ma voix est suraiguë.

Elle passe la tête dans l'ouverture de la porte, le visage penché comme sur une photographie, comme si elle se regardait dans mes yeux pour trouver la pose la plus flatteuse.

— Vous pouvez laisser les vitres. Il sera encore temps de les faire cet été.

Toute cette eau. Quel gâchis.

— Ah non ! Je ne veux pas que vous passiez le week-end comme ça ! C'est quand même beaucoup mieux quand on y voit clair.

Un petit rire et la tête disparaît.

Mes poings se serrent un instant – lâchons prise, rien ne sert de se fâcher. L'esquisse de Caramel et de Chocolat est posée devant moi. Je prends ma gomme, l'aile de Chocolat est trop longue, je ne sais pas si je peux encore la rattraper. Une maison de retraite, franchement, quel toupet...

On frappe de nouveau à la porte. Miranda va ouvrir avant que j'aie pu protester. C'est William Gill, du Sussex Naturalist Trust, un homme dont la voix évoque un tronc d'arbre creux.

— Mademoiselle Howard.

— Parlez doucement... Vous les avez toutes fait fuir.

— Nous devions encore discuter de votre legs. Il convient que tout soit bien clair, y compris sur la question des terrains qui vous ont été prêtés. Je viens de passer à Lewes, chez le notaire, qui nous propose la chose suivante.

Il envoie un clin d'œil à Miranda et pose un dossier sur la table. J'essaie de retrouver mes lunettes.

— Désirez-vous une tasse de thé ? s'enquiert Miranda, tout sourire.

— Non merci, je viens juste chercher une signature.

Elles sont peut-être dans la cuisine. J'entends la conversation se poursuivre dans le séjour. C'est une chance inouïe de pouvoir leur transmettre le cottage pour qu'ils en fassent un refuge après ma mort. Mais je ne comprends pas pourquoi Will revient toujours avec un nouveau contrat. Le prix du terrain est monté en flèche, voilà peut-être l'explication. Mes lunettes ne se trouvent ni sur l'évier ni sur l'appui de fenêtre. Il y a trop de monde dans cette maison… William devra repasser une autre fois.

*

— Mademoiselle Howard ? Ici Joséphine Wolch, la secrétaire du docteur Stuart. Vos résultats sont arrivés.

Je rassemble en petit tas les miettes éparpillées sur la table.

— Allô ? Vous m'entendez ? demande-t-elle en articulant exagérément, comme si je n'avais plus toute ma tête.

— Mmm…

Je fais tomber les miettes de pain dans l'assiette placée sur mes genoux, puis la pose sur la table.

— Vous avez un facteur de coagulation trop élevé. Cela se soigne très bien, mais nous souhaiterions vous faire revenir pour un examen complémentaire.

Je ne reconnais pas sa voix.

— Quel est votre nom, dites-vous ?

— Joséphine. Wolch. Je suis la nouvelle assistante du docteur Stuart. Simone est en congé maternité.

C'est bien ce que je pensais. La voix de Simone est beaucoup plus grave, une alto tirant sur la basse, très profonde pour une femme. Belle voix, cependant. De plus, elle parle lentement. Celle-ci ne parle pas, elle jacasse.

— Pourrions-nous fixer un rendez-vous pour un électrocardiogramme ?

Mardi, ce sera bien. Personne ne vient ce jour-là et je peux sans inquiétude laisser les oiseaux seuls.

— Comment va votre poignet ?

— Mon poignet va très bien.

Ils m'ont immobilisée comme une enfant, d'abord l'infirmière, puis le médecin. Ils ont bougé mon bras dans tous les sens, en demandant si j'avais mal – bien sûr que j'avais mal, c'est pour cela que j'étais venue les voir. Je savais que mon poignet avait besoin de repos, mais je me demandais s'il fallait le plâtrer ou non. L'escabeau de la cuisine avait basculé. Un accident. Cela peut arriver à tout le monde. Je m'étais retenue au placard et j'avais pivoté. Impossible de jouer du violon pour l'instant. Cela ne fait rien. Je m'y remettrai dans quelques semaines.

L'assistante a raccroché, je repose le combiné du téléphone. Puis je prends un papier pour noter le rendez-vous. Mardi, neuf heures et demie, Dr Stuart. Les doigts repliés autour de mon poignet, je peux à présent le sentir, mais il ne faut pas trop y penser. L'assiette est toujours posée sur le bord de la table. Je me lève et, par la fenêtre, disperse les miettes sur la terrasse – des moineaux, un rouge-gorge. Je pourrais y aller en bus. C'est sans doute préférable. Il faudra tout de même partir un peu en avance, il n'est pas rare qu'ils passent avant l'heure indiquée sur le panneau. J'irai vérifier les horaires. Ou peut-être est-il encore temps d'annuler. Oui, il vaut mieux que j'annule. Cet examen est inutile. Je me sens très bien. Le souffle me manque parfois, mais rien de plus normal à mon âge. Je dois simplement faire des exercices de temps en temps. Pour empêcher ce poignet de rouiller. Pas besoin de téléphoner tout de suite au médecin. Le rendez-vous est fixé à la semaine prochaine seulement. Chocolat et Caramel passent en m'effleurant. Il faut que je nettoie la mangeoire. La semaine dernière, j'ai lu dans le bulletin de l'association régionale d'ornithologie que c'est un vecteur de transmission pour de nombreuses maladies. Voilà des années que mes oiseaux n'ont pas été malades. Au début, il y a eu quelques cas d'infection, deux étés de suite. J'ai perdu sept mésanges charbonnières. Mais je ne pense pas qu'une mauvaise hygiène en ait été la cause. Cela ressemblait plutôt à une maladie contagieuse comme la paratyphoïde. Tous les oiseaux n'y ont d'ailleurs pas succombé, certains sont simplement restés quelque temps dans une sorte d'atonie. Ils avaient aussi la diarrhée. Et plusieurs années après, c'est toute une nichée qui a péri. Des petits de Taquine. Ils avaient peut-être la variole, ou une mycose. Ou des poux rouges – les oisillons y sont très vulnérables.

Je vais dans la cuisine, remplis un seau d'eau. Vinaigre blanc. Je ne sais pas où Miranda a rangé les éponges.

*

L'heure bleue, crépuscule hivernal.

La lumière du soir souligne les contours du feuillage, pour un instant encore. Je les regarde s'effacer peu à peu – ils semblent se mouvoir. La trace d'une goutte d'eau longe le bord de la vitre, de haut en bas.

Les mésanges sont déjà couchées. Je n'allume pas les lampes, reste assise à ma place. Ce fauteuil vient d'être retapissé, il commençait à être temps, une couverture le protège désormais – finalement, j'aurais tout aussi bien pu le garder tel quel. Je discerne un mouvement au loin, dans l'herbe. Peut-être une souris, ou un hérisson. Les souris sont revenues. J'en ai vu hier.

Theo affirme que j'ai besoin d'un assistant, une personne qui classe mes notes et envoie les articles non encore publiés à cette nouvelle revue, voyons, quel est son titre, déjà ? Je lui ai montré mes archives, une liasse de textes, de photos et de coupures de presse. Il devait demander au musée d'Art et d'Artisanat si cela pouvait les intéresser. Theo a fait une chute la semaine passée. C'est Esther qui l'a emmené aux urgences.

Le jardin est maintenant plongé dans l'obscurité, d'où se détache uniquement le rectangle plus clair de la fenêtre.

Mon visage n'apparaît dans la vitre que lorsque je me penche tout près, à la recherche de trouées dans le ciel noir.

Je me renverse contre le dossier, ferme les yeux. Il ne faut pas que j'oublie d'aller acheter du fromage demain, un supplément de gras ne leur fera pas de mal, à l'approche de l'hiver.

Star O

Le premier soleil de l'année s'infiltre par les rideaux entrouverts. Janvier a débuté il y a sept jours. Depuis, c'est la grisaille et la pénombre – un nouvel an dépourvu de véritable netteté. La lumière diurne apporte à présent de la couleur et de l'espoir. Dans la cuisine, je garnis une assiette de nourriture pour les oiseaux. Ceux-ci sont déjà levés depuis des heures : ils fouillent parmi les feuilles mortes, volettent, babillent gentiment. Timmy le petit merle se tient de l'autre côté de la vitre, tête inclinée, plein d'espoir – il m'appelle, deux notes, les mêmes que pour sa compagne. J'ouvre la fenêtre et pose un morceau de pomme sur le rebord. Tête-Chauve est perché sur le dossier du banc de jardin, près de la mangeoire, en compagnie d'une femelle inconnue. Je distribue les bouts de fromage, de lard et de pain de seigle, puis retourne à l'intérieur chercher du beurre, des graines, des fruits secs. Tête-Chauve s'approche de moi, suivi de la nouvelle mésange, qui garde toutefois ses distances. Elle a une tache blanche sur le front – Star, je me rappelle soudain qu'elle a occupé un temps le nichoir près de l'allée. Son compagnon n'est pas là, peut-être l'a-t-elle perdu. En tout cas, elle semble intéressée par Tête-Chauve, qui ne l'encourage ni ne la repousse. L'an dernier, il était en ménage avec Monocle, mais je n'ai pas vu celle-ci depuis quelques jours. Tête-Chauve mange calmement, puis vient se poser sur mon épaule. Ensemble, nous observons Star, visiblement affamée puisqu'elle picore tout ce qui se trouve devant elle, à l'exception du fromage. Après chaque becquée, elle nous lance un rapide coup d'œil. C'est une très belle mésange, au plumage satiné, aux couleurs plus intenses que les autres charbonnières. Et ses petits yeux sont si vifs ! Elle n'a d'abord regardé que Tête-Chauve, mais se tourne maintenant vers moi. Bonjour, lui dis-je des yeux. Elle soutient brièvement mon regard, puis s'envole. Tête-Chauve file à son tour et les voilà partis loin dans le ciel, de plus en plus haut et de plus en plus vite.

Postface

J'ai découvert l'œuvre de Len Howard pendant mes études de philosophie, alors que je préparais mon mémoire de master. Une amie de ma mère (nous avons curieusement toutes les deux oublié de qui il s'agissait – si tu te reconnais : un grand merci à toi !) m'a recommandé *Birds as Individuals* [traduit en français sous le titre *L'Oiseau, cet inconnu*] ; peu après, je lisais *Living with Birds*. Grands succès de librairie à leur parution, ces deux ouvrages ne sont plus disponibles que d'occasion et le travail de Len Howard est quasiment oublié de tous. Il faut le regretter, car c'est une femme qui, par ses recherches, a largement devancé son temps et dont les livres peuvent encore intéresser le public d'aujourd'hui. De sa vie, on sait très peu de choses. Le présent ouvrage mêle des éléments biographiques, ainsi que des anecdotes relatées dans ses livres, à de la pure fiction. Certains passages, comme les chapitres consacrés à Star ou les récits évoquant d'autres oiseaux, ont pour modèle des histoires figurant dans les deux titres mentionnés ci-dessus. La scène de l'étang est inspirée d'un texte inédit que j'ai trouvé dans les archives – un terme excessif pour cette chemise en carton bleu délavé renfermant une vingtaine de documents et un portrait d'Olive – de Len Howard à Ditchling. D'autres histoires sont fondées sur les souvenirs d'habitants du village.

Pour leur aide durant l'écriture de ce livre, je voudrais remercier les personnes suivantes : John Saunders, l'actuel occupant du Cottage aux oiseaux, m'a permis de consulter les archives de Len Howard et a scanné pour moi ses textes inédits. Il m'a raconté qu'elle avait légué sa maison au Sussex Naturalist Trust, qui avait promis d'en faire un refuge pour les oiseaux. Ce projet n'a jamais vu le jour. Au contraire, la propriété a été vendue au prix fort à un particulier qui s'est empressé de couper tous les arbres au fond du jardin (à l'exception du chêne, toujours debout). John m'a également appris que Len Howard reposait dans une tombe anonyme du cimetière situé derrière chez elle. Ralph Levy s'est montré particulièrement serviable et accueillant lors de mon séjour dans sa cabane à Ditchling. Michael Alford a connu Len Howard, qu'il revoit traverser les champs, des oiseaux perchés sur la tête et sur les bras. Eline van den Ende a suggéré des références aux pièces pour violon jouées à l'époque et m'a instruite sur le travail des musiciens d'orchestre. Irwan Droog m'a relue avec attention. Lucette est entrée dans ma vie alors que j'écrivais ce livre, m'apportant de la lumière. Putih et Olli m'ont comme d'habitude aidée dans mon travail en se contentant d'être là et en m'apprenant ce que veut dire partager son existence avec autrui.

MIXTE
Papier
FSC FSC® C003309

Composition et mise en pages
Nord Compo à Villeneuve-d'Ascq

CET OUVRAGE
A ÉTÉ ACHEVÉ D'IMPRIMER
SUR ROTO-PAGE
PAR L'IMPRIMERIE FLOCH
À MAYENNE EN DÉCEMBRE 2019

N° d'impression : 95505
Dépôt légal : janvier 2020
Imprimé en France